DER BISCHOF

W0283421

ECON Historischer Kriminalroman

Im ECON Taschenbuch Verlag sind folgende Titel
von Margaret Frazer lieferbar:

»Die Novizin« (TB 25056)
»Die Magd« (TB 25057)
»Der Vogelfreie« (TB 25108)
»Die Knaben« (TB 25126
»Der Bischof« (TB 25150)

Zum Buch:

Wer trägt die Schuld am Tod von Sir Clement Sharpe? Bei der Beerdigung von Schwester Frevisses Onkel ist dieser unerwartet zugegen und bricht während der anschließenden Trauerfeier plötzlich tot zusammen. War hier nur Gottes Hand im Spiel oder, wie Bischof Beaufort glaubt, ein mysteriöses Gift? Schwester Frevisse ist von keiner dieser beiden Varianten überzeugt. Ihr Spürsinn zeigt ihr den Weg zum wahren Hintergrund von Sir Clements Tod...
In der Tradition der Bruder Cadfael-Kriminalromane von Ellis Peters löst Schwester Frevisse verzwickte Fälle. Sie ist sündhaft gut im Erkennen der Geheimnisse der Seele ... und im Aufdecken der Verbrechen des menschlichen Herzens.

Zur Autorin:

Margaret Frazer lebt in Minneapolis, Minnesota, zwischen überquellenden Bücherregalen, Notizbüchern, Karteikarten, Kladden und den verschiedensten Tieren. Sie verbringt den größten Teil ihrer Zeit im England des 15. Jahrhunderts.

Margaret Frazer

DER BISCHOF

Ein Kriminalroman aus dem Mittelalter

Aus dem Amerikanischen
von Anke Grube

ECON Taschenbuch Verlag

Veröffentlicht im ECON Taschenbuch Verlag
Deutsche Erstausgabe
© 1997 by ECON Verlag GmbH, Düsseldorf
© 1994 by Monica Kuhfeld and Gail Bacon
First published by The Berkley Publishing Group, N.Y.
Titel des amerikanischen Originals: THE BISHOP'S TALE
Aus dem Amerikanischen übersetzt von Anke Grube
Umschlaggestaltung: Init GmbH, Bielefeld
Titelabbildung: Geschichte der Buchillustration, Insel Verlag 1975
Lektorat: Gisela Klemt
Gesetzt aus der Bodoni
Satz: ECON Verlag
Druck und Bindearbeiten: Elsnerdruck, Berlin
Printed in Germany
ISBN 3-612-25150-3

And whan that this was doon, thus spak that oon:
»Now lat us sitte and drynke, und make uns merie,
And afterward we wol his body berie.«

Da sprach der eine, als das Schurkenstück
vollbracht: »Nun laß uns trinken, lustig sein,
dann scharren später wir den Leichnam ein.«

Geoffrey Chaucer, Die Geschichte des Ablaßkrämers

KAPITEL 1

Nur die Kerzen, die am Kopfende des Bettes brannten, und ein schwacher Streifen Tageslicht, der durch die geschlossenen Fensterläden fiel, erhellten den Raum. Obwohl die Glut des Kohlebeckens in der Ecke beinahe runtergebrannt war, blieb es im Zimmer immer noch stickig warm. Das lag vermutlich daran, daß sich so viele Menschen darin aufgehalten hatten.

Nun waren nur noch zwei Männer im Raum, und einer von ihnen lag im Sterben.

Thomas Chaucer ruhte bewegungslos in seinem breiten Bett, ein wenig auf die Kissen gestützt. Es war ein prächtiges Bett, Goldfäden glitzerten in der bestickten Überdecke, und in die Bettvorhänge waren Muster eingewebt. Und soweit es sich in dem schwachen Kerzenlicht erkennen ließ, war das ganze Schlafgemach kostbar eingerichtet. Die Möbel waren mit prächtigen Schnitzereien verziert, die Deckenbalken mit verschlungenen

Weinreben und singenden Vögeln bemalt. Eine der Truhen, die an den Wänden standen, war heute mit einem weißen Tuch bedeckt worden, auf dem sich alles Notwendige für die Letzte Ölung befand: zwei erhaben brennende Bienenwachskerzen, ein kleines Gefäß mit geweihtem Salböl, ein anderes mit Weihwasser und das goldene Kästchen mit der Hostie. Davor stand Kardinal Beaufort, Bischof von Winchester, ein hochgewachsener Mann, der in seinem pelzbesetzten, scharlachroten Gewand in dem schwachen Licht noch größer wirkte. Gerade trat er wieder ans Bett, und seine Stimme glitt wohltönend und sicher durch die lateinischen Worte.

»Accipe, frater, Viaticum Corporis Domini nostri Jesu Christi, qui te custodiat ab hoste maligno, et perducat in vitam aeternam, amen.« Nimm, Bruder, als Wegzehrung den Leib unseres Herrn Jesus Christus, der dich vor den Heerscharen des Bösen bewahren und zum ewigen Leben leiten wird. Amen.

Behutsam legte der Bischof die Hostie auf Chaucers Zunge. Der schluckte schwach und flüsterte dann: »Mein letztes Mahl. Und das beste.«

»Es wird deine Seele nähren, nicht deinen Leib«, bestätigte Beaufort. Er kehrte zur Truhe zurück und drehte dem Bett und dem sterbenden Mann den Rücken zu.

»Hal«, sagte Chaucer.

Ohne sich umzudrehen, antwortete Beaufort mit heiserer Stimme: »Ja?«

»Bleib noch eine Weile bei mir. Es wird nicht mehr lange dauern.«

Beaufort, immer noch mit dem Rücken zum Bett, senkte den Kopf und wischte sich die Augen. Dann richtete er sich auf und drehte sich um. »Du bist wahrscheinlich

der letzte Mensch, der mich noch Hal nennt«, sagte er mit bemühter Leichtigkeit. »Der letzte, der sich an die Zeit erinnert, als wir beide jung waren.«
»Bedford mag sich auch erinnern.«
»Bedford ist in Frankreich, krank von dem, was ihm angetan wurde. Ich bezweifle, daß er je wieder nach England kommen wird.«
Chaucer schwieg eine Weile. »Dann sieh es doch als etwas Gutes, daß niemand mehr da sein wird, der sich an deine anrüchige Jugend erinnert und Geschichten über dich erzählen kann.«
Beaufort lächelte, wie Chaucer es gewollt hatte, und legte die Hand auf seinen kalten, dünnen Arm. »Ich habe gelernt, mit deinen übersteigerten Erinnerungen an meine anrüchige Jugend zu leben. Aber hüte lieber deine Zunge, sonst muß ich dir noch einmal die Absolution erteilen.« Etwas verspätet nahm er seine purpurne Stola ab, küßte sie, faltete sie zusammen und legte sie zur Seite.
Beaufort und Chaucer waren Vettern. Ihre Mütter waren Schwestern gewesen, die Töchter eines flämischen Ritters im Gefolge der Königin, fünf Könige zuvor. Chaucers Mutter hatte standesgemäß einen Offizier aus dem Gefolge des Herzogs von Lancaster geheiratet, Geoffrey Chaucer. Thomas, der Sproß dieser stabilen, biederen Ehe, hatte sich mit Hilfe der Beziehungen seines Vaters und seiner eigenen erheblichen Talente ein Vermögen aufgebaut.
Beauforts Mutter war weniger konventionell gewesen. Sie hatte dem zur königlichen Familie gehörenden Herzog von Lancaster vier Kinder geboren, ohne mit ihm verheiratet zu sein. Jahre später jedoch hatte der Herzog sie zu jedermanns Überraschung tatsächlich zur Frau genommen – eine Liebesheirat. Ihre Kinder waren unter

dem Namen Beaufort legitimiert worden, und Henry – manchmal auch Hal genannt –, ihr zweiter Sohn, wurde ein Kirchenfürst und dreimal Lordkanzler von England. Sein privates Vermögen war so riesig, daß er der Krone eine Reihe hoher Anleihen gewährt hatte.

Trotz ihrer Verschiedenheit waren die beiden stets gute Freunde gewesen und waren es noch. Beide hegten tiefen Respekt vor dem Mann, zu dem der andere geworden war. Jetzt schwiegen sie vereint in ihrer Trauer.

Eine Kerze zischte, der Docht hatte eine fehlerhafte Stelle. Beaufort fragte: »Möchtest du, daß Matilda noch einmal zu dir kommt? Oder Alice?«

Chaucers Frau und seine Tochter hatten den Raum verlassen, damit Beaufort ihm die Sterbesakramente spenden konnte, und die Dienerschaft, das Gefolge sowie Matildas gezügeltes, aber ununterbrochenes Schluchzen mitgenommen. Wenn Matilda zurückkam, würden alle zurückkommen, und das Schlafgemach wäre erneut gedrängt voll von Menschen und ihren intensiven Gefühlen. Mit geschlossenen Augen erwiderte Chaucer deshalb kaum hörbar: »Nein.« Und dann, nach längerem Schweigen, fügte er hinzu: »Ich möchte, daß du etwas für mich tust.«

»Alles, was in meiner Macht steht.« Und Beauforts Macht war erheblich.

»In dem Schrank dort ...« Chaucer bewegte leicht den Kopf, um zu zeigen, welchen Schrank er meinte, »... liegt ein Buch. In ein Tuch gewickelt. Es wird nicht in meinem Testament erwähnt. Gib es bitte meiner Nichte. Der Nonne. Schwester Frevisse.« Ein Lächeln spielte um seine Mundwinkel. »Aber sieh es dir nicht an. Laß es eingewickelt.«

»Geheimnisvolle Bücher für junge Frauen, Thomas?« zog Beaufort ihn sanft auf. »Soll ich das etwa billigen?«

»Du müßtest es offiziell mißbilligen, wenn du wüßtest, was es ist. Aber ich glaube, ich gefährde weder ihre Seele noch meine eigene damit.« Er fügte hinzu: »Und so jung ist sie nun auch wieder nicht.«

»Ja, das stimmt wohl. Sie ist schon recht lange in ihrem Kloster.« Beaufort suchte in dem angegebenen Schrank nach dem Buch und fand es. Es war klein, kaum so lang wie seine Hand, aber sehr dick, selbst wenn man die Umhüllung in Betracht zog. Er zeichnete mit den Fingern die Umrisse nach, die er durch das Tuch hindurch ertasten konnte. »Es handelt sich doch nicht um etwas, das ich gern in meiner eigenen Bibliothek hätte?«

Chaucers Lächeln wurde breiter. »All meine besten Bücher habe ich dir vermacht. Nein, dies ist ein einfaches Buch, das Frevisse jedoch hoch schätzte, als sie hier gelebt hat. Ich möchte gerne, daß sie es bekommt.«

»Dann soll es so sein.« Beaufort legte das Buch auf die verhüllte Truhe und kehrte an Chaucers Seite zurück. »Übrigens, wird dein Schwiegersohn nicht gegen die Ausschlachtung deiner Bibliothek zu meinen Gunsten protestieren?«

»Mein Schwiegersohn bewertet eine Handschrift nach der Zahl der Juwelen, die den Einband schmücken, und nach der Menge an Gold, die für die Illustrationen aufgewendet wurde. Ich habe ihm die Protzigsten gelassen. Er wird zufrieden sein.«

»Das sollte er auch«, sagte Beaufort. »Ich bezweifle, daß er vorhat, sich deswegen mit mir auseinanderzusetzen.« Chaucers Tochter hatte William de la Pole geheiratet, den Grafen von Suffolk, ihren dritten Ehemann. Er besaß ein großes, ererbtes Vermögen, ein hübsches Gesicht, bemerkenswert viel Charme, Einfluß im Kronrat und – nach Ansicht von Chaucer und Beaufort – nicht allzuviel Verstand. Und noch weniger gesunden

Menschenverstand. Es bestand keinerlei Zweifel daran, daß Suffolk den Kürzeren ziehen würde, sollte es zum Streit kommen. Kaum jemand im Königreich konnte es mit Beaufort aufnehmen.

Nein, nicht wegen mangelnder Fähigkeiten war es Beaufort nicht vergönnt gewesen, das höchste Amt Englands zu übernehmen und Protektor des unmündigen Königs Heinrich VI. zu werden. Die Ursache war eine bedauerliche Fehde zwischen ihm und seinem eigenen Halb-Neffen väterlicherseits. Wenn schierer Haß – Gott möge ihm das vergeben – töten könnte, würde Humphrey, Herzog von Gloucester, seit langem nicht mehr unter den Lebenden weilen. So war es ihnen lediglich gelungen, sich gegenseitig mattzusetzen. Beide besaßen Macht und ein hohes Amt, aber keiner von beiden stand an der Spitze des Regentschaftsrates. Und nun, da der König langsam erwachsen wurde und bald selbst mehr Verantwortung tragen konnte, würde das wahrscheinlich auch keinem mehr gelingen. Es sei denn, man könnte seine Gunst und Unterstützung gewinnen ...

Beaufort merkte, daß er ganz in Gedanken verloren war. Chaucer musterte ihn mit dem vertrauten Spott oder vielmehr mit dem blassen Schatten davon, für den seine Kraft noch reichte.

»Schön«, räumte Beaufort ein. »Ich habe ›meine Ambitionen gepflegt‹, wie du es stets auszudrücken beliebtest. Wird es dir ein Trost sein, wenn ich zugebe, daß ich langsam denke, du hattest recht, als du dich so standhaft geweigert hast, dich in diesen Morast hineinziehen zu lassen? Diesen Morast, dem ich mich all diese Jahre hindurch so bereitwillig ausgesetzt habe?«

Chaucer schüttelte schwach den Kopf. »Nein. Ich habe immer gewußt, daß ich recht damit tat, Westminster wie die Pest zu meiden. Obwohl Westminster wie auch die

Pest gar nicht so leicht zu meiden sind.« Mit einem Lächeln fügte er hinzu: »Aber ich habe auch immer gewußt, daß du dort hingehörst, Hal. Deine Ambitionen waren stets ganz anders als meine. Es würde mir leid tun, zu hören, daß du ihrer müde geworden bist.«
Zögernd – denn Chaucer war wahrscheinlich der einzige Mann in ganz England, dem er sich öffnen mochte – meinte Beaufort: »Der König wird erwachsen. Die Dinge ändern sich.«
»Möglicherweise zu deinem Vorteil.«
»Möglicherweise«, bestätigte Beaufort. Wenn Bedford in Frankreich starb – der Mann, der ihn unterstützt und gezügelt hatte, der das Gleichgewicht zwischen den streitenden Parteien bei Hof aufrechterhalten hatte, egal, wie sehr es ihnen widerstreben mochte –, dann taten sich neue Möglichkeiten auf.
Chaucers Augen schlossen sich. Er schläft nicht, dachte Beaufort, er hat nur nicht mehr die Kraft, sie offenzuhalten. Der Pulsschlag der Halsschlagader flatterte und setzte aus. Beaufort beugte sich mit wehem Herzen vor. Aber Chaucers Herz schlug, wenn auch schwach, in festem Rhythmus weiter. Chaucer lag seit drei Monaten im Sterben. Seit drei Monaten wußte er mit Sicherheit, daß er sterben würde, obwohl die auszehrende Krankheit schon eine Weile länger an ihm nagte. Nichts, was er zu sich nahm, gab ihm Kraft, und obwohl alles für ihn getan wurde – Chaucer konnte sich die besten Ärzte Englands leisten –, schwand er dahin, als würde er absichtlich hungern. Mittlerweile war er völlig abgemagert, und der geschwächte Körper konnte die Seele nicht mehr halten.
Ohne die Augen zu öffnen, sagte Chaucer: »Lydgate.« Beaufort hätte sich fast umgedreht, um zu sehen, ob jemand den Raum betreten hatte.

»Wenn er ein Gedicht über mich schreibt und es herschickt«, fuhr Chaucer mit immer noch geschlossenen Augen fort, »erteile ich dir die strenge Weisung, es weder bei meinem Begräbnis noch bei einer meiner Gedenkmessen lesen zu lassen. Kein einziges Wort, keine einzige Zeile.«

»Aber ...« Lydgate war Englands Meisterdichter, brillant, beliebt, fleißig. Er schrieb ausführlich über jedes große Ereignis. Sein vielzeiliger Schmerzensschrei anläßlich Chaucers Aufbruch zu einem Aufenthalt in Frankreich war hoch gelobt worden. Und er behauptete stets, Thomas' Vater Geoffrey Chaucer sei seine Inspiration und sein Vorbild. So war es vielleicht überraschend, daß Thomas sich stets äußerst rüde über sein Werk geäußert hatte, wenn auch nur im privaten Kreis.

»Ich werde in einer besonders scheußlichen Gestalt wiederkehren und dich heimsuchen, wenn du zuläßt, daß ein Werk von Lydgate in meiner Hörweite vorgelesen wird, egal, ob ich nun lebendig bin oder tot. Ich will nichts von ihm hören, nicht bei meinem Begräbnis, nicht bei meinem Monatsgedächtnis, nicht bei meinem Jahrestag und zu keiner anderen Gelegenheit.«

Beaufort konnte ein Lächeln nicht unterdrücken, aber er weinte gleichzeitig. Zwar war es in Adelskreisen durchaus üblich, Tränen zu vergießen, aber so aufrichtig hatte er nicht mehr um jemanden geweint, seit seine Mutter vor mehr als dreißig Jahren gestorben war. Es dauerte ein, zwei Minuten, bis er wieder sprechen konnte. »Du hast mein Wort. Er wird dir erspart bleiben, selbst im Tod.«

Chaucer zog die Augenbrauen hoch, aber seine Augen öffneten sich nicht, und er atmete flach. Dann fragte er mit schwacher Stimme: »Meine Nichte. Die Nonne. Habe ich dich gefragt, ob du –?«

»Du hast es mir gesagt. Ich habe das Buch. Ich werde es ihr geben.«
»Sag ihr ... daß sie mir fehlen wird.«

KAPITEL 2

Frevisse beugte sich noch tiefer hinunter und legte die Stirn auf den kalten Stein der Altarstufe. Sie preßte die gefalteten Hände gegen die Brust. Ihre Knie schmerzten. Seit dem Ende der Terz am frühen Vormittag kniete sie hier. Bald würde die Sext beginnen, und die anderen Nonnen der Priorei St. Frideswide würden zurückkehren. Frevisse würde aufstehen und ihren Platz im Chor einnehmen müssen, aber sie war sich nicht sicher, ob ihre Knie sie tragen würden, wenn die Zeit kam, sich zu erheben.

Sie seufzte, richtete sich auf und hob die Augen zu der Lampe, die über dem Altar brannte. Das Lampenöl wurde jeden Tag von treusorgenden Händen erneuert, und die kleine Flamme leuchtete tief geborgen in der Wölbung des roten Glases. Sie brannte ohne zu flackern, schlicht und dauerhaft in den Schatten und kalten Luftzügen der Kirche.

Frevisse fröstelte. Sie war in letzter Zeit in einem kalten Luftwirbel des Lebens gefangen, dem sie nicht zu entkommen vermochte, obwohl sie betete und Buße tat. Vor einem halben Jahr hatte sie sich für bestimmte Handlungsweisen entschieden und schließlich eine Entscheidung getroffen, die nicht rückgängig zu machen war – und seit der Zeit lebte sie mit dem, was sie getan hatte, ohne Frieden zu finden. Menschen waren gestorben, die noch leben könnten, wenn sie anders entschieden hätte. *Mea culpa, mea culpa, mea maxima culpa.* Durch meine Schuld, durch meine Schuld, durch meine übergroße Schuld.

Wie in Einklang mit ihrem Gram waren die Tage grau, feucht und kühl gewesen und der Himmel finster, beinahe solange sie zurückdenken konnte. Es war Sommer gewesen, vor langer Zeit, aber es hatte nur wenige warme Tage zwischen etlichen nassen und kalten Tagen gegeben. Dann war der regnerische Herbst gekommen, und die magere Ernte war auf den Feldern verrottet. Und nun, kurz nach dem Martinstag im späten November im Jahre des Heils 1434, gab es nichts, worauf sie sich freuen konnte. Man erwartete einen Hungerwinter, in dem viele Menschen Hungers sterben würden. Es war, als spiegelte die Welt ihren Seelenzustand wider.

Bei diesen Gedanken preßte Frevisse den Mund fest zusammen. Es war ihr altes Ich, das da sprach, ihr weltliches Ich, das sie all diese Monate hindurch so hart auszutreiben versucht hatte.

Die Ehrwürdige Mutter hatte die Krankheit ihres Herzens erkannt. Beim Wechsel der Ämter am Mittsommertag hatte Priorin Edith bestimmt, daß Frevisse nicht mehr die Schwester Hospitalaria sein sollte, die sich um die Gäste des Klosters kümmerte und so ständig mit der Außenwelt in Berührung kam. Frevisse wurde zur Novizenmeisterin ernannt, deren Pflicht es

war, die Novizinnen zu beaufsichtigen. Da es in der Priorei zur Zeit jedoch keine einzige gab und auch keine erwartet wurde, übertrug die Ehrwürdige Mutter Frevisse statt dessen die Aufgabe, in ihrer schönen Handschrift die Bücher zu kopieren, die die Priorin jemandem versprochen oder sich für das Kloster zum Abschreiben geliehen hatte – in all den Monaten seit dem Mittsommertag war dies ein einziges gewesen.
Frevisse war dankbar für diese Verminderung ihrer Pflichten und ihrer Verantwortung. Sie verstand, daß Priorin Edith ihr die Gelegenheit gab, ihre Sünden zu bereuen und ihre inneren Verletzungen zu heilen. Und sie hatte es versucht. Aber nichts, was sie tat, bereitete ihr Freude, ja nicht einmal schlichtes Vergnügen, auch nicht das Gebet. Und das war abermals eine Sünde, die Sünde der Verzweiflung. Gott vergab alle Sünden, die wahrhaftig bereut wurden, aber das Herz mußte offen und bereit sein, die Vergebung zu empfangen.
Die Klosterglocke begann dumpf zu läuten. Es war Zeit für die Sext. Müde bekreuzigte sich Frevisse und hievte sich unter Schmerzen hoch. Die sieben Gebetsstunden, die dem Tag von Mitternacht bis zum Abend seine Struktur verliehen, waren ihr Trost und ihre Zuflucht. In der komplexen Schönheit der ineinander verwobenen Psalmen und Gebete konnte sie sich fast immer selbst vergessen und die vorübergehende Hoffnung finden, daß die Dürre in ihrem Herzen und in ihrer Seele nicht ewig dauern würde.
Aber noch war sie nicht vorbei. Frevisse ging das kleine Stück vom Altar zu ihrem Platz im Chor, kniete nieder und wartete mit gesenktem Kopf.
Die Nonnen kamen auf ihren weichen Sohlen leise von den verschiedenen Pflichten, denen sie an verschiede-

nen Stellen des Klosters nachgegangen waren. Frevisse hörte das Rascheln ihrer Röcke. St. Frideswide war eine kleine Benediktinerinnen-Priorei, es gab nur zehn Nonnen und ihre Priorin. Frevisse konnte jede einzelne an ihren Schritten erkennen. Schwester Thomasine war die erste, ihr leichter, hastiger Tritt spiegelte ihren Eifer wider. Seit ihrer Kindheit war es ihr einziger Wunsch gewesen, Gott als Nonne zu dienen, und nun, gerade erst der Kindheit entwachsen, ging sie von ganzem Herzen in ihrer Berufung auf. Es war ein Schock für sie gewesen, als Priorin Edith sie anstelle von Schwester Claire zur Krankenschwester ernannte. Und ein Schock für Schwester Claire, die ihren geliebten Heilkräutern, Arzneien und der Pflege der Kranken entrissen worden war, um Cellerarin zu werden und nun Bedienstete, Nutzgarten, Vorratsräume und Küche beaufsichtigen mußte. Nach Thomasines leichtem Tritt waren Schwester Claires feste, gleichmäßige Schritte zu vernehmen. Dicht dahinter kamen Schwester Emma und Schwester Juliana, die sich weder beeilten noch trödelten. Sie waren einfach auf dem Weg zu einer der Pflichten einer Nonne. Hinter ihnen, mit unverwechselbar schwerem Schritt, kam Schwester Alys. Sie hatte den Verlust ihrer Autorität als Cellerarin sehr ungehalten aufgenommen und gab jetzt eine unzufriedene Sakristanin ab. Eine Weile nach ihr kam Schwester Amicia herbeigeeilt, fast zu spät, wie gewöhnlich.
Die Ehrwürdige Mutter betrat die Kirche erst, als Schwester Amicia ihren Platz eingenommen hatte. Die Würde der Priorin erforderte es, daß sie sich abseits vom Gedränge ihrer Nonnen hielt. Aber sie wartete bereits und trat ein, sobald Schwester Amicia sich atemlos in ihrem Chorstuhl niedergelassen hatte. Schwester Perpetua und Schwester Lucy waren ihr zur Seite und stütz-

ten sie auf dem Weg zu ihrem reich geschnitzten Chorstuhl. Priorin Edith war sehr alt, und die beißende Kälte des letzten Winters hatte ihr übel mitgespielt. Zwar hatte sie einen heftigen Husten überlebt, der sich in der Brust festgesetzt hatte, aber ihre frühere Kraft war dahin. Frevisse, die sich mit den anderen erhoben hatte, beobachtete besorgt, wie die Ehrwürdige Mutter langsam näherkam und sich unter Schmerzen auf ihren Sitz niedersinken ließ. Sie war Priorin geworden, als Heinrich von Lancaster sich selbst als König Heinrich IV. auf den englischen Thron gesetzt hatte. Frevisse konnte sich St. Frideswide ohne sie nicht vorstellen – und wollte es auch nicht.

Die Priorin hatte sich gerade auf ihrem Chorstuhl eingerichtet, als die Glocke im Kirchturm die Stunde der Sext einläutete.

Die Sext gehörte zu den kurzen Stundengebeten. Frevisse versenkte sich hinein, so tief sie es in der kurzen Dauer des Gottesdienstes vermochte, und am Ende betete sie mit besonderer Inbrunst: *»Domine, exaudi orationem meum, et clamor meus ad te veniat.«* Herr, erhöre mein Gebet, vernimm mein Flehen um deiner Treue willen, erhöre mich um deiner Gerechtigkeit willen.

Das Gebet verklang in der Stille der Kirche. Einen Augenblick lang gab es keine Regung und kein Flüstern, nur das Schweigen, schwer durch das heilige Gewicht der vielen Gebete, die an diesem Ort gesprochen wurden.

Dann beugte Priorin Edith sich vor, und Schwester Perpetua und Schwester Lucy eilten herbei, um ihr beim Aufstehen zu helfen. Die übrigen Nonnen erhoben sich respektvoll und blieben an ihren Plätzen, bis die Ehrwürdige Mutter die Kirche verlassen hatte. Danach gingen sie ihrer Wege, bestrebt, sich wieder ihren Pflichten zuzuwenden. Als sie fort waren, ließ sich Frevisse erneut auf die Betbank nieder und kehrte zu den Worten der Eröffnungshymne der Sext zurück. *Rector potens, verax Deus ... Confer salutem corporum veramque pacem cordium* ... Sein Heil und Gnaden, die nehmen nicht Schaden, heilen im Herzen die tödlichen Schmerzen, halten uns zeitlich und ewig gesund.

Sie bat um zeitliche Gesundheit für die Ehrwürdige Mutter. Laß sie leben, wenn es dein Wille ist. Für sich selbst aber erbat sie Heilung für ihr Herz und Seelenfrieden ...

Eine Berührung an der Schulter schreckte Frevisse auf. Ein wenig benommen hob sie den Kopf und stellte fest, daß Schwester Perpetua sich über den Chorstuhl vor ihr gebeugt und ihr kurz die Hand auf die Schulter gelegt hatte.

Es war schwierig, das Alter der anderen Nonnen zu schätzen, denn sie waren von den lose fallenden Schichten des schwarzen Benediktiner-Ordensgewandes verhüllt. Nur die Gesichter konnte man erkennen, eingerahmt von weißen Kinntüchern und schwarzen Schleiern, die sehr wenig von der Stirn zeigten und alles unterhalb des Kinns verbargen. Frevisse nahm an, daß Schwester Perpetua ungefähr zehn Jahre älter war als sie, also Mitte vierzig. Sie war eine gedrungene Frau mit freundlichem Gesicht und einem festen, bestimmten Auftreten. Da sie durch das Schweigegebot gebunden war, lächelte sie Frevisse lediglich an und machte das Handzeichen für Priorin sowie jenes, das Frevisse aufforderte, mitzukommen.

Vom Wohnzimmer der Priorin konnte man durch drei hohe Fenster hinausblicken, auf den Innenhof und die beiden Gästehäuser, die das Tor zum Hof flankierten. Der Erkersitz am Fenster war mit bunt bestickten Kissen behaglich gemacht worden. Zu den Aufgaben der Priorin gehörte es, hin und wieder wichtigen Besuch zu empfangen und jene Klostergeschäfte zu regeln, die nicht in der Kapitelversammlung entschieden werden konnten. Daher waren ihre Räume komfortabler eingerichtet als die übrigen des Klosters. Es gab einen langen, geschnitzten Tisch, auf dem ein gewebter spanischer Gobelin lag, zwei Stühle und einen Kamin. Prasselnde Flammen verzehrten ein Holzscheit, um die Kälte des grauen Vormittags abzuwehren.

Priorin Ediths Stuhl mit der hohen Rückenlehne war näher ans Feuer gezogen worden. Dort saß sie eingehüllt in den pelzgefütterten Umhang, den sie nur auf Drängen der Krankenschwester bis zum Kinn hochgezogen hatte. Mit jedem Monat, so schien es Frevisse, wurde die Priorin kleiner. Sie schien eingenickt zu sein, so tief war ihr Kinn in den Falten ihres Kinntuchs vergraben. Doch wenn es so war, schlief sie den leichten Schlaf der Alten. Sie hob den Kopf, als Frevisse näher trat, die verblaßten Augen hellwach unter den faltigen Lidern.

»Schwester Frevisse«, sagte sie, und Frevisse knickste vor ihr. »Bitte nehmt Platz.« Sie wies auf den Stuhl ihr gegenüber, der ebenfalls dicht am Feuer stand.

Frevisse setzte sich und fühlte augenblicklich die Wärme des Feuers auf den Wangen. Am liebsten hätte sie die Hände ausgestreckt, um sie ebenfalls zu wärmen, aber sie ließ sie dort, wo sie waren, in die Ärmel geschoben, außer Sicht, wie es sich schickte. Alles andere wäre Luxus.

»Es ist ein Brief für Euch gekommen.« Die Ehrwürdige Mutter wies mit dem Kopf auf Schwester Perpetua, die neben dem Tisch gewartet hatte und nun mit einem gefalteten, versiegelten Pergamentbogen in der Hand auf sie zutrat.

Frevisse war davon ausgegangen, daß Priorin Edith sie hatte sprechen wollen, weil sie die Ausübung ihrer Pflichten vernachlässigt hatte oder weil die Priorin sie davor warnen wollte, so oft allein in der Kirche zu beten. Jetzt wandte sie ihre Aufmerksamkeit dem Brief zu und nahm ihn entgegen. Die Adresse lautete: Schwester Frevisse Barrett, Priorei St. Frideswide nahe Banbury in Oxfordshire. Die Handschrift war ihr unbekannt.

»Ich fürchte, er enthält schlechte Nachrichten«, sagte Priorin Edith sanft.

Während sie das sagte, drehte Frevisse den Brief um und erkannte das Siegel ihres Onkels Thomas Chaucer. Aber wenn der Brief von ihm war, warum hatte er dann jemand anders die Anschrift schreiben lassen? Das war gar nicht seine Art. Ihre Hände begannen zu zittern, denn sie wußte, daß ihr Onkel krank gewesen war. Sie brach das Siegel, faltete den Brief auseinander und stellte erleichtert fest, daß er in der vertrauten Handschrift ihres Onkels geschrieben war.

»An meine geliebte Nichte. Möge dies Dich bei guter Gesundheit erreichen. Ich grüße Dich, wünsche Dir Gottes Segen und gebe Dir meinen. Ich liege im Sterben –«

Ein keuchender Atemzug entfuhr ihr. Ihr ganzer Leib verkrampfte sich vor Schmerz, und sie mußte sich anstrengen, aufrecht sitzen zu bleiben. Der Brief war kurz und sachlich gehalten, ohne eine Spur des gewohnten trockenen Witzes.

»Wir hofften, daß meine Krankheit sich bessern würde, aber sie hat sich doch als todbringend erwiesen. Wie gern würde ich Dich noch einmal sehen, so Gott will und Deine Priorin Dir die Reise gestattet ...« Frevisses Tränen fielen auf das Pergament und verwischten die Tinte.

Grob fuhr sie sich über die Augen und las weiter. »Wenn es nicht so sein soll, wisse, daß Du mir teuer bist und ich im Himmel an Dich denken werde. Dein Onkel Thomas Chaucer.«

Blind vor Tränen hielt Frevisse den Brief der Ehrwürdigen Mutter hin, denn es war Recht und Pflicht einer Priorin, die Briefe zu lesen, die ihre Nonnen bekamen. Und in diesem Fall war es dringend notwendig. Frevisse wartete, die Hände vors Gesicht gepreßt, bemüht, ihr Schluchzen zu unterdrücken, bis Priorin Edith gütig sagte: »Ihr werdet innerhalb der nächsten Stunden aufbrechen. Möge Gott geben, daß Ihr noch rechtzeitig kommt.«

KAPITEL 3

Der kalte Tag ging zur Neige. Eine schmale Linie düsteren Rots lauerte im Westen unter der aufgewühlten, sich verdunkelnden Wolkendecke. Sehr viel heller war es den ganzen Tag über nicht gewesen, aber zumindest hatte es nicht geregnet. Und nun, auf der letzten Wegstrecke, hatten die vier Reisenden den schneidenden Wind im Rücken. Sie ritten ins Tal hinunter, wo das Dorf und Schloß Ewelme lagen, das Ziel ihrer Reise.

Sie kamen zu spät. Im letzten Dorf hatten sie erfahren, daß Chaucer bereits tot war. »Gestern wars«, hatte ein Mann erklärt. »Ja, gestern. Wir haben die Totenglocke läuten hören. Der Wind kam aus der Richtung. Und heute haben wir gehört, daß es ganz sicher aus ist mit ihm. Gott schütze ihn.«

So beeilten sie sich jetzt nur noch, um der bitteren Kälte und dem eisigen Wind zu entkommen: nach zwei Tagesritten mitten im Winter mehr als verständlich.

Das Wasser des kleinen Teichs zwischen dem Dorf und dem Schloß war aufgewühlt. Der Wind rauschte in den hohen Ulmen, die ihn umgaben, schüttelte ihre kahlen, schwarzen Äste und warf Muster auf die dahinjagenden Wolken.

Die Tore des Schlosses waren noch geöffnet, und Fackeln brannten in den Haltern auf beiden Torpfosten. Als die Reiter in den Hof ritten, kamen Stallknechte aus den Ställen gerannt. Helfende Hände hielten die Pferde und hoben die Reiter vom Pferd.

Frevisse war steifgefroren. Sie stieg schwerfällig ab und hielt nach einem bekannten Gesicht Ausschau. Wenn sie irgendwo zuhause war, dann auf Ewelme. Die letzten acht Jahre ihrer Kindheit hatte sie zum Haushalt ihres Onkels gehört.

Aber anscheinend war sie zu lange fort gewesen. Niemand kam ihr bekannt vor, nicht einmal der kleine Herr, der plötzlich auftauchte, als die Pferde weggeführt wurden. Er schaute jedem der Reisenden ins Gesicht, um herauszufinden, wer der Anführer der Gruppe war. Selbst wenn man in Betracht zog, daß er in verschiedene Kleidungsschichten und einen Umhang gehüllt war, schien er ein eher rundlicher Mann zu sein. Er hüpfte ruckartig auf den Fußballen auf und ab wie eine mit Wasser gefüllte Schweinsblase, um zu zeigen, wie eifrig bestrebt er war, den Gästen zu Diensten zu sein.

»Ja, ja, willkommen! Es wird eine grausame Nacht werden, ja, das wird es. Daher seid Ihr sehr willkommen auf Ewelme. Selbstverständlich. Aber vielleicht wißt Ihr, daß es hier einen Trauerfall gegeben hat. Gewiß können wir Euch beherbergen, ganz gewiß, aber –«

»Ich bin Meister Chaucers Nichte«, unterbrach Frevisse ihn barsch. »Er hat nach mir geschickt. Vor seinem

Tod«, fügte sie hinzu, um sich nicht noch einmal anhören zu müssen, daß sie zu spät gekommen sei.
»Oh. Oh.« Im Gesicht des kurzgeratenen Mannes malte sich ehrlicher Kummer. Er war ein gutes Stück kleiner als Frevisse und verrenkte sich den Hals, um zu ihr aufzusehen. »Ihr habt es also auf dem Weg gehört! Wie grausam, wie schrecklich! Mein aufrichtiges Beileid!« Er blickte ihre Mitreisenden an. Schwester Perpetua stand neben ihr. Es wäre undenkbar gewesen, daß eine Nonne ohne die Begleitung einer anderen Nonne reiste, der Schicklichkeit wegen. Und hinter ihnen standen die beiden stämmigen Männer, die der Verwalter der Priorei unter den Dienstleuten des Klosters ausgewählt und ihnen zum Schutz mitgegeben hatte. In diesen unruhigen Zeiten und zu dieser Jahreszeit reiste niemand, der es sich irgendwie leisten konnte, ohne Geleitschutz. Der kleine Mann machte Anstalten, sich an einen der Männer zu wenden, da er offenbar damit rechnete, daß die beiden Frauen jeden Moment hysterisch vor Trauer zusammenbrechen könnten. Aber Frevisse war müde und durchgefroren, und zudem war sie sich bewußt, daß es Schwester Perpetua ebenso ging. Sie hatte nicht vor, ihre Zeit mit Zurschaustellungen von Trauer zu verschwenden. Also nahm sie die Sache in die Hand und erklärte kurzangebunden: »Sorgt dafür, daß man sich in den Ställen um meine Männer kümmert, seid so gut.« Der kleine Mann nickte und blinzelte erstaunt angesichts Frevisses Autorität. Sie gab ihm aber keine Gelegenheit, seine Zustimmung zu bekunden, sondern drehte sich zu den Dienstleuten des Kloster um und befahl: »Ihr kehrt morgen nach St. Frideswide zurück. Ich weiß nicht, wie lange wir hierbleiben werden, aber wenn es länger als vierzehn Tage dauern sollte, sende ich Nachricht. Wenn wir zurückkehren wollen, wird meine

Tante uns sicherlich eine Eskorte zur Verfügung stellen.«

Sie sah den kleinen Mann an, der nachdrücklich mit dem Kopf nickte. »Oh, gewiß doch, aber gewiß«, bestätigte er.

»Dann wären Schwester Perpetua und ich sehr dankbar, wenn wir jetzt hineingehen könnten.«

»Aber gewiß, gewiß doch.«

Die beiden Dienstleute verbeugten sich linkisch und schickten sich an, einem der Stallburschen zu folgen. Schwester Perpetua sagte zu ihnen: »Gott gewähre euch eine gute Nacht und einen erholsamen Schlaf.«

Beschämt darüber, daß sie diese einfache Höflichkeit vergessen hatte, fügte Frevisse hastig hinzu: »Und einen sicheren Heimweg.«

Die Männer verbeugten sich nochmals. Sie hatten es eilig, ins Warme zu kommen und eine Mahlzeit zu sich zu nehmen. Frevisse und Schwester Perpetua folgten dem kleinen Mann.

Schloß Ewelme war von einem Wallgraben umgeben. Als die Nonnen mit ihrem Führer den äußeren Hof verließen und die Zugbrücke überquerten, griff der Wind erneut nach ihnen, noch kälter als zuvor. Aber Diener standen bereit und hielten ihnen die Türen zur Vorhalle auf. Reich geschnitzte Holzparavents wehrten die Zugluft ab, die mit ihnen hereingeweht war. Hinter der Halle befand sich der große Saal, Herz und Versammlungsraum des Schlosses. Fackeln erleuchteten ihn, und weitere Diener brachten gerade die Schragen herein, kreuzweis verschränkte Untergestelle, auf die sie die Tischplatten legten. »Es ist beinahe Zeit fürs Nachtmahl«, erklärte der Mann, als wüßten sie das nicht selber. »Also ...« Er zögerte. Offensichtlich hatte er auf dem Weg vom Schloßhof hierher noch nicht entschie-

den, was er mit ihnen anfangen sollte. Wollten sie sich zuerst aufwärmen und etwas essen? Oder sollten sie sofort zur Schloßherrin geführt werden? Oder ...
Frevisse nahm an, daß ihre Tante ihn zum Haushofmeister bestimmt hatte. Ihr Onkel hatte allerdings stets Diensteifrigkeit und Würde von denen erwartet, die ihm dienten. Ungeduldig fuhr sie ihn an – und ärgerte sich sofort danach über sich selber. »Ich möchte meinen Onkel sehen. Und Schwester Perpetua sollte sich vor ein warmes Feuer setzen, bis Zeit zum Essen ist. Und sicherlich würde meine Tante Matilda gern erfahren, daß wir eingetroffen sind.«
»Ja, ja, das scheint das Beste zu sein«, stimmte der Mann zu. »Euer Onkel befindet sich in der Kapelle, Mylady. Wenn Ihr mir folgen würdet ...«
»Ich kenne den Weg. Kümmert Euch um Schwester Perpetua.«
Schwester Perpetua bedachte sie mit einem dankbaren, zittrigen Lächeln und nickte. Sie war eine gute Reisegefährtin, klagte nicht und war dankbar für jede Erquickung, die ihr zukam, aber jetzt war ihre Belastungsfähigkeit erschöpft. Sie mußte sich hinsetzen und sich aufwärmen. Schwester Perpetua folgte dem kleinen Mann.
In der Kapelle war es kalt, obwohl die vielen Kerzen vor dem Sarg eine Illusion von Wärme vermittelten. Frevisse blieb fröstelnd in der Tür stehen und erinnerte sich. Tante Matilda hatte sich lebhaft für den Bau eines Kamins eingesetzt ... »Hier, an der Außenmauer. Es wäre überhaupt kein Problem, ihn einbauen zu lassen.« Aber Chaucer hatte erwidert: »Wir kommen hierher, um unserer Seele Gutes zu tun, nicht um es unserem Leib behaglich zu machen.« Zwar hatte er keine Bedenken, es sich zu anderen Zeiten und Orten mit

dem ganzen Luxus behaglich zu machen, den sein beträchtliches Vermögen erkaufen konnte, aber bei der Kapelle war er hart geblieben. Es gab also keinen Kamin, und die Steinmauern schienen eisige Kälte auszuströmen.

Aber reich geschmückt war die Kapelle. Die Mitglieder von Chaucers Haushalt gingen normalerweise in die Dorfkirche, wo auch die Totenmesse und das Begräbnis stattfinden würden. Die Kapelle war ausschließlich für private Andachten der Familienmitglieder und die tägliche Messe des Hauspriesters gedacht. Sie war prachtvoll und schön wie der Reliquienschrein eines Heiligen. Die Decke war himmelblau getüncht und mit Sternen übersät, die prächtig geschnitzten und vergoldeten Retabeln hinter dem Altar schienen sich nach ihnen auszustrecken. Der Altar war heute zwar mit schwarzem Tuch verhüllt, das die prachtvollen Stickereien des üblichen Altartuchs verdeckte, aber ein gewebter Läufer, dessen Rot-, Blau- und Grüntöne wie Juwelen leuchteten, zog sich über die Altarstufen und den Boden der Kapelle bis fast zur Tür. Die Seitenwände waren mit Heiligenfiguren bemalt, die auf einer Blumenwiese standen und gütig auf die Betenden hinablächelten, während die Altarwand vom Glanz der Jungfrau Maria erhellt wurde. Sie wurde zur Himmelskönigin gekrönt, und Heilige und Engel sahen freudig zu.

Beim Anblick der Madonna hörte Frevisse ihren Onkel im Geiste leichthin singen: »Wär' der Apfel nicht genommen worden, der Apfel nicht 'nommen worden, wär' uns're Jungfrau nie Königin im Himmel 'worden...«, wie an dem Tag, an dem er Frevisse die Bedeutung der Bilder erklärt hatte. Sie war damals noch ein Kind gewesen, gerade in Ewelme angekommen und wachsam und vorsichtig in der fremden Umgebung.

Und nun stand sein Sarg auf Schragen aufgebockt vor dem Altar, und zwischen den Kerzen knieten zwei Priester und zwei Diener des Haushalts. Ihre Gebete waren als schwaches Gemurmel in der Stille zu hören. Bis zu seinem Begräbnis würde stets jemand bei dem Leichnam wachen.
Frevisse ging leise nach vorn, bis sie das Gesicht ihres Onkels sehen konnte. Der Kerzenschein verlieh ihm eine Wärme, die es nicht mehr besaß, und er sah friedlich aus, als würde er nur schlafen. Das war bei vielen Toten so. Und dennoch würde sie nie wieder denken können: *Das muß ich mir merken. Ich will es ihm erzählen, wenn er zu Besuch kommt.* Und nie wieder würde sie in dieser Welt mit ihm reden und streiten können oder sein Lachen hören.
Der heftige Schmerz der Trauer war noch zu ungewohnt, Frevisse konnte ihn kaum ertragen. Sie senkte den Blick, kniete dort nieder, wo sie stand, und begann, für sein Seelenheil zu beten. In den letzten Monaten hatte sie so oft ihre Gebete gesprochen, gegen ihre dumpfen, trübseligen Zweifel und eine andere Trauer angebetet, daß die Worte mit instinktiver Leichtigkeit kamen. Sie brauchte nicht nachzudenken.
Frevisse war so ins Gebet und in ihre Trauer versunken, daß sie nichts um sich herum wahrnahm, bis eine Hand leicht ihre Schulter berührte und jemand sagte: »Bitte kommt jetzt zum Nachtmahl. Eure Tante wird Euch sobald wie möglich begrüßen wollen.«
Ihr wurde bewußt, daß der Steinfußboden unter dem Teppich hart gegen ihre Knie drückte, und sie hörte Geraschel und Gemurmel um sich herum, als die vor dem Sarg Betenden ihre Plätze an die Nachfolgenden abtraten. Frevisses Gesicht war warm und naß vor Tränen, und sie hatte keine Ahnung, wie lange sie hier

gekniet hatte. Sie versuchte nicht, zu verbergen, daß sie geweint hatte, als sie den Kopf hob und den Mann ansah, der neben ihr stand.
Sie erkannte einen der Priester, der vor dem Sarg gebetet hatte, als sie in die Kapelle gekommen war. Er wirkte abgespannt wie jemand, der lange Zeit in Kontemplation versunken gewesen war, aber sie sah auch das Leuchten hinter der Müdigkeit, das verriet, wie erfüllt sein Gebet gewesen war.
Frevisse ließ zu, daß er ihren Arm nahm und ihr beim Aufstehen half, ohne sich zu fragen, woher er wußte, wer sie war. Chaucers Nichte, die Nonne, war erwartet worden. Und sie war wirklich hungrig. Jetzt, wo sie aus ihrer Andacht gerissen wurde, kamen die Beschwerden ihres Körpers zum Vorschein, und sie sehnte sich nach Nahrung und Wärme.
»Ich danke Euch«, sagte sie. Sie schob die Hände in die Ärmel und folgte ihm mit gesenktem Kopf. Er brachte sie nicht zurück in den großen Saal, wo der größte Teil des Haushalts das Nachtmahl einnehmen würde, sondern eine Treppe hoch ins Wohngemach ihrer Tante.
In ihrer Kindheit hatte Frevisse hier zahllose unangenehme Stunden mit den ewigen komplizierten Stickereien verbracht, die als angemessene Beschäftigung für eine Dame galten. Und sie hatte ihrer Tante beim Reden zugehört. Tante Matilda redete pausenlos, mit Frevisse, mit ihren Frauen, manchmal auch nur mit der Luft. Ursprünglich hatte Frevisse aus diesem Grund die ruhige Gesellschaft ihres Onkels gesucht, hatte Zuflucht bei ihm, seiner Arbeit und seinen Büchern gefunden. Später war die Liebe zu den Büchern das stärkere Motiv gewesen. Die Gesellschaft ihres Onkels war weit angenehmer als die ihrer Tante. Thomas Chaucer redete nicht nur, er hörte auch zu, und er teilte gern sein rei-

ches Wissen, das er aus den Büchern seiner Bibliothek und durch seine Lebenserfahrung angesammelt hatte. Tante Matilda fand Frevisses Entscheidung natürlich sehr undamenhaft, aber da der liebe Thomas es gestattete, war sie bereit, es auf sich beruhen zu lassen.
Abgesehen von der Langeweile jedoch hatte Frevisse das Wohngemach ihrer Tante als einen wunderschönen Raum in Erinnerung, wohlproportioniert, mit hoher Decke und großen Fenstern, die selbst an bewölkten Tagen reichlich Licht hereinließen. Die Fenster gingen auf den Wallgraben mit seinen Schwänen und auf die im Sommer grünen Parkanlagen hinaus. Tante Matilda hatte ihr Wohngemach mit jedem nur denkbaren Komfort ausgestattet, dank ihres eigenen ererbten Vermögens und des ständig wachsenden Reichtums ihres Mannes. Heute abend waren die Fensterläden geschlossen, und dennoch war die Dunkelheit in die tiefsten Winkel des Raumes verbannt worden. Überall standen brennende Lampen, das satte, gleichmäßige Licht ließ die Malereien auf den Fensterläden und Deckenbalken glänzen und fing sich in den leuchtenden Fäden der an den Wänden hängenden Gobelins. Kohlebecken glühten in den Ecken und erwärmten den Raum, der so voller Menschen war, daß Frevisse im ersten Moment niemanden erkannte.
Dann erblickte sie ihre Tante, reich gekleidet und schwarz verschleiert. Sie saß am anderen Ende des Gemachs, vor dem buntesten Wandteppich. Zu ihrer Rechten saß eine jüngere Frau, ebenfalls in wertvoller schwarzer Kleidung. Ihre Tochter Alice, nahm Frevisse an. Also war der Mann neben ihr zweifellos Alices jüngster Ehemann, William de la Pole, Graf von Suffolk. Die Identität des Mannes zur Linken von Tante Matilda war schwerer zu bestimmen. Unfähig, ihn durch das

Gewoge der Menschen klar zu erkennen, vermochte Frevisse zunächst nicht einmal zu erraten, wer es sein konnte. Aber dann erhaschte sie einen deutlichen Blick auf ihn. Ein Geistlicher, nach dem strengen Schnitt seines bodenlangen schwarzen Gewandes zu urteilen und nach der Priesterkappe, die er trug, um seine Tonsur zu verdecken. Aber sogar von diesem Ende des Raums aus war nicht zu verkennen, daß er alles andere als ein einfacher Geistlicher war. Er hatte die Haltung eines Fürsten. Plötzlich wurde Frevisse klar, wer er sein mußte, obwohl sie ihn als junges Mädchen lediglich zweimal gesehen hatte. Kardinal Beaufort, Bischof von Winchester. Wahrlich ein Fürst, ein Kirchenfürst, der der Familie durch seine Anwesenheit große Ehre erwies.
Tante Matildas Augen waren seit jeher ebenso eifrig tätig wie ihre Zunge. Sie entdeckte Frevisse, schnitt die Beileidsbekundungen des Mannes ab, der vor ihr stand, erhob sich mit einem freudigen Ausruf und stürzte mit ausgebreiteten Armen auf Frevisse zu. »Frevisse, mein Liebes! Mein Schatz!« Sie war eine hochgewachsene Frau, die im mittleren Alter rundlich geworden war. Ihr schwarzer Schleier, dessen Stoff für ein halbes Dutzend Frauen gereicht hätte, wehte hoch und umschloß beide, als sie Frevisse in die Arme nahm und an sich drückte. »Ich wußte, daß du zu spät kommen würdest. Das Ende kam so plötzlich, wir hatten gerade erst den Boten mit dem Brief losgeschickt. Ich weiß überhaupt nicht, wie ich ohne ihn zurechtkommen soll. Wie wir alle ohne ihn zurechtkommen sollen. Aber jetzt bist du ja hier. Gott segne dich, mein Liebes.«
Eingehüllt in die Umarmung und die Wortflut ihrer Tante, murmelte Frevisse lediglich: »Liebe Tante Matilda«, was ausreichend zu sein schien.
Aber dann mußte sie natürlich vorgestellt werden, und

zwar zunächst ganz allgemein: »Das ist meine liebe Nichte, Schwester Frevisse aus der Priorei St. Frideswide. Der liebe Thomas hatte sie so gern! Sie ist nicht mehr rechtzeitig gekommen, um sich von ihm zu verabschieden, aber jetzt ist sie ja hier, was ein großer Trost für mich ist, ich bin so froh.« Dann kamen die drei Personen, die auf den einzigen Stühlen im Raum vor dem Wandteppich saßen, gesondert an die Reihe: »Eminenz, gestattet, daß ich Euch meine liebe Nichte Schwester Frevisse vorstelle.« Sie zog Frevisse mit sich, bis sie direkt vor dem Kardinal standen. »Frevisse, das ist der Kardinal und Bischof Henry Beaufort. Er ist den ganzen Weg von Westminster gekommen – stell dir das vor –, um Thomas in seiner letzten Stunde beizustehen. Er und Thomas sind Vettern. Gewiß erinnerst du dich an den Kardinal.«
Frevisse versank in einem tiefen Knicks. »Eminenz«, sagte sie und ergriff die Hand, die er ihr hinhielt, damit sie seinen Ring küssen konnte. Es war gar nicht so einfach, den richtigen zu finden, denn er trug viele Ringe. Alle waren kostbar und die meisten mit roten Edelsteinen in allen Schattierungen von Rubin bis Granat besetzt. Passend zu den Kardinalsgewändern, nahm Frevisse an. Ihr fiel auf, daß sein Gewand aus feinster Wolle gesponnen und mit schwarzem Pelz besetzt war. Die Juwelen und der Zobel bewiesen zweifelsfrei, daß er tatsächlich so reich war, wie das Gerücht besagte. Und das war keineswegs das einzige, was Gerüchte ihm nachsagten.
Aber mehr als diese Gerüchte wußte sie nicht von ihm, abgesehen von dem wenigen, was Chaucer ihr erzählt hatte. Als sie sich aufrichtete und seinem Blick begegnete, war sie verwirrt, denn er unterzog sie einer eingehenden, gründlichen Musterung, etwas, was der

Umstand ihrer Begegnung eigentlich kaum erforderte. Dann aber sagte er lediglich in sehr förmlichem Ton: »Der Verlust, der Euch getroffen hat, ist auch meiner.« Also konnte sie sich darauf beschränken, mit einem bestätigenden Neigen des Kopfes zu erwidern: »Ein großer Verlust für uns beide, der mich mit tiefem Gram erfüllt.« Nach diesen Worten entfernte sie sich von ihm und begrüßte ihre Cousine Alice.

Nach ihrem Eintritt ins Kloster hatte Frevisse ihren Onkel recht oft und ihre Tante gelegentlich gesehen. Alice jedoch hatte sie zum letzten Mal vor siebzehn Jahren zu Gesicht bekommen, als ihre Cousine dreizehn war und bereits seit zwei Jahren Witwe. Seitdem war sie zur Frau herangewachsen, hatte den Grafen von Salisbury geheiratet und war erneut Witwe geworden, als der Graf bei der Belagerung von Orleans fiel. Vor einigen Jahren hatte sie dann den Grafen von Suffolk zum Mann genommen.

Vor siebzehn Jahren war sie ein stilles, wohlerzogenes Kind gewesen, weder besonders reizlos noch auffallend schön. Frevisse hatte allerdings nie hoffen können, Alices Geschicklichkeit bei Näharbeiten auch nur annähernd zu erreichen. Jetzt war Frevisse leicht aus der Fassung gebracht, als sie sich einer schönen Frau gegenübersah, die ebenso groß war wie sie selbst. Alices blaue Augen waren mandelförmig und leuchteten voller Wärme und Intelligenz, als sie aufstand und Frevisses Hand nahm. »Es ist lange her, Cousine. Ein trauriger Anlaß für ein Wiedersehen«, sagte sie. Ihre Stimme war ebenso anmutig wie ihre Bewegungen.

Frevisse murmelte eine Erwiderung und versuchte, ihre Erinnerungen an ihre kleine Cousine mit dieser gelassenen, erwachsenen Frau mit dem sicheren Auftreten in Einklang zu bringen. Alices Schönheit war nicht makellos, dazu waren ihr Gesicht, ihre Nase und ihre Oberlippe ein wenig zu lang, aber die Proportionen stimmten, und nach den Augenbrauen und dem rosigen Teint zu urteilen, war sie immer noch hellblond. Es war leicht zu verstehen, daß es ihr gelungen war, zweimal in den Hochadel einzuheiraten, selbst wenn man den Reichtum ihres Vaters außer acht ließ.

Alices Ehemann William, Graf von Suffolk, hatte sich ebenfalls erhoben. Er war größer als Alice, sein braunes Haar war an den Schläfen attraktiv ergraut, und sein ernstes Auftreten war der Gelegenheit angemessen. Aber er hatte einen fröhlichen Mund, zu anderen Zeiten lachte er sicherlich gern, nahm Frevisse an. Er war auf konventionelle Art gutaussehend – starke, regelmäßige Züge, ein festes Kinn, eine breite Stirn und eine wohlgeformte Nase. Alice und er waren ein bemerkenswertes Paar. Er tätschelte Frevisses Hand mit tröstender Herablassung, nachdem er sich verbeugt und ihr die Hand geküßt hatte. An seinen wohlformulierten Beileidssätzen interessierte ihn offensichtlich mehr seine eigene Beredsamkeit als die Frage, ob seine Worte ihr ein Trost sein würden. Frevisse beschloß, ihm soweit wie möglich aus dem Weg zu gehen.

Das Eintreten der Diener, die das Nachtmahl brachten, befreite Frevisse von der Notwendigkeit, weitere Beileidsbezeugungen entgegenzunehmen. Alice, Suffolk und der größte Teil der anwesenden Gäste wollten in den Saal hinuntergehen und gemeinsam mit dem Chaucerschen Haushalt essen, aber Tante Matilda würde das Nachtmahl zusammen mit Bischof Beaufort in ihrem Wohngemach einnehmen. »Und du sollst auch hier oben essen, mein Liebes. Und deine Schwester Perpetua? Bestimmt seid ihr beide erschöpft, und hier oben ist es so viel angenehmer als unten im Saal.«

Frevisse stimmte bereitwillig zu. Während der kleine Tisch aufgestellt wurde, gesellte sie sich zu Schwester Perpetua, die sich ruhig mit dem Priester unterhielt, der Frevisse von der Kapelle hierhergeleitet hatte. Er sollte offenbar ebenfalls zum Nachtmahl bleiben. Mit einem leichten Neigen des Kopfes nahm er ihr Näherkommen zur Kenntnis.

Schwester Perpetua übernahm die Vorstellung. »Das ist Sir Philip. Er ist der Hauspriester.« Sie sah ihn fragend an. »Seit drei Jahren?«

»Im Advent sind es drei Jahre«, bestätigte er.

Frevisse neigte ebenfalls leicht den Kopf. »Sir Philip.«

»Schwester Frevisse.«

Er hatte eine angenehme Stimme, ruhig und wohlmoduliert, die zu seinem Gesicht paßte, das man hätte schön nennen können, wenn die Haut nicht von tiefen Furchen und weißem Gewebe überzogen gewesen wäre. Die Pockennarben bedeckten Kinn und Wangen und zogen sich bis zu den Schläfen hoch. Das schwarze Haar, modisch knapp über den Ohren abgeschnitten, wirkte wie eine glatte Kappe, und das schwarze Priestergewand war von konservativem Schnitt, bestand aber wie das des Bischofs aus feinster Wolle. Im Gegensatz zu dem Bischof trug Sir Philip keinen Schmuck außer einem Goldring mit tief eingraviertem Muster. Es war dennoch offensichtlich, daß er kein armer Priester war, der sich mühsam in den unteren Rängen der Kirchenhierarchie durchschlug. Seine Umgangsformen waren gewandt wie die eines Höflings. Die drei führten eine höfliche Unterhaltung über das Wetter und die Unbequemlichkeiten des Reisens, bis sie zu Tisch gerufen wurden.

Die Unterhaltung bei Tisch entwickelte sich mit einer eigenartigen Normalität, als hätten sich die Gäste nur zusammengefunden, um das Vergnügen ihrer gegenseitigen Gesellschaft zu genießen. Wie vorauszusehen gewesen war, machte Tante Matilda den Anfang mit einer Bemerkung über das schlechte Wetter. Sie war freundlich genug, Schwester Perpetua bei ihren Fragen und Kommentaren nicht auszuschließen, und Schwester Perpetua achtete sorgsam darauf, nicht allzuviel Vertraulichkeit in ihre Antworten zu legen. Sie war in einem Haus aufgewachsen, das diesem sehr ähnelte, sprach gebildet und wußte sich zu benehmen. Unter anderem aus diesem Grund hatte die Ehrwürdige Mutter sie Frevisse als Begleiterin mitgegeben. »Schwester Perpetua wird Euch nicht noch zusätzlich Kummer bereiten und nicht durch ungebührliches Verhalten dem Kloster Schande machen«, hatte Priorin Edith erklärt.

In der Tat antwortete Schwester Perpetua liebenswürdig und würdevoll auf alle Bemerkungen, die an sie gerichtet wurden, und ließ sich vom Ansehen und Einfluß des Bischofs, der imposant zu ihrer Rechten saß, nicht aus der Ruhe bringen.

Frevisse fiel es weniger leicht, so liebenswürdig zu sein. Das muntere, vertraute Geplapper ihrer Tante verdeckte nur mühsam deren ehrliche, schmerzliche Trauer um ihren Mann. Außerdem spürte Frevisse zu ihrem Unbehagen, daß Bischof Beaufort sie immer noch scharf beobachtete. Sie wollte sein Interesse nicht. Sie wollte, daß der Abend vorüberging, damit sie endlich schlafengehen konnte, allein mit ihren Gedanken und ihrer Trauer, bis der morgige Tag in Angriff genommen werden mußte. Aber zunächst war diese Mahlzeit zu überstehen. Das Gespräch drehte sich mittlerweile um die schlechte Ernte, und der Bischof wandte sich an Frevisse. »Wie sieht es in Eurem Kloster aus? Wart Ihr in

der Lage, etwas von der Ernte als Wintervorrat zurückzulegen?«
Sorgsam bemüht, mit unbeteiligter Stimme zu sprechen, nichts zu verraten außer Höflichkeit und Sachlichkeit, antwortete Frevisse: »Genug, um uns bis zum nächsten Jahr zu ernähren, wenn wir sparsam damit umgehen.« Dabei hätte sie es belassen sollen, aber die Ehrlichkeit bewog sie, hinzufügen: »Vielleicht aber auch nicht, wenn wir den Dörflern etwas abgeben müssen, wie wir es letztes Jahr getan haben.« Dann wurden ihre guten Vorsätze durch die Dringlichkeit der Sache zunichte gemacht, und sie fragte: »Wird die Regierung Getreide aus dem Ausland importieren? Wie ist die Ernte in Frankreich ausgefallen?«
»In Frankreich war es fast ebenso schlimm wie hierzulande, mit Ausnahme des äußersten Südens, was uns ja nichts nützt«, erwiderte Bischof Beaufort bereitwillig. Das Land unterhalb der Loire war französisch, die englische Herrschaft reichte nicht bis dorthin. »Wir verhandeln gerade mit der Hanse. Im Baltikum sind die Ernten gut gewesen, wie man hört.«
Frevisse vergaß ihren Entschluß, sparsam mit Worten umzugehen, denn für die Menschen, die zu arm waren, um ihr täglich Brot zu bezahlen, wenn durch die Lebensmittelknappheit eine Teuerung ins Land kam, ging es um Leben und Tod. Und wenn irgend jemand der hier Anwesenden etwas wußte, dann Bischof Beaufort. Sie beugte sich vor. »Werden in der Zwischenzeit Anstrengungen unternommen, die Getreidepreise in England niedrig zu halten?«
Der Bischof, der gerade den Löffel zum Munde geführt hatte, hielt in der Bewegung inne. »Der Kronrat hat alle Städte angewiesen, in dieser Hinsicht zu tun, was sie können.«

Das war die Antwort eines Politikers. Frevisses Höflichkeit geriet ins Wanken. »Und was genau, glaubt Ihr, werden die tun, um dieses Ziel zu erreichen?« fragte sie scharf.
»Frevisse, mein Liebes, hast du schon diese Kuchen probiert?« Tante Matilda wies einen der Diener mit einer Geste an, Frevisse eine Platte mit kleinen, weißen, rosinengespickten Kuchen anzubieten.
Frevisse wollte schon ablehnend den Kopf schütteln. Diese Taktik kannte sie. Ihre Tante hatte sie oft angewandt, wenn Chaucer und Frevisse wieder einmal ein fröhliches, verwickeltes Streitgespräch über ein Thema begonnen hatten, das sie als unpassend empfand. Aber mit plötzlicher Demut antwortete sie diesmal: »Vielen Dank, Tante«, und ärgerte sich über sich selbst, weil sie mehr gesagt hatte, als sie sollte. Sie wandte ihre Aufmerksamkeit den Kuchen zu, und das Gespräch drehte sich bald um die Frage, wie viele Gäste zum Begräbnis kommen würden, das für den übernächsten Tag angesetzt war.
Als Frevisse jedoch eine Weile später zufällig Bischof Beaufort ansah, musterte dieser sie noch eindringlicher als zuvor.

KAPITEL 4

Als Tante Matilda am nächsten Morgen aufstand, war ihr Gesicht immer noch grau vor Kummer. Bei Alice, die das Bett mit ihrer Mutter geteilt hatte, zeigte sich die Müdigkeit um die Augen herum. Frevisse und Schwester Perpetua, denen Schmerzen und Erschöpfung ihres eiligen Ritts durch das Land noch in den Knochen steckten, hatten auf den Rollbetten der Dienerinnen geschlafen, während diese und Alices Kammerzofe sich mit strohgefüllten Matratzen begnügen mußten. Rollbetten und Matratzen waren mittlerweile wieder unter das große Bett geschoben worden, wo sie nicht im Weg und gleichzeitig außer Sicht waren.

Für die beiden Nonnen war es leicht, sich auf den Tag vorzubereiten. Sie waren bereits gewaschen, angezogen und hatten den Schleier ordentlich befestigt, während Alices Kammerzofe noch das Haar ihrer Herrin kämmte und zu Zöpfen flocht. Erst wenn sie damit fertig war, würde sie Alice ankleiden. Ohne mehr als drei Worte miteinander zu wechseln, hielten sich Frevisse und Schwester Perpetua abseits, um niemanden zu stören.

Frevisse betrachtete das geschäftige Treiben und Geplauder um ihre Cousine herum und ihre unnatürlich schweigsame Tante. Sie erinnerte sich, daß Chaucer einmal gesagt hatte, Männer würden schweigsam, wenn sie müde seien, Frauen hingegen redselig. Tante Matilda hatte ganz offensichtlich das Stadium einfacher Müdigkeit überschritten und stand am Rande der völligen Erschöpfung. Ihre Kammerzofe Joan legte gerade das schwarze Gewand zurecht, das ihre Herrin tragen sollte. Plötzlich sagte sie in einem Ton, den nur eine langjährige vertraute Dienerin sich herausnehmen durfte: »Ihr braucht heute wahrhaftig nicht aufzustehen und überall dabeisein, Herrin. Niemand erwartet das von Euch. Es sind doch genug Leute da, die sich um alles kümmern können.«

»Aber die Gäste. Thomas würde wollen –«

Alice unterbrach sie. »Vater würde wollen, daß du dich nicht noch kränker machst, als du bereits bist.«

Sie blickte über Matildas Kopf hinweg zu Frevisse, die sofort erklärte: »Wirklich, Tante, du hast eine schlimme Zeit hinter dir. Heute werden zahllose Trauergäste eintreffen, und wenn sie dich zu Gesicht bekommen, werden alle etwas von dir wollen. Du mußt deine Kräfte für das Begräbnis morgen schonen. Alice und ich können uns um alles kümmern, und wenn wir nicht weiterwissen, kommen wir zu dir und fragen dich um Rat. Bitte, Tante, hör doch auf uns.«

Matilda hatte die ganze Zeit über abwehrend den Kopf geschüttelt. Als Frevisse zu Ende gesprochen hatte, kniete Alice vor ihrer Mutter nieder, nahm ihre Hände

in die ihren und bat liebevoll: »Bitte, Mutter. Laß uns das für dich tun.«
Da schossen ihrer Mutter die Tränen in die Augen, und die Anspannung löste sich. Sie schloß die Augen und sagte mit stockender Stimme: »Vielleicht habt ihr recht. Ich sollte an morgen denken, wenn wir ... wenn wir ...«
Die Worte »Thomas beerdigen« brachte sie nicht über die Lippen. Nachdem sie jedoch mit sichtbarer Anstrengung die Fassung wiedererlangt hatte, öffnete sie die Augen und zählte alles auf, was getan werden mußte.
»Seht nach, ob in den Wäscheschränken genug Decken sind und weist die Stalljungen an, zusätzlich Strohsäcke zu füllen. Dann überzeugt euch, daß die Vorbereitungen für den Leichenschmaus im Gange sind und dem Koch keine Zutaten fehlen. Laßt auf den Fußboden der Kirche süße Kräuter streuen. Merkt euch den Rang der eintreffenden Gäste – natürlich müßt ihr sie selbst begrüßen – und sorgt dafür, daß sie morgen beim Leichenzug und beim Leichenschmaus den Platz einnehmen, der ihnen gebührt. Es muß reichlich sauberes Wasser da sein, damit die Gäste sich nach ihrer Ankunft frischmachen können. Laßt nicht zu, daß jemand einen Wassereimer für einen Nachttopf hält. Stellt sicher, daß Familien, die in Fehde miteinander liegen, weit voneinander entfernte Zimmer zugewiesen bekommen und beim Leichenschmaus nicht nebeneinander sitzen. Laßt den ganzen Tag ein Feuer im großen Saal brennen, damit die eintreffenden Gäste sich wärmen können ...«
Alice und Frevisse sahen sich über Matildas Kopf hinweg an und schnitten kleine Grimassen gegenseitigen Mitgefühls, während Joan ihre Herrin dazu brachte, sich wieder hinzulegen. Die endlose Liste verklang in einem müden Gemurmel.
Am frühen Nachmittag strömten immer neue Besucher

ins Schloß. Die nächsten Nachbarn würden am Tag der Beerdigung kommen und nach dem Leichenschmaus wieder nach Hause reiten, aber die Novembertage waren kurz. Alle Gäste, die mehr als einige Stunden entfernt wohnten, reisten am Tag zuvor an und blieben mindestens zwei Nächte. Thomas Chaucer hatte Verbindungen zur Londoner Kaufmannschaft und zu mächtigen Männern am Königshof gehabt. Einflußreich und angesehen waren sie alle, aber die genaue Rangordnung mußte beachtet und peinlichst eingehalten werden. Zu ihrer Erleichterung stellte Frevisse fest, daß die Aufgabe, die ranghöchsten Gäste zu begrüßen, ganz selbstverständlich ihrer Cousine Alice zufiel. Als Witwe des Grafen von Salisbury und Ehefrau des Grafen von Suffolk sowie als Tochter des Hauses kannte sie die meisten bereits und kam ihren Pflichten als Gastgeberin mit Anmut und Grazie nach. Frevisse, die sie beobachtete, fühlte sich an Chaucer selbst erinnert.

Es blieb Frevisse überlassen, sich um die geringeren Gäste zu kümmern, obwohl »geringer« ein relativer Begriff war. Ritter und Kaufleute, die reicher waren als Grafen, konnte man wohl kaum als gering bezeichnen. Und so kam es, daß sie im großen Saal wartete, als Sir Walter Fenner, Haupt der berühmten und großen Familie Fenner, hereingeführt wurde.

Die Fenners gehörten zu den prominenteren Gönnern von St. Frideswide, obwohl sie weniger aufdringlich waren als noch vor wenigen Jahren. Sir Walter und Frevisse kannten sich bereits. Sie sah, wie er in den Saal geführt wurde, und hatte daher Zeit genug, einen höflichen Gesichtsausdruck aufzusetzen, der gerade so viel Freude über sein Erscheinen ausdrückte, wie für ein Begräbnis nötig war. »Wie schön, daß Ihr kommen konntet, Sir Walter«, begrüßte sie ihn liebenswürdig.

»Ich bedauere sehr, daß mein Besuch einen solch traurigen Anlaß hat, Schwester«, erwiderte er. Die Fenners vergaßen niemals irgendeine Schmach, die ihnen zugefügt wurde. Bei ihrem letzten Zusammentreffen hatte Sir Walter Frevisse beschuldigt, die Mörderin seiner Mutter zu verstecken. Aber er wußte, was in dieser Situation von ihm erwartet wurde, deshalb war er zwar kurzangebunden, aber höflich und korrekt. »Der Verlust Eures Onkels muß Euch großen Schmerz bereiten.«
»In der Tat, Sir Walter.«
Damit war es für beide genug, aber als er sich abwandte, um dem Diener zu folgen, sah Frevisse, daß er als Knappen den jungen Robert Fenner mitgebracht hatte, der ihr damals in St. Frideswide gegen den Zorn Sir Walters beigestanden hatte. Das war vor drei Jahren gewesen, und in dieser Zeit war er vom Knaben zu einem jungen Mann geworden. Das kurze, warme Lächeln, das er ihr im Vorbeigehen zuwarf, bewies jedoch, daß er sie nicht vergessen hatte.
Der kleine, stets nervös hüpfende Mann – der, wie sie erfahren hatte, Gallard Basing hieß und der Haushofmeister war – kam mit einem weiteren Gast auf sie zu.
»Sir Clement Sharpe«, verkündete Gallard ungewöhnlich kurzangebunden und trat zur Seite.
Sir Clement war ein magerer, blasser Mann. Sein Haar war so stumpfbraun wie tote Blätter und lichtete sich bereits. Seine Augen hatten dieselbe Farbe. Er war elegant gekleidet, die weite, dunkelblaue Houppelande reich mit grauem Pelz besetzt. Er nahm seine Kappe mit dem langen, turbanartig geschlungenen Zipfel ab und machte eine Verbeugung, die ein wenig tiefer und schwungvoller ausfiel als nötig.
»Mein herzlichstes Beileid zum Heimgang Eures verehrten Onkels.«

»Ich danke Euch. Wir wissen Eure Anteilnahme sehr zu schätzen. Meine Tante Matilda wird erfreut sein, daß Ihr kommen konntet.«
Sie verstand weder das Zucken seiner Mundwinkel noch seine Antwort. »Bitte versichert Ihr, daß Euer Onkel und ich die Angelegenheit gütlich geregelt haben, bevor er so schwer erkrankte. Ich werde die Situation nicht ausnutzen.«
Frevisse lächelte und erwiderte: »Da bin ich sicher.« Denn um was auch immer es gehen mochte, er würde nicht mit Tante Matilda verhandeln, sondern mit den Anwälten des Grafen von Suffolk, da Suffolk und Alice Chaucers Erben waren.
»Darf ich Euch mein Mündel vorstellen?« fragte Sir Clement und schob ein Mädchen nach vorn, das Frevisse zuerst für ein Kind hielt. Aber ein genauerer Blick enthüllte, daß sie sechzehn oder siebzehn sein mußte. »Lady Anne Featherstone.«
Lady Anne knickste. Sie war in einen Reisemantel aus einfacher dunkler Wolle gehüllt, aber ihre Manieren waren ebenso ansehnlich wie ihr Gesicht. Frevisse knickste gleichfalls, aber Sir Clement fuhr bereits in weit weniger wohlwollendem Ton fort: »Und das ist mein Neffe Guy Sharpe.«
Es gab wenig Familienähnlichkeit zwischen dem mageren, blassen Sir Clement und dem breitschultrigen, gutaussehenden jungen Mann, der jetzt an Lady Annes anderer Seite vortrat. Er verbeugte sich und sagte etwas Angemessenes zur Begrüßung. Aber Frevisse achtete mehr auf den warmen Seitenblick voller Zuneigung, den Lady Anne ihm zuwarf, als auf seine Worte.
Frevisse war sich nicht sicher, ob Sir Clement den Blick ebenfalls gesehen hatte. Aber er ging weiter, noch bevor Guy sich wieder aufgerichtet hatte, zog Lady Anne mit

sich und an seine andere Seite, weg von Guy, mit einer gewandten, fließenden Bewegung. Frevisse sah, wie sich das Gesicht des jungen Mannes versteifte. Seine Augen blieben auf Lady Anne gerichtet, selbst während er seine abschließenden Worte an Frevisse richtete. Dann folgte er Sir Clement.

Frevisse hoffte, daß der Ärger, der sich da zusammenbraute, erst losbrechen würde, wenn Sir Clement und seine Familie Ewelme wieder verlassen hatten.

Am späten Nachmittag kamen kaum noch Gäste, und Frevisse ließ ihre Pflichten im Stich, um zur Kapelle zu gehen. Sie war seit beinahe vierundzwanzig Stunden nicht mehr dort gewesen, abgesehen von einem kurzen Besuch am Morgen.

Nichts hatte sich seitdem verändert, weder die Schatten noch der Kerzenschein noch die Kälte. Oder ihre Trauer. Auch heute war Frevisse müde, nicht vom tagelangen Reiten, sondern von der Begegnung mit zu vielen Menschen und mehr höflicher Konversation, als sie gewöhnt war. Selbst die Betenden um den Sarg mochten dieselben sein wie am Tag zuvor. Und dann sah sie, daß zumindest einer tatsächlich auch gestern dort gewesen war: der Hauspriester Sir Philip.

Frevisse blieb eine Weile stehen und ließ sich von der Stille umfangen und beruhigen, bevor sie zum Gebet niederkniete. Aber sie hatte kaum begonnen, als leise Stimmen hinter der geschlossenen Kapellentür sie in ihrer Konzentration störten. Sie versuchte, trotzdem weiterzubeten, aber wenn die Worte auch durch das dicke Holz nicht auszumachen waren – die Stimmung war es schon. Die Stimmen gehörten einem jungen Mann und einer Frau oder vielleicht einem Mädchen. Die Frau drängte den Mann mit verzweifelter Stimme, etwas zu tun, und seine Antworten waren ebenso eindringlich.

Dann kam eine dritte Stimme dazu, die eines Mannes, so laut erhoben, daß leicht zu verstehen war, was er zornig und voller bitterer Befriedigung ausrief. »Dachte ich mir's doch, als ihr beide so plötzlich verschwunden wart!«

Das Mädchen antwortete, ebenfalls mit wütender, laut erhobener Stimme: »Woher wußtet Ihr, wo wir sind? Wer hat es Euch verraten?«

»Ich bin kein Dummkopf, auch wenn ihr das noch so gern hättet. In einem Haus dieser Größe, das voller Menschen ist, gibt es nicht allzu viele Orte, wo man allein sein kann. Sobald Jevan mir sagte, daß ihr beide verschwunden seid, konnte ich leicht genug erraten, wo ihr steckt.«

»Jevan!« rief das Mädchen bitter aus.

Der junge Mann sagte etwas, aber der Ältere schnitt ihm geringschätzig das Wort ab. »Du bist ein Trottel, wenn du das denkst, Junge!«

Empört schnappte der junge Mann, jetzt ebenfalls mit lauter Stimme: »Kein so großer Trottel wie Ihr, wenn Ihr glaubt, Ihr könnt uns auf ewig voneinander trennen!«

»Glaub es lieber, Junge, denn ich kann es!«

Das Mädchen rief verzweifelt aus: »Aber wir lieben einander doch!«

Sir Philip war aufgestanden und ging mit raschem Schritt zur Tür. »Jesus, Gott im Himmel«, stieß er leise hervor, als er an Frevisse vorbeikam.

Da sie annahm, daß die junge Frau dankbar auf ihre Anwesenheit reagieren würde, und da sie hoffte, die Männer würden in Gegenwart einer Nonne ihren Zorn zügeln, erhob sich Frevisse und folgte dem Priester.

In der kleinen Vorhalle der Kapelle hatte Sir Clement Sharpe seinen Neffen Guy und sein Mündel Lady Anne in eine Ecke gedrängt. Keiner der beiden jungen Leute

wirkte eingeschüchtert oder gar beschämt. Seite an Seite begegneten sie seiner rasenden Wut mit ihrem Zorn. Die Hand des Mädchens lag besitzergreifend auf Guys Arm.
Lady Anne trug ein hoch gegürtetes, faltenreiches Kleid in der Farbe von dunklem Bernstein. Ihr helles, honigfarbenes Haar umhüllte Kopf und Schultern wie ein Schleier. In dem düsteren Raum war sie von graziler Schönheit, wie ein geschnitzter Engel. Ihr Glanz war der Brennpunkt des dunklen Zorns der beiden Männer.
»Liebe hat gar nichts damit zu tun«, erklärte Sir Clement gerade höhnisch. »Ihr werdet den Mann heiraten, den ich Euch aussuche. Für das Recht, Euch zu verheiraten, habe ich genug bezahlt. Der Profit daraus steht mir zu. Vergeßt das ja nicht!«
Bevor Guy oder Lady Anne etwas darauf erwidern konnten, griff Sir Philip ein. »Ihr solltet nicht vergessen, wo Ihr Euch befindet und aus welchem Grund. Seid so gut und senkt Eure Stimmen.«
Er selbst sprach leise, der Umgebung angemessen, und ohne Gereiztheit. Die Streitenden verstummten, und Sir Clement wirbelte herum, deutlich gewillt, seinen Zorn auf das nächste Opfer zu richten. Aber dann erschien ein Ausdruck auf seinem Gesicht, den Frevisse nur als erwachendes Entzücken deuten konnte. Er rief aus: »Bei Gottes süßem Atem! Philip der Niedriggeborene! Ihr habt Euch ziemlich über Euren Stand erhoben, scheint's!«
»Und Ihr macht Eurem Stand Schande«, entgegnete Sir Philip ruhig. »Dieses Haus ist in Trauer, und in der Kapelle ruht der Grund dafür. Tragt Eure Familienstreitigkeiten woanders aus. Oder noch besser, wartet, bis Ihr Ewelme verlassen habt.«
Sir Clement warf seinem Neffen und Lady Anne einen

höhnischen Blick zu. »Erzählt das den beiden!« erwiderte er. »*Ihr* Ungehorsam ist es, der –«
»Sprecht nicht so laut in der Gegenwart Gottes und des Todes«, ermahnte Sir Philip ihn abermals.
»Wag es ja nicht, so mit mir zu reden, du Feldwelpe! Ich weiß –«
»Doch sicher genug, um Euch im Hause des Grafen von Suffolk anständig zu benehmen«, unterbrach Sir Philip ihn scharf. Sir Clement verstummte abrupt. Sir Philip nutzte die kurze Pause und sagte ebenso ruhig wie zuvor: »Ich würde vorschlagen, daß Ihr Euch jetzt mit Eurem Neffen und Eurem Mündel zum Nachtmahl begebt.«
Sir Clement zog die Mundwinkel hoch. Es war mehr eine höhnische Grimasse als ein Lächeln. »Ihr dürft vorschlagen, was Ihr wollt. Und ich werde genau das tun, was mir gefällt.«
Er zuckte mit dem Kopf, die Parodie einer Verbeugung. Dann schien er zum erstenmal Frevisse zu bemerken und verbeugte sich vor ihr ernsthafter. Gebieterisch streckte er dann die Hand nach Lady Anne aus. Sie hob das Kinn und preßte die Lippen zusammen, trat aber vor, knickste vor Sir Philip und Frevisse und verließ die Vorhalle, ohne die Hand Sir Clements zu beachten. Sir Clement ignorierte demonstrativ seinen Neffen und folgte ihr. Guy, der dunkelrot angelaufen war, verbeugte sich schweigend und ging ebenfalls hinaus.
Frevisse bemerkte: »Ich hatte den seltsamen Eindruck, daß Sir Clement sich trotz allem hervorragend amüsiert hat.«
»Das hat er zweifellos.« Sir Philip drehte sich zu ihr um. Die Vorhalle wurde nur von einer einzigen, schwach brennenden Lampe erhellt, und in dem gedämpften Licht waren die tiefen Pockennarben nicht sichtbar.

Für einen kurzen Moment verlieh ihm das die Schönheit, die er ohne die Narben gehabt hätte. Aber sein Gesicht war ausdruckslos, als er fortfuhr: »Zwist und Hader waren stets Sir Clements liebster Zeitvertreib.«
»Ihr kennt ihn also?«
»Er machte ganz den Eindruck, als würde er mich kennen, nicht wahr?«
Wenn Belustigung in Sir Philips Ton mitschwang, so war es eine sehr trockene. Mehr als alles andere verrieten der distanziert höfliche Ton und die ausdruckslose Miene jedoch, daß er nicht vorhatte, darüber zu reden, was zwischen ihm und Sir Clement vorgefallen war – und daß er von Frevisse das gleiche erwartete.
Bemüht taktvoll und zurückhaltend fragte Frevisse dennoch: »Was ist mit seinem Neffen und dem Mädchen? Da scheint sich Ärger anzubahnen.«
»Es ist schon eine ganze Weile her, daß ich irgend etwas mit Sir Clement oder einem Mitglied seiner Familie zu tun hatte. Ich habe also keine Ahnung, worum es ging. Ich kann nur Mutmaßungen anstellen, und zwar ebensogut wie Ihr.« Jetzt schwang ganz eindeutig Spott in seiner Stimme mit.
»Da stimme ich Euch zu«, antwortete Frevisse. »Obwohl wir uns natürlich beide irren können und uns die ganze Sache auch nichts angeht.« Sie drehte sich um und ging in die Kapelle zurück, um die wenige Zeit, die ihr noch bis zum Nachtmahl blieb, zum Gebet zu nutzen. Ihr fiel auf, daß Sir Philip ihr nicht folgte. Sein Platz neben dem Sarg blieb leer.

KAPITEL 5

Kardinal Bischof Beaufort legte das letzte Schriftstück zur Seite und nickte seinem Schreiber zu. »Sorge dafür, daß ein Bote das morgen früh befördert.«

Mit einer Verbeugung sammelte der Mann die Briefe ein und entfernte sich. Sie würden gefaltet, gesiegelt und einem Boten übergeben werden, aber um dies alles brauchte sich Beaufort nun, nachdem er die Schreiben durchgelesen und unterschrieben hatte, nicht mehr zu kümmern. Er war ein Mann, der großen Wert auf Tüchtigkeit legte, bei sich selbst und bei anderen. Er konnte sich darauf verlassen, daß seine Diener solche Angelegenheiten korrekt erledigten.

Trotzdem blieb für ihn selbst noch eine Menge zu tun. Beaufort war direkt von einer Sitzung des Kronrates zu Thomas geeilt. Wie üblich war bei der Sitzung nichts von Wichtigkeit entschieden worden, da sich zu viele Parteien um die Vorherrschaft im Rat zankten. Zwar waren

die meisten Führer dieser Fraktionen unfähig, auch nur ihre eigenen Angelegenheiten zu regeln, aber sie alle hatten sich selbst und ihre Anhänger davon überzeugt, daß ohne sie England im Chaos versinken würde. Aus diesem Grund mußte Beaufort sie gewöhnlich so taktvoll und geschickt manipulieren, daß sie gar nicht merkten, daß er es war und nicht sie, der die Geschicke des Königreichs lenkte. Da er die Bedürfnisse und Schwächen der Menschen klarer beurteilen und einschätzen konnte als jeder andere, hatte er gewöhnlich Erfolg damit.
Sein Machthunger – von dem er wußte und den er sich unumwunden eingestand – hatte ihn fast alles erreichen lassen, was er angestrebt hatte. Gelegentlich war es allerdings ermüdend, von seiner Fähigkeit, das Handeln anderer Leute vorauszusehen, Gebrauch zu machen, und anstrengend, sie dazu zu bringen, das zu tun, was er wollte.
Beaufort schloß die Augen und fuhr sich mit der großen, beringten Hand über die Stirn. Was er im Augenblick wollte, war Zeit zum Trauern. Und die hatte er nicht. Die Hauptlast der Begräbnisvorbereitungen lag auf seinen Schultern, weil er sehen konnte – merkte es denn sonst niemand? –, daß Matilda kurz vor dem Zusammenbruch stand. Beaufort dachte aus diesem Grund um so besser von ihr. Sie war eine standesstolze, geschwätzige Frau und hatte sich stets nach den Ehren verzehrt, die ihr Mann beharrlich ablehnte. Beaufort hatte Thomas' Gründe für seinen Entschluß, den Ritterschlag oder noch höhere Titel abzulehnen, amüsiert zur Kenntnis genommen. Beaufort hatte es akzeptiert, aber nie verstanden. Matilda hatte es weder verstanden noch akzeptiert.
Die Eheschließung ihrer Tochter mit einem Grafen und

die Aussicht auf adelige Enkelkinder hatte Matilda daher etwas beschwichtigt, aber sie ließ Thomas nie vergessen, was er – und damit sie – hätte sein können.
In ihrem Bemühen, mit den Begräbnisvorbereitungen fertigzuwerden und ihren eigenen Schmerz nicht zu zeigen, zeigte Matilda nun mehr Anstand und Mut, als Beaufort von ihr erwartet hatte. Bereitwillig hatte er ihr deshalb einen großen Teil der Last abgenommen.
Und es war eine Last. Seit Chaucer von ihnen gegangen war, fühlte Beaufort sich einsam. So einsam war er sich zuletzt als Kind vorgekommen, als seine zutiefst warmherzige, unendlich liebevolle, wunderschöne Mutter ihm behutsam die Realitäten seines Lebens erklärt hatte. Niemand in ganz England sei so wie er, hatte sie ihm erläutert, außer seinen beiden Brüdern und seiner Schwester. Sie waren Bastarde des Herzogs von Lancaster, des vierten Sohnes von König Edward III. Hätte ihr Vater Beauforts Mutter vor der Geburt der Kinder geheiratet – was er jedoch nicht konnte –, hätten sie ein Anrecht auf den höchsten Stand im Königreich gehabt. So hatten sie keinerlei Ansprüche und waren angewiesen auf das, was ihr Vater ihnen gnädig zukommen ließ. Und es gab keinerlei Gewißheit darüber, was er tun würde.
Aber ihr Vater hatte ihre Mutter geliebt, und so waren ihnen seine königliche Gnade und sein Wohlwollen zuteil geworden. Ein Platz im Gefolge ihres Vaters für seine beiden Brüder, die Ehe mit einem Grafen für seine Schwester, und für ihn das, was er am meisten ersehnte – Wissen und die Priesterschaft. Oxford und dann die Kirche, ein Bistum, als er gerade erst Anfang Zwanzig war, trotz seiner unehelichen Geburt.
Und dann, als keiner es mehr erwartet hatte, hatte John of Gaunt, Herzog von Lancaster, zum Erstaunen

aller – nicht zuletzt der Kinder – die Mutter seiner Bastarde geheiratet. Und König Richard II. erwies Beaufort und seinen Geschwistern sein Wohlwollen und erklärte sie für ehelich.
Aber nicht lange danach war John von Lancaster gestorben, und sein ältester Sohn und legitimer Erbe, Beauforts Halbbruder Heinrich von Hereford, stellte Beaufort vor ein Problem, das ihn leicht hätte vernichten können. Heinrich von Hereford, einer der arrogantesten Männer, die je gelebt hatten, lag ständig mit seinem Vetter König Richard im Streit. Es war nicht so, daß einer der beiden gänzlich im Unrecht gewesen wäre, aber sie waren sehr verschieden. Aus der Feindschaft wurde ein Kampf um die Krone.
Temperament, Dankbarkeit und die Treueeide, die er dem König geschworen hatte, banden Beaufort an König Richard. Aber Heinrich war sein Halbbruder. Und Beaufort empfand ein Gefühl von Zusammengehörigkeit ihm gegenüber, wie er sich in seinen privatesten Augenblicken eingestand. Auch er strebte, wie Heinrich, nach Macht und Größe.
Er war damals zu Thomas gegangen, dem einzigen Menschen, dem er seine Gedanken mitteilen konnte. Thomas hatte aus sicherer Distanz sein Dilemma mit folgenden Worten und nicht ohne Mitgefühl kommentiert: »Wenn du ein weniger ehrgeiziger Prälat wärst, könntest du dich in deinen Bischofspalast zurückziehen und abwarten, was bei dem Zwist herauskommt. Aber du hast dich schon zu weit vorgewagt, du mußt dich zwischen ihnen entscheiden oder jede Hoffnung begraben, später die Gunst des Siegers zu genießen.«
Beaufort hatte, wie fast immer, erkannt, was die Stunde geschlagen hatte. Und zwar so früh, daß er sich rechtzeitig und scheinbar ohne Zögern auf die Seite

seines Halbbruders schlagen konnte. Es war ein Wagnis, aber er gewann. Sein Halbbruder wurde König Heinrich IV. Und nur Thomas wußte, wie schwer Beaufort diese Entscheidung gefallen war.
Aber nicht einmal Thomas wußte, wie tief er um König Richard nach dessen Tod getrauert hatte.
Das hatte seine Treue gegenüber dem neuen Haus Lancaster jedoch nicht beeinträchtigt. Er hatte seinem Halbbruder nach besten Kräften gedient und nach ihm seinem Sohn König Heinrich V. Und nun seinem Enkel, König Heinrich VI., Beauforts Großneffen. Seine Macht und sein Einfluß waren im Laufe der Zeit ständig gewachsen.
Natürlich war es nicht leicht gewesen. Es hatte Rückschläge gegeben, Feinde, wiederholte Enttäuschungen. Und die ganze Zeit über war Thomas dagewesen, während aller Erfolge und Mißerfolge. Thomas, der ihm vom Verstand und seinen Fähigkeiten her näherstand als irgend jemand sonst. Seit dem Tode seiner Mutter war Thomas der einzige Mensch, bei dem Beaufort es wagen konnte, Trauer zu zeigen und sich zu beklagen. Manchmal hatte er Mitgefühl erfahren, manchmal Humor oder Tadel, aber immer Verständnis.
Er lehnte sich in seinem Sessel zurück, einen Ellenbogen auf die Armlehne gestützt, und preßte die Finger gegen die schmerzenden Lider. Seine Diener gingen leise in der angrenzenden Kammer hin und her. Zweifellos würde bald jemand ankommen und eine Entscheidung wegen irgendeines Problems fordern. Er mußte sich zusammenreißen. Und bald mußte er zum Nachtmahl gehen. Die Familie würde heute abend wieder im Wohngemach speisen, und er mußte freundlich, aber entschieden sein, durfte nie seine Position vergessen.
Und morgen war das Begräbnis und der Leichen-

schmaus, wo er nicht nur Stütze der Familie sein, sondern auch der Krone und der Kirche, die er vertrat, Ehre machen mußte. Seufzend bat er Gott, ihm und Matilda Standhaftigkeit zu verleihen.

Jemand war zu ihm getreten, stand schweigend vor ihm und wartete, bis Beaufort ihn bemerkte. Der Bischof holte tief Luft und konzentrierte sich wieder auf die Aufgaben des Augenblicks. Dann ließ er die Hand in den Schoß sinken und hob den Kopf.

Erleichtert erkannte er Sir Philip, der nur sprach, wenn er etwas Wichtiges zu sagen hatte, und der immer sachlich, exakt und vernünftig war.

»Ja?« fragte Beaufort.

Sir Philip verbeugte sich tief. »Ich bedauere sehr, Eure Eminenz stören zu müssen. Aber ich dachte, Ihr würdet gern vorgewarnt sein. Sir Clement Sharpe ist angekommen.«

»In seiner üblichen Laune?«

»Kann man wohl sagen.«

»Ihr habt also mit ihm gesprochen.«

»Ich würde es eher so ausdrücken: Ich bin von ihm beleidigt worden und habe die andere Wange hingehalten, damit er noch einmal zuschlagen konnte.«

Beauforts Mundwinkel zuckten verständnisvoll und anerkennend. »Kann ich mir vorstellen. Ich werde tun, was ich kann, um seine ... Aktivitäten zu beschränken. Und, Sir Philip ...«

Der Priester, der sich mit einer Verneigung zurückziehen wollte, blieb stehen. »Eminenz?«

»Wir hatten bisher wenig Gelegenheit, miteinander zu reden, und in den nächsten Tagen wird es kaum anders sein. Also spreche ich die Angelegenheit am besten sofort an. Wie sehen Eure Pläne für die Zukunft aus, nun, da Meister Chaucer nicht mehr ist?«

Nach dem Tod des früheren Hauspriesters vor drei Jahren hatte Thomas den Bischof gebeten, ihm einen neuen Priester zu empfehlen. Beaufort hatte Sir Philip vorgeschlagen, damals ein unbedeutendes Mitglied seines eigenen Haushalts, denn der Mann besaß einen scharfen Verstand und hatte viel aus den ursprünglich sehr begrenzten Chancen seines Lebens gemacht.
Priester in einem wohlhabenden Haushalt war eine Position, die ein Mann bequem und sorgenfrei bis zum Lebensende bekleiden konnte. Thomas war mit ihm zufrieden gewesen, ebenso wie die übrigen Mitglieder des Haushalts, soweit Beaufort in Erfahrung gebracht hatte. So zufrieden, daß Sir Philip nun gute Chancen hatte, Priester des Grafen von Suffolk zu werden. Einer von mehreren Priestern selbstverständlich, da der große Haushalt eines Grafen so viel geistliche Betreuung und kirchliche Prachtentfaltung erforderte, daß ein einziger Priester nicht ausreichte.
Sir Philip neigte den Kopf, als sei die Frage verwirrend gewesenund wäre gänzlich unerwartet gekommen.
»Euer Wille ist mir Befehl, Eminenz. Das versteht sich von selbst.«
»Ihr würdet keiner Möglichkeit den Vorzug geben?«
»Ich vertraue Eurem Urteil, Eminenz. Ihr wißt, an welcher Stelle ich Euch am besten dienen kann.«
Die Antwort war untadelig, wie alles, was Sir Philip sagte oder tat. Aber die wahren Wünsche des Mannes blieben verborgen. Mit einem Nicken und einer Geste entließ Beaufort den Priester. Sir Philip verneigte sich und zog sich zurück.
Einen tiefen Atemzug lang starrte Beaufort in die Luft, dann schüttelte er die vage Unzufriedenheit mit einer Kopfbewegung ab und stellte sich den Pflichten, die heute abend noch auf ihn zukommen würden.

KAPITEL 6

Nach beinahe fast einem Monat feuchter Kälte und bewölkten Himmels brach der Morgen des Begräbnisses mit klirrendem Frost und einem schmerzhaft blauen Himmel an.

Der Leichenzug sollte sich am späten Vormittag im äußeren Hof jenseits des Wallgrabens in Bewegung setzen. Chaucers Sarg, von einem Bahrtuch verhüllt, würde auf einem schwarzen Karren, gezogen von schwarzen Pferden, zur Dorfkirche überführt werden. Dort wollte Bischof Beaufort die Totenmesse lesen, und der Sarg würde in seine Gruft gebettet werden. Die Trauernden würden dann zum Schloß zurückkehren und den Leichenschmaus halten, und nur der Tote bliebe dort. Seine Seele war bereits im Himmel, der Leib würde auf den Tag der Auferstehung warten.

Zumindest ist die Straße gefroren, bei dieser bitteren Kälte, dachte Frevisse, die einen der Fensterläden des Wohngemachs einen Spalt weit geöffnet hatte, um nach dem Wetter zu sehen. Grundsätzlich würden am Tag des Begräbnisses alle Fensterläden geschlossen bleiben und das ganze Schloß in der Dunkelheit der Trauer liegen. In der Schlafkammer ihrer Tante und ihrem Wohngemach sollte es noch mindestens einen Monat lang dunkel bleiben. Aber im Moment hatten Frevisse und Schwester Perpetua das Wohngemach für sich.

In dem Streifen kalten Sonnenlichts, das sie hineingelassen hatte, setzte Frevisse sich Schwester Perpetua gegenüber auf einen Hocker, und sie begannen mit den Gebeten der Prim. Vor ihnen lagen Kissen aus dem Erkersitz, auf denen sie niederknien konnten. Es war Sonntag, und so waren die Gebete ausführlicher als an den Wochentagen. Der Kern blieb jedoch der gleiche.

»Domine Deus omnipotens, qui ad principium huius diei nos pervenire fecisti: tua nos hodie salva virtute; ut in hac die ad nullum declinemus peccatum, sed semper ad tuam justitiam faciendam nostra procedant eloquia, dirigantur cogitationes et opera.« Herr, allmächtiger Gott, ich danke dir, daß du mich diese Nacht vor allem Schaden und Gefahr behütet hast, und bitte dich, du wollest mich diesen Tag auch behüten vor Sünden und allem Übel, daß dir all mein Tun und Leben gefalle. Denn ich befehle mich, meinen Leib und meine Seele und alles in deine Hände.

In deine Hände. Der Wille Gottes. Ergebung in Gottes Willen.

Aber Chaucer, der ihr nähergestanden hatte als irgend jemand sonst, der ihr so lieb gewesen war wie ihre leiblichen Eltern, war tot. Es war Gottes Wille, daß sie ihn in diesem Leben, das für sie noch viele Jahre dauern mochte, nie wiedersah, nie wieder seine Stimme hörte, nie wieder mit ihm lachte und redete.

Sie weinte wieder, und die Tränen tropften auf ihre

gefalteten Hände. Sie fühlten sich warm an auf der kalten Haut.
Aber die Worte der Prim woben ihren Trost und ihre Hoffnung für den Tag um sie herum. Die Tränen waren versiegt, als das Stundengebet zu Ende ging, und Frevisse wischte sich die Augen mit dem Handrücken trocken. Dann hob sie den Kopf und lächelte Schwester Perpetua an, nicht entschuldigend – weinen war keine Schande –, sondern um ihr zu zeigen, daß sie bereit war, sich dem Tag zu stellen. Mit dem trockenen Humor, den sie und Chaucer gemeinsam gehabt hatten, dachte Frevisse, daß es wenig sinnvoll sei, sich Gedanken über Tante Matilda zu machen und dann selbst zusammenzubrechen. Tränen zu vergießen, beschützte sie davor. Das Weinen hatte das enge Band der Trauer gelockert, das ihr die Brust zusammenschnürte, und ermöglichte es ihr, dem Tag gefaßter gegenüberzutreten.
»Schwester Frevisse?«
Sie drehte den Kopf zur Tür, um zu sehen, wer sie angesprochen hatte, und sprang dann rasch auf. »Robert!« Frevisse bedeutete ihm, er möge hereinkommen. Die Veränderungen, die sie gestern nach ihrem flüchtigen Blick auf Robert Fenner festgestellt hatte, waren nun, da sie sich von Angesicht zu Angesicht gegenüberstanden, noch offensichtlicher. Seit ihrer letzten Begegnung war er um einige Zentimeter gewachsen, und seine schmale Knabengestalt war zu der eines jungen Mannes geworden. Aber er war immer noch Robert mit seinem gewinnenden, offenen Lächeln, und er verbeugte sich mit der sicheren Gewandtheit, die ihr im Gedächtnis geblieben war.
»Ich hatte gehofft, daß wir vor Eurer Abreise noch Gelegenheit haben, uns zu unterhalten«, sagte sie. »Wie kommt Ihr mit Sir Walter zurecht? Wie ist es Euch ergangen?«

»Es ist nicht schlimmer als gewöhnlich.« Robert lächelte. Als abhängiger Verwandter von Sir Walter Fenner diente Robert ihm, weil er keine andere Wahl hatte, nicht etwa, weil er es so wollte. »Wenn man mal davon absieht, daß er Pläne für meine Eheschließung hat, geht es mir gut.«
Er sagte es leichthin, aber nicht leichthin genug.
»Eure Eheschließung?« fragte Frevisse. »Ihr seid volljährig und wart nie sein Mündel, also wie kommt es, daß er eine Ehe für Euch arrangiert?«
»Er hat eine Cousine, die viel Land besitzt, eine Witwe. Sie hat Gefallen an mir gefunden. Und Sir Walter wird dafür sorgen, daß ich mein Leben lang die Schweineställe anderer Leute ausmisten muß, wenn ich mich weigere. Ich muß also Blaunche mit dem dicken Hintern heiraten, wenn er es mir befiehlt.«
»Oh, Robert!«
»Aber –« Robert hob die Hand, um ihre Mitleidsbezeugungen abzuwehren. »Auch ihm hat das Leben übel mitgespielt. Lord Fenner, der doch angeblich auf dem Sterbebett lag, hat sich wieder erholt, gerade als Sir Walter überzeugt war, daß der Titel endlich sein sei. Es sieht so aus, als könne Lord Fenner noch gut zwanzig Jahre leben.« Robert schaffte es, ein lautes Gelächter im Zaum zu halten, aber er grinste breit.
Frevisse konnte sich die Reaktion des ungeduldigen, ehrgeizigen Sir Walter auf diese Wendung des Schicksals sehr gut vorstellen. Es gelang ihr nicht, ein Lächeln zu unterdrücken. »Also ist die Ehe mit Eurer zukünftigen Gattin vielleicht gar nicht das Schlimmste, was einem ehrgeizigen Mann zustoßen kann?« gab sie zu bedenken.
»Sie lacht wie eine Krähe, die gekitzelt wird. Und sie hat den Verstand einer Krähe.« Mit einer plötzlichen Bewe-

gung wandte er sich ab und sagte: »Bitte vergebt mir meine schlechten Manieren. Kennt Ihr Jevan Day bereits? Er ist gestern mit seinem Onkel angekommen.« Frevisse hatte den ruhigen jungen Mann nicht bemerkt, der in der Tür stand und wartete. Nun betrat er den Raum und verbeugte sich vor ihr und Schwester Perpetua. Seine Bewegungen waren ebenso eckig wie seine Gestalt, aber er besaß eine unsichere Anmut, die ihm Charme verliehen hätte, wenn sie von einem Lächeln begleitet gewesen wäre. Aber sein langes Gesicht wirkte nicht so, als fände er je etwas erfreulich. Die blasse Haut, das stumpfe braune Haar und die braunen Augen erinnerten Frevisse plötzlich an jemanden. »Jevan Day«, meinte sie. »Ist vielleicht Sir Clement Sharpe Euer Onkel?«
»Die Ähnlichkeit ist schon von vielen bemerkt worden«, antwortete Jevan kurzangebunden.
»Und er hört es nicht sehr gern«, bemerkte Robert mit dem aufblitzenden Humor, der Jevan fehlte. »Sir Clement ist ein tyrannischer –« Er schluckte das Wort hinunter, das ihm auf der Zunge gelegen hatte, und sagte statt dessen: »Unsere Herren begegnen sich gelegentlich, um sich gegenseitig und all ihre Bekannten zu beschimpfen. So haben wir beide uns kennengelernt. Jetzt beschimpfen wir sie, wenn wir unter uns sind.«
»Das ist weder klug noch gütig, da sie nun mal Eure Herren sind«, bemerkte Schwester Perpetua milde.
»Auch mein Onkel ist weder klug noch gütig und wird nie durch irgendwelche Bedenken daran gehindert, zu sagen, was er von mir hält«, entgegnete Jevan. »Ganz gleich, wer zuhört.«
»Und besonders gern sagt er es ihm ins Gesicht«, fügte Robert hinzu.
»Ich bin Sir Clement nur zweimal kurz begegnet«,

erklärte Frevisse, »aber ich will gern glauben, daß er Vergnügen daran findet, seine Zähne am Ruf anderer Leute zu schärfen. Robert, mich rufen Pflichten, aber vielleicht könnten wir uns später weiter unterhalten ...«

»Mit Vergnügen, Mylady.« Die jungen Männer verbeugten sich und traten zur Seite, um Frevisse und Schwester Perpetua vorbeizulassen.

Auf der Treppe sagte Schwester Perpetua: »Wenn Ihr mich nicht braucht, würde ich gerne in die Kapelle gehen. Ich habe bislang kaum Gelegenheit gehabt, für Meister Chaucers Seelenheil zu beten, und er war ein Mann, den ich in guter Erinnerung behalten habe.«

»Bitte geht, wenn Ihr es wünscht. Tante Matilda wird von einer ganzen Schar Frauen umgeben sein. Selbst ich werde wahrscheinlich nicht gebraucht.«

Schwester Perpetua tätschelte ihren Arm. »Ihr wißt, daß das nicht stimmt. Ich werde auch für Euch beten, nicht nur für Euren Onkel.«

Frevisse fühlte wieder warme Tränen auf den Wangen und war dankbar für Schwester Perpetuas Trost. Die Lebenden hatten es ebenso nötig wie die Toten, daß für sie gebetet wurde. »Ich danke Euch.«

Zu ihrer Überraschung befanden sich nur wenige Leute im Schlafgemach ihrer Tante: Alice, Joan und drei weitere Kammerzofen und Bischof Beaufort, der auf einem Stuhl saß. Hinter ihm stand Sir Philip, ein offenes Gebetbuch in der Hand.

Da die Fensterläden geschlossen und alle in Schwarz gekleidet waren, schien der Raum voller dichter Schatten zu sein, die sich in dem matten Lampenlicht bewegten. Tante Matilda war fertig angekleidet, lediglich die wattierte Haube und der schwarze Kopf- und Kinnschleier fehlten noch. Joan, die in einer Hand einen Kamm und in der anderen Hand Haarnadeln hielt, war offensichtlich dabeigewesen, das graue Haar ihrer Herrin hochzustecken. Aber Tante Matilda stand weit entfernt von ihr in der Mitte des Raums. Sie rief klagend und mit vor Nervosität und Gram belegter Stimme: »Wie soll ich das bloß schaffen? Ich weiß nicht, wie ich das schaffen soll!«

Schnell schloß Frevisse die Tür. Alice warf ihr einen dankbaren Blick zu, ging zu ihrer Mutter, die völlig aufgelöst die Hände rang, und nahm Matildas Hände in die ihren. »Mutter«, sagte sie in gewinnendem Ton, »es wird schon gehen. Ich werde bei dir sein. Und Suffolk ebenfalls. Du weißt, daß du es schaffen kannst. Um Vaters willen.«

»Alles, was ich je getan habe, habe ich für ihn getan«, klagte Tante Matilda. »Und er hat mich trotzdem verlassen. Ich kann es nicht ertragen, daß er nicht mehr da ist!«

»Du kannst es, Tante«, sagte Frevisse beruhigend. »Natürlich kannst du es.«

»Ich *will* es nicht!« Tante Matilda klammerte sich hilflos an Alice, die sie eng umschlungen hielt. Sie war dabei, sich in einen Zustand höchster Panik hineinzusteigern, und bald würde sie durch kein Zureden mehr zu erreichen sein. Zwar würde kein Mensch Anstoß daran nehmen, daß die Witwe bei der Beerdigung weinte, ganz im Gegenteil, aber um ihrer selbst und aller anderen willen durfte sie während der Zeremonie keinen hysterischen Anfall bekommen.

»Matilda«, sagte Bischof Beaufort. Seine tiefe, wohlklingende Stimme, die mit Leichtigkeit bis in die fernsten Winkel einer Kathedrale dringen konnte, erfüllte nun den Raum mit Wärme und Sicherheit. »Gott ist mit dir. Und wir werden auch bei dir sein.«

Tante Matilda verstummte mitten in einem aufsteigen-

den Schluchzen, rang nach Atem und blickte ihn an. Beherrscht und würdevoll erhob sich der Bischof und trat zu ihr. Er nahm ihre Hände, die in seinen großen Händen fast verschwanden.
Wieder überraschte Frevisse seine Größe und Selbstbeherrschung. Seinen Zorn auf sich zu ziehen, war wahrscheinlich etwas, das man um fast jeden Preis vermeiden sollte. Im Augenblick jedoch zeigte er nur Sanftmut und Stärke. »Du mußt es für Thomas tun, diese letzte, harte Sache. Er hat dich geliebt, Maud. Er hat sich darauf verlassen, daß du dich als die große Dame erweist, die du bist. Wir wissen, daß du ihm jetzt keine Schande machen wirst.«
Tante Matilda schluckte, schniefte und blickte zu ihm auf. Man konnte direkt sehen, wie ihre Beherrschung zurückkehrte. Sir Philip eilte an ihre Seite und sagte leise etwas, das Frevisse nicht verstehen konnte. Aber Tante Matildas Rückgrat wurde noch gerader, und ihr Gesicht nahm einen entschlossenen Ausdruck an.
»Natürlich«, sagte sie und entzog Bischof Beaufort eine Hand, um sie auf den Arm des Priesters zu legen. Von Bischof und Priester gestützt, bedeutete sie ihren Frauen mit einem Nicken, sie fertig anzukleiden, damit sie tun konnte, was getan werden mußte.
Schnell steckte Joan das Haar ihrer Herrin fertig auf, und die Kammerzofen brachten erst den schwarzen Kinnschleier, dann die Haube und den Kopfschleier. Als sie fertig waren, war Tante Matildas rundes, weißes Gesicht fest umrahmt von der strengen, schwarzen Trauerkleidung. Der einzige Farbtupfer waren ihre rotgeweinten Augen.
Ihre Tochter küßte sie auf die Wange, und Frevisse wollte gerade tröstend bemerken, daß sie Thomas wirklich alle Ehre mache, als jemand zögernd an die Tür klopfte.

Vielleicht der Zeremonienmeister, der mitteilen will, daß im Hof alles bereit ist, dachte Frevisse, obwohl es dafür noch etwas früh zu sein schien.
Eine der Dienerinnen öffnete die Tür, und Frevisse sah erstaunt, daß Jevan Day davor stand, das Gesicht noch starrer als vorhin, als er mit Robert zusammen gewesen war. Er verbeugte sich steif und sagte, ohne den Raum zu betreten: »Mistress Chaucer, ich bitte die Störung zu entschuldigen, aber Sir Clement Sharpe bittet um die Erlaubnis, kurz mit Euch sprechen zu dürfen.«
»Er will mit mir sprechen?« Tante Matildas Frage verriet ihre Ungläubigkeit über solch ein Ansinnen. »Jetzt?«
»Das ist doch wohl kaum die richtige Zeit für so etwas!« Alice, ebenfalls ungläubig und zornig zugleich.
»Er würde gern mit Euch sprechen, bevor die schweren Aufgaben dieses Tages es unmöglich machen«, beharrte Jevan.
Frevisse bezweifelte, daß das seine eigenen Worte waren. Sie auszusprechen, schien ihm heftig zu widerstreben.
»Er würde Euch gern persönlich sein Beileid aussprechen«, fuhr Jevan fort, »und Euch versichern, daß er seine Forderungen in der Sache des strittigen Grund und Bodens erst vorbringen wird, wenn Eure Trauer nicht mehr so frisch ist. Zudem möchte er Euch bitten, die Angelegenheit wohlwollend dem Grafen von Suffolk gegenüber zu erwähnen, mit dem Sir Clement jetzt, wo Meister Chaucer tot ist, verhandeln wird.«
Die Botschaft war so unverschämt, daß alle außer Tante Matilda wie zu Eis erstarrt dastanden. Mit erneuter Panik klammerte sie sich an Sir Philip und stammelte verstört: »Ich kann doch nicht ... nicht heute morgen ... wie ... wie kann er von mir verlangen ... wie kann er glauben, daß ich –«

»Schickt ihn fort«, befahl Alice und nahm ihre Mutter in die Arme. »Du mußt dich nicht jetzt darum kümmern. Nicht jetzt und auch später nicht! Suffolk wird das erledigen.«

»Das ist kein Gespräch, das du jetzt ertragen müßtest«, stimmte Frevisse zornig zu. Aber ihr Zorn richtete sich nicht gegen Jevan, dem offensichtlich sehr widerstrebte, was er zu sagen gezwungen gewesen war. Bischof Beaufort trat zwischen Jevan und Matilda und verabschiedete den Knappen mit harter Stimme. »Ihr habt Eure Pflicht getan und die Wünsche Eures Herrn vorgetragen. Und jetzt geht. Mistress Chaucer kann sich heute morgen nicht um die Angelegenheit kümmern, wie Euer Herr sehr wohl weiß. Richtet ihm von mir aus –« Beaufort hielt inne. Sein Gesicht wurde so glatt wie Öl auf Wasser, und er wandte sich von Jevan ab, der ihm blaß, aber aufrecht gegenüberstand, und sah Sir Philip an. Fast freundlich fuhr er fort: »Sir Philip, bitte begleitet diesen jungen Mann und richtet Sir Clement folgendes von mir aus: ›Ihr seid ein ungezogener Spitzbube, und wenn Ihr in einem Haus, das in Trauer ist, nicht zumindest ein wenig Anstand vortäuschen könnt, seid Ihr mehr als herzlich aufgefordert, uns zum frühestmöglichen Zeitpunkt zu verlassen.‹«

In Sir Philips sonst so beherrschtem Gesicht zeichnete sich eine rasche Folge unterschiedlichster Regungen ab. Ablehnung war wohl seine erste Reaktion, aber er begrub sie, sobald sie geboren war. Frevisse glaubte zu sehen, daß sich zuletzt ein Hauch trockenen Humors zeigte, im Wissen um die Widrigkeiten, die folgen würden, aber sie war sich nicht sicher. Rasch wurde sein Gesicht zu einer ebenso glatten Maske wie das des Bischofs. Er neigte sich tröstend zu Matilda hinunter, die immer noch verzweifelt seinen Arm umklammerte.

»Es wird nicht lange dauern, Herrin. Ich werde zurücksein, bevor Ihr gehen müßt. Aber ich muß dem Bischof in dieser Sache gehorchen.«
Mit einem unsicheren Schniefen riß Matilda sich zusammen, nickte und ließ ihn gehen. Als er und Jevan den Raum verlassen hatten und die Dienerin die Tür geschlossen hatte, blickte Tante Matilda einen nach dem anderen an. Ein wenig von ihrer früheren Würde und dem Bestreben, alles zu regeln, schien zurückgekehrt zu sein, als sie sagte: »Ich weiß gar nicht, warum wir uns nicht setzen. Wir werden heute noch lange genug auf den Beinen sein. Ist es sehr kalt draußen? Ach, es spielt keine Rolle. Dem lieben Thomas hat die Kälte nie besonders viel ausgemacht.«
Alice brach in Tränen aus.
Und das war vermutlich das Sinnvollste, was sie hatte tun können, dachte Frevisse, als Tante Matilda ihren eigenen Schmerz vergaß und begann, ihre Tochter zu trösten.

KAPITEL 7

»*Deus, cui proprium est misereri semper et parcere, te supplices exoramus pro anima famuli tui Thomas Chaucer ... jubeas eam a sanctis Angelis suscipi et ad patriam paradisi perduci.*« Gott, Dir ist es eigen, allzeit Erbarmen und Schonung zu üben. Dich bitten wir flehentlich für die Seele Deines Dieners Thomas Chaucer ... Befiehl Deinen heiligen Engeln, daß diese sie aufnehmen und ins himmlische Heimatland geleiten.

Die Liturgie der Totenmesse nahm ihren Lauf, dunkel und ausdrucksvoll. Das Sonnenlicht, das durch die Fenster fiel, ließ die satten Farben der kostbaren Meßgewänder der Priester und Kardinal Beauforts aufleuchten und streute Farbflecken wie Juwelen über die dunkelgekleideten Trauergäste, die sich im Hauptschiff drängten. Die von Weihrauchschwaden erfüllte Kirche erwärmte sich langsam durch die vielen Menschen. Nachdem die Trauergäste den Sarg in einer langsamen

Prozession durch die Kälte vom Schloß zur Kirche begleitet hatten, war ein bißchen Wärme allen höchst willkommen.

»Et gratia tua illis succurrente ...« Mit Deiner Gnade komm ihnen zu Hilfe ...

Erschöpft ließ Frevisse sich von der Liturgie davontragen. Die Messe in ihrer Pracht und Ausführlichkeit spendete Trost mit der von Gott gegebenen Hoffnung, daß der Tod nicht das Ende war. Selbst das Weinen schien unerheblich zu sein, solange die Messe dauerte.

»Vere dignum et justum est, aequum et salutare, nos tibi semper et ubique gratias agere ...« Wahrlich würdig und recht, richtig und heilsam ist es, Dir Dank zu sagen immer und alle Zeit ...

Aber irgendwie schien dieser feierliche Ernst nichts mit dem Thomas Chaucer zu tun zu haben, den Frevisse gekannt hatte, der sie stets herausgefordert hatte, selbst zu denken, der voller Lachen gewesen war, der sie manchmal geneckt und ihr oft Freundlichkeit erwiesen hatte.

Allerdings hatte die Totenmesse in ihrem Kern auch nichts mit dem Teil von Chaucer zu tun, der sein irdisches Ich gewesen war. Es ging um den Teil von ihm, der in Ewigkeit weiterleben würde. Den Teil, der jetzt gereinigt war von allem Irdischen, von allen Gefühlen. Um den Teil, den sie nicht kannte. Und sie hatte noch nicht gelernt, diesen Teil zu lieben statt des anderen, der für immer fort war.

Der Pfarrer von Ewelme begann seine Predigt mit der üblichen Ermahnung: »Seht diesen Sarg mit seiner toten Bürde, als würdet ihr in einen Spiegel blicken, denn gewißlich werdet ihr selbst einmal ...«

Frevisse richtete ihre Gedanken auf ihre eigenen Gebete, bis die Liturgie weiterging.

»Et ideo cum Angelis et Archangelis, cum Thronis et Dominationibus, comque omni militia caelistis exercitus, hymnum gloria tuae canimus, sine fine dicentes: Sanctus, Sanctus, Sanctus …« Und so, mit Engeln und Erzengeln, mit denen auf den Thronen und den himmlischen Heerscharen, singen wir: Heilig, heilig, heilig ist Gott, der Herre Zebaoth, alle Lande sind seiner Ehre voll …

Vor dem Altar bewegten sich Priester und Diakone in rituellen, feierlichen Schritten. Bischof Beaufort war der vornehmste unter ihnen, jede seiner Bewegungen und Gesten war vollkommen, als sei das, was er tat, unendlich wertvoll. Was wahrhaftig auch stimmte. Er ließ die inneren Werte nach außen durchscheinen, machte die Messe dadurch zu etwas unendlich Seltenem und Schönem.

Chaucer hätte das zu schätzen gewußt, dachte Frevisse. Er hatte schöne Dinge geliebt. Seinen zartgefärbten Kelch aus venetianischem Glas, den er mit großer Sorgfalt und hohen Kosten aus dem Ausland eingeführt hatte, ebenso wie die Pracht eines Sonnenuntergangs über den Hügeln von Oxfordshire.

Gab es im Himmel auch solche Dinge, die er lieben konnte?

Oder war die Ewigkeit reine Liebe, und kein Bedürfnis und kein Wunsch unterschied eine Seele von einer anderen? Wie mochte es sein, ganz Geist zu werden? Und wie gelang es den Engeln, die doch keine Kehlen hatten, endlos: Heilig, heilig, heilig, zu singen? Und wie konnten die Heiligen sie ohne Ohren hören?

»Circumdabo altare tuun, Domine … enarrem universa mirabilia tua.« Ich will vor Deinen Altar treten, Herr … und Deine Wunder schildern.

Chaucers sterbliche Hülle wurde mit Weihwasser

besprengt, mit Weihrauch beräuchert und schließlich der Gruft übergeben. Die letzten Gebete wurden gesprochen, für alle Toten, die früheren und die kommenden. Das Gebet war so wirklich wie ein tröstender Arm, und Frevisse hüllte sich in die Worte ein wie in einen Mantel. *»Requiem aeternam dona eis, Domine. Et lux perpetua luceat eis. Requiescant in pace. Amen.«* Ewige Ruhe schenke ihnen, o Herr, es leuchte ihnen das ewige Licht! Amen.

Die Trauergäste schoben sich langsam aus der Kirche, hinaus in den strahlenden Tag und den kalten Wind. Hohe, dünne Wolken überzogen den Himmel, der klar gewesen war, als sie die Kirche betreten hatten. Es lag Schnee in der Luft oder bitterer Frost. Die Dörfler standen dichtgedrängt vor der Kirche und warteten auf die Begräbnisalmosen sowie die Gelegenheit, der Witwe und der Gräfin ihre Segenswünsche zuzurufen. Hinter den beiden kam Frevisse, die leicht verwirrt feststellte, daß von ihr erwartet wurde, neben Suffolk herzugehen, eine unter anderen Umständen höchst seltsame Kombination. Aber zumindest war es nicht nötig, Konversation zu machen, und so wechselten sie auch kein einziges Wort. Frevisse hatte keine besonders hohe Meinung von Suffolk – nein, eigentlich hatte sie überhaupt keine Meinung über ihn, obwohl sie sich erinnerte, daß Chaucer nach dem Verlöbnis seiner Tochter einmal bei einem Besuch in St. Frideswide gesagt hatte: »Beide sind gleich reich und empfinden die gleiche Zuneigung füreinander, und er hat Macht und sie Verstand. Die Ehe sollte eigentlich recht glücklich werden.«

Frevisse erwartete halb, daß Sir Clement Sharpe die Gelegenheit ergreifen und Tante Matilda auf dem Weg von der Kirche zum Schloß ansprechen würde. Bei seinem Übermaß an schwarzer Galle und seinem Mangel an Manieren war eine derartige Unhöflichkeit nicht auszuschließen. Aber sie entdeckte ihn weit entfernt in der Menge der Trauergäste, als sie langsam die Zugbrücke zum Schloßhof überquerten. Sein Neffe Guy ging neben ihm, und auf seiner anderen Seite leuchtete kurz Lady Annes blondes Haar auf. Laß sie ihre Probleme heute für sich behalten, dachte Frevisse. Und morgen würden sie dann Ewelme zusammen mit den übrigen Gästen verlassen.

Sobald sie das Schloß betraten, übernahm Meister Gallard die Verantwortung für den weiteren Verlauf der Trauerfeier. Die Hauptaufgabe des Haushofmeisters bestand darin, dafür zu sorgen, daß jeder der Gäste an den ihm aufgrund seines Ranges zustehenden Platz geführt wurde. Die Trauergäste saßen an den Außenseiten der langen Tische, die in einer Doppelreihe einander gegenüberstanden und die ganze Länge des großen Saals einnahmen. Sie reichten von der Tafel für die Ehrengäste, die auf einem Podest gegenüber der Tür stand, bis zu den Trennwänden aus Holz ganz am unteren Ende des Saals. Noch am Tag zuvor hatte sich Tante Matilda mit der Frage gequält, ob alle Gäste an den Tischen Platz finden würden. Aber die Jahreszeit und das Wetter hatten die Anzahl der Trauergäste begrenzt.

Das Hauptproblem war die Sitzordnung. Frevisse war froh, daß sich der Haushofmeister damit zu beschäftigen hatte und nicht sie. Die Familie und die vornehmsten Gäste würden auf dem Podest Platz nehmen, die Gäste von niedrigerem Rang an den langen Tischen unten im Saal. Alle ihrer Rangordnung gemäß zu plazieren, ohne jemanden zu kränken, war eine heikle Kunst und ein diplomatischer Balanceakt. Meister Gallard meisterte diese Aufgabe jedoch überraschend

gekonnt. Nach bemerkenswert kurzer Zeit saßen alle Gäste an ihrem Platz, und die Diener brachten den ersten Gang des reichhaltigen Festmahls herein.
Als Mitglied der Familie war Frevisse ein Platz auf dem Podest zugewiesen worden. Weil sie jedoch keine Blutsverwandte Chaucers war, saß sie ganz am rechten Ende der Tafel, weit entfernt von den Fürsten und dem Hochadel in der Mitte. Bischof Beaufort, Kirchenfürst und Großonkel des Königs sowie Chaucers Vetter, nahm den Ehrenplatz an Tante Matildas rechter Seite ein. An ihrer linken Seite saß Alice. Dann kam der Herzog von Norfolk, der Abgesandte des Königs. Aber nicht einmal er war von höherem Rang als Bischof Beaufort. Und Alices Gemahl war als Graf von Suffolk hinter dem Bischof von Lincoln plaziert.
Frevisse hatte in der Kirche geschwitzt, dann bei dem windigen Gang zurück zum Schloß gefroren. Nun wurde ihr in dem überfüllten Saal wieder zu warm, und so machte sie sich mehr Gedanken über die Kopfschmerzen, die sie kommen fühlte, als über eine etwaige Konversation mit den illustren Gästen. Sie litt selten unter Kopfschmerzen und wußte nicht genau, ob der Schmerz in ihrem Kopf das erste Anzeichen einer Krankheit war oder nachlassen würde, wenn sie sich an das Gedränge und den Lärm gewöhnt hatte. Es handelte sich zwar um einen Leichenschmaus, aber dennoch war das Stimmengewirr ohrenbetäubend, denn jeder einzelne wollte über die Stimmen so vieler anderer hinweg gehört werden. Da Frevisse jedoch am Ende der Tafel saß, hatte sie keinen Nachbarn zur Rechten, und der Abt zu ihrer Linken war viel zu sehr damit beschäftigt, sich zur Mitte des Tisches gewandt mit den wichtigen Leuten zu unterhalten, um Frevisse mehr als flüchtige Beachtung zu schenken. Sie teilten sich einen Becher und mußten

sich beide von den Servierplatten und Terrinen bedienen, die vor sie hingestellt wurden, sonst hätte er ihre Anwesenheit wahrscheinlich überhaupt nicht zur Kenntnis genommen.

Belustigt stellte Frevisse fest, daß sie einerseits ärgerlich darüber war, ignoriert zu werden, und andererseits erleichtert, weil sie sich nicht die Mühe machen mußte, etwas Komplizierteres zur Konversation beizutragen als: »Ja, vielen Dank, ich nehme ein wenig davon.« Sie aß spärlich, und meistens wanderte ihre Aufmerksamkeit zu den Gästen an den langen Tischen unten im Saal und zu dem eiligen Hin und Her der Diener und Mundschenks. Ziemlich weit hinten konnte sie Schwester Perpetua erkennen, die bei einer anderen Nonne, Sir Philip und einem Mann saß, der entweder kahlköpfig oder ebenfalls Priester war. Aus dieser Entfernung ließ sich das schwer sagen.

Sir Clement Sharpe war nicht so weit entfernt; zu seiner Rechten saß Lady Anne und zu seiner Linken sein Neffe Guy. Er versucht immer noch, die beiden zu trennen, dachte Frevisse und fragte sich, wieviel ihm das wohl letztendlich nützen mochte.

Jevan Day beugte sich über Sir Clements Schulter und goß Wein in den Becher, den der Baron mit Lady Anne teilte. Wenn man Onkel und Neffen zusammen sah, war die Ähnlichkeit nicht zu verkennen. Aber Sir Clements Gesicht war lebhaft, offen und aufmerksam, während Jevans verschlossen war. Selbst die Spur von Lebhaftigkeit, die er im Gespräch mit ihr und Robert Fenner gezeigt hatte, war verschwunden. Sir Clement hatte da einiges zu verantworten.

Viele der Gäste wurden von ihren eigenen Dienern oder, wenn sie von ausreichend hohem Stand waren, ihren eigenen Knappen bedient. Ständig trug man neue Gerich-

te aus der Küche herein. Die Diener betraten den Saal durch die von den Trennwänden abgeschirmte Vorhalle und servierten auf den Innenseiten der U-förmig angeordneten Tische. Die Platten und Schüsseln, angefüllt mit allen erdenklichen Köstlichkeiten – von Weizengries mit Früchten bis zu Kapaunen mit Austernfüllung – mußten für jeweils vier Personen reichen. Lediglich auf dem Podest teilten sich jeweils zwei Gäste die servierten Gerichte, ein Zeichen ihres hohen Ranges. Da Frevisse nicht wußte, was aus ihren Kopfschmerzen werden und wie ihr Magen auf derart reichliches Essen reagieren würde, aß sie nur wenig – einen Hähnchenflügel, einige getrocknete Früchte, in Wein gekocht. Bis die Austernfüllung auf den Tisch kam. Da vergaß sie sich und aß soviel davon, wie sie konnte. Frevisse konnte sich nicht erinnern, wann sie zuletzt Austern gegessen hatte.
Der nächste Gang war eine Pastete mit Rindfleisch-Rosinenfüllung. Der dunkle Fleischsaft duftete nach Gewürzen und Orangenschalen. Jede Pastete war von gebackenen Eiern umgeben, und Frevisse, deren Appetit jetzt geweckt war, nahm eins und verspeiste es. Das ließ ihren Mund trocken werden, und nachdem sie sich die Lippen abgewischt hatte, damit kein Fett in den Wein kam, trank sie in großen Zügen aus dem Becher, den sie mit dem Abt teilte. Dann säuberte sie den Becher dort, wo ihre Lippen ihn berührt hatten. Sobald sie ihn niedersetzte, griff der Abt danach und leerte ihn in großen Schlucken, ohne sich die Mühe zu machen, Lippen oder Becherrand abzuwischen. Offenbar war sein Durst größer als seine Manieren. Frevisse wandte die Augen von dieser Entgleisung ab und enthielt sich jeden Kommentars, während er ein Stück Pastete auf ihren Teller legte.

Kauend ließ sie den Blick beiläufig durch den Saal schweifen. Sie entdeckte Robert Fenner, der ein wenig unterhalb von ihr bei Tisch bediente, aber Sir Walter sah sie nicht. Schwester Perpetua unterhielt sich mit Sir Philip, sie hatten die Köpfe zusammengesteckt, damit sie verstehen konnten, was der andere sagte. Sir Clement schob gerade eine Handvoll Knochen auf den Abfallteller vor sich. Die Knochen bewiesen, daß er den größten Teil des Hähnchens verspeist hatte, das eigentlich gerecht zwischen ihm, Lady Anne, Guy und seinem Nebenmann hätte aufgeteilt werden sollen. Also war er nicht nur streitsüchtig, sondern auch gierig. Frevisse überlegte, wie viele Sünden er wohl schon begangen haben mochte. Amüsiert beobachtete sie, wie Lady Anne sich mit ihm um den gemeinsamen Becher zankte, während Guy die große Pastete zu sich heranzog und sich selbst und seinem Nachbarn eine großzügige Portion auf den Teller lud.
Dann stellte sich jemand direkt vor sie und versperrte ihr die Sicht, aber er brachte einen Krug Wein, was erfreulich war. Frevisse blickte dankbar auf – sie war schon wieder durstig – und sah in ein vertrautes, freundliches Gesicht. Sie rief mit offener Freude aus: »Robert! Was tut Ihr denn hier?«
»Euch bedienen, edle Dame, und jeden anderen, solange Sir Walter mich nicht braucht. Er sitzt dort, gar nicht weit von Euch, in ernstem Gespräch mit einem Archidiakon. Es geht um die Kosten der Totenmesse. Seht – nein, Ihr könnt ihn nicht sehen, der fette Richter für Zivilrechtsklagen ist im Weg, und er kann Euch nicht sehen –«
»Was unserer beider Verdauung nur förderlich sein kann«, warf Frevisse ein.
»Sehr wahr«, bemerkte Robert. Er setzte ihren Becher

wieder ab, fein säuberlich gefüllt. Noch vorgebeugt, fragte er so leise, daß es bei dem Lärm im Saal niemand sonst hören konnte: »Wie geht es Lady Thomasine?«
»Sie ist seit drei Jahren *Schwester* Thomasine«, sagte Frevisse sanft. »Und es geht ihr sehr gut. Sie ist glücklich.«
»Gott möge sie so erhalten«, erwiderte Robert und ging fort, um die Becher anderer Gäste aufzufüllen.
»Das tut er gewiß«, sagte Frevisse leise. Sie griff nach dem Becher, bevor der Abt zulangen konnte, und trank, bis ihr Durst gelöscht war. Der Abt würde auf einen anderen Mundschenk warten müssen. Das war zwar unhöflich, aber eine sehr viel vornehmere Unhöflichkeit, als seine es gewesen war.
Aber ihre Gedanken waren noch bei Robert. Nach drei Jahren hatte er die Frau nicht vergessen, die er kaum drei Tage lang gekannt und seitdem nie mehr gesehen hatte. Eine Liebe, die schon damals hoffnungslos gewesen war. War das überhaupt wirklich Liebe, oder nur die Sehnsucht danach, die sich mit dem Geringeren zufrieden gab? Die das Herz an etwas hängte, das von dieser Welt ist, weil es mehr Mut erforderte, sein Herz der wahren, überirdischen Liebe zu überlassen? Dem Schöpfer, der der Welt alles gegeben hatte? Als Frevisse ihre Entscheidung getroffen hatte, war sie jünger gewesen als Robert jetzt, und auch ihr war es mehr als schwer gefallen.
Weiter unten im Saal entstand Unruhe. Köpfe drehten sich nach erhobenen Stimmen um, und die Diener zogen sich von einem bestimmten Platz an der Tafel zurück.
»Also bitte, wer macht hier einen solchen Aufruhr?« fragte der Abt mißbilligend.
»Sir Clement Sharpe«, entgegnete Frevisse, die das Zentrum der Unruhe ausgemacht hatte.

»Ah ja. Natürlich«, erwiderte der Abt und langte nach dem nächsten Gang, der gerade vor ihnen abgesetzt worden war: Hackfleisch, wie Birnen geformt mit Eigelb vergoldet und mit Kirschsaft beträufelt, um die Illusion perfekt zu machen, und mit Mandelsplittern als Stielen. Frevisse beobachtete Sir Clement, der aufgesprungen war und den Mann neben Lady Anne anschrie. Der stand ebenfalls auf und brüllte zurück. Der allgemeine Geräuschpegel war jedoch immer noch so hoch, daß Frevisse nicht verstehen konnte, um was es ging. Lady Anne blieb geduckt zwischen den beiden Kontrahenten sitzen, während die Tischnachbarn auf den Bänken weiterrückten, wie um sich in Sicherheit zu bringen. Nur Guy stand auf und streckte die Hand nach der Schulter seines Onkels aus.

Mittlerweile hatten fast alle Gäste mitbekommen, das etwas vor sich ging. Die Unterhaltungen verstummten allmählich, es wurde still im Saal. Guy packte von hinten Sir Clements Schulter, der aber drehte sich um, schlug die Hand seines Neffen weg und brüllte: »Faß mich nicht an, du mordlustiger junger Welpe!«

Dann war Sir Philip da, bedeutete Guy mit einer Geste, zurückzutreten, und stellte sich zwischen Sir Clement und den anderen Gast. Er wußte genau, daß jetzt alle gespannt lauschten, daher sprach er mit leiser Stimme, zunächst mit Sir Clement und dann mit seinem Kontrahenten. Guy hatte sich wieder auf die Bank fallen lassen. Frevisse sah, daß er und Lady Anne einen Blick wechselten und Guy den Kopf schüttelte, unbemerkt von Sir Clement, der jetzt mit Sir Philip stritt.

Oder sich streiten wollte, denn als Sir Clement sich ihm bedrohlich näherte und anfing, ihn anzubrüllen, wies Sir Philip mit einer unauffälligen, aber entschiedenen Handbewegung auf die Ehrengäste am Kopfende der

Tafel: eine eindringliche Erinnerung daran, wo sie sich befanden und warum.
Frevisse bezweifelte, daß Sir Clement daran erinnert werden mußte. Wieder einmal machte er auf sie den Eindruck eines Mannes, der genau weiß, was er tut, und Vergnügen daran findet. Aber Sir Philips Geste lieferte ihm den Vorwand, sich umzudrehen und eine prahlerische, übertrieben entschuldigende Verneigung vor allen Ehrengästen zu machen. Danach verbeugte er sich noch einmal gesondert vor der Witwe und Bischof Beaufort. Er griff nach dem Becher, der zwischen ihm und Lady Anne stand, hielt ihn hoch und verkündete mit lauter Stimme, die im ganzen Saal zu vernehmen war:
»Aber wenn ich unrecht habe, möge Gott mich binnen einer Stunde niederstrecken!«
Mit ebenso dramatischer Geste leerte er den Becher in einem Zug, knallte ihn heftig auf das Tischtuch, ließ seinen Blick entlang der Tafel wandern und setzte sich abrupt wieder hin. Man sah ihm das Vergnügen darüber an, daß alle Augen auf ihn gerichtet waren.
»Das macht er ständig«, bemerkte der Abt, nur für Frevisses Ohren bestimmt. Ein halblautes Gemurmel ging durch den Saal, die Leute wandten sich einander zu und gaben dem einen oder anderen eine kurze Erklärung. Dann nahmen alle die unterbrochenen Unterhaltungen wieder auf.
Frevisse, immer noch schockiert von Sir Clements Worten, sah den Abt an. »Verzeihung, was habt Ihr gesagt?«
Der Abt schnitt die nachgebildete Birne an und wiederholte: »Er macht das ständig. Schwört, daß er recht hat und Gott ihn binnen einer Stunde niederstrecken möge, wenn er unrecht hätte. Vielleicht nimmt Gott ihn eines Tages beim Wort. Dann wird Sir Clement höchst überrascht sein.«

Ein Diener setzte eine Platte voller mit Minze gewürzter Erbsen vor ihnen ab, und der Abt verlor das Interesse an dem Thema.
Robert kehrte zurück, um Wein nachzuschenken. »Seht nicht so entsetzt aus, Schwester Frevisse. Jeder, der mehr als einen halben Tag in Sir Clements Gesellschaft verbracht hat, hat ihn das schon sagen hören.«
»Aber das ist Blasphemie, Gott derart herauszufordern! Und noch dazu so beiläufig –«
»Aber es ist nur gefährlich, wenn er Unrecht hat, und Sir Clement ist überzeugt, daß er nie im Unrecht ist.«
»Was ist mit dem armen Mädchen? Wie lange dauert es noch, bis sie volljährig ist und dieser Umgebung entrinnen kann?«
»Lady Anne ist ungefähr so verletzlich wie ein Igel«, bemerkte Robert ohne jede Bosheit. »Sanfte Augen, Liebenswürdigkeit – und tausend Stacheln. Wer auch immer sie zur Frau bekommt, wird es nicht so gut haben, wie er glaubt.«
Er hatte bereits während seiner letzten Worte begonnen, sich von Frevisse zu entfernen, und so konnte sie ihn nicht mehr fragen, wer außer Guy die Dame denn noch ehelichen wollte. Aber es war nicht allzuschwer zu erraten. Die wütende Auseinandersetzung in der Vorhalle der Kapelle hatte gezeigt, wie Lady Anne zu Guy stand, und Sir Clement war so zornig darüber gewesen, daß es kaum überraschend wäre, wenn er selbst an einer Heirat mit ihr interessiert war. Natürlich hatte er in der ganzen Sache die Oberhand, denn solange sie sein Mündel war, konnte er sie verheiraten, mit wem er wollte. Das Gesetz untersagte ihm, sie gegen ihren Willen zu verheiraten, aber es sah auch schwere Strafen für sie vor, wenn sie eine angemessene Partie ablehnte.
Frevisse nahm einen großen Schluck Wein. Der Druck

in ihrem Kopf wurde stärker. Sie hatte jetzt wirklich Kopfschmerzen, und es dauerte bestimmt noch eine Stunde, bis sie dieses Fest verlassen konnte. Mit Widerwillen musterte sie die nachgebildete Birne und die Erbsen. In St. Frideswide war sie an weit einfacheres Essen gewöhnt, und sie hatte heute bereits mehr Fleisch gegessen als sonst in einer Woche. Zweifellos würde ihr Magen später einiges zu dem reichhaltigen Anschlag, den sie auf ihn verübt hatte, zu sagen haben.

Wieder kam es zu Aufruhr an dem Platz, wo Sir Clement saß. Wieder zogen sich die anderen Gäste hastig von ihm zurück, diesmal auch Lady Anne und Guy, so daß Sir Clement plötzlich ganz allein war. Und nun sah auch Frevisse, was die anderen so entsetzte: Er saß weit vorgebeugt am Tisch und umklammerte mit beiden Händen die Tischkante, während er, rot im Gesicht vor Anstrengung, krampfhaft nach Luft schnappte.

»Nun!« sagte der Abt. »Vielleicht war Gott ihn ebenso leid wie wir, und er hat beschlossen, ihn doch zu richten.«

KAPITEL 8

Nach dem ersten Schock brach im Saal das Chaos aus. Menschen schrien und riefen durcheinander, alles sprang auf die Füße. Manche versuchten, sich weiter von Sir Clement zu entfernen, andere drängelten sich zu ihm hin. Etliche stiegen auf die Bänke und verrenkten sich die Köpfe, um besser sehen zu können. Bruchstücke von Gebeten waren zu vernehmen, erstaunte Ausrufe, hektisches Geplapper. Frevisse war die Sicht auf Sir Clement versperrt, aber genau wie der Abt blieb sie sitzen. Sie wußte, wann etwas sinnlos war. Selbst vom Podest aus würde sie nichts sehen können, wenn sie aufstand. Es gab nichts, was sie von hier aus tun konnte, und es war unmöglich, durch die aufgewühlte Menge hindurch zu Sir Clement zu gelangen. Aber sie bekreuzigte sich und begann, inbrünstig für ihn zu beten, denn er stand jetzt ganz offensichtlich in Gottes Hand, und für ihn mußte das eine schreckliche Erfahrung sein. Nur sehr selten erfolgte Gottes Gericht in dieser Welt so klar, unvermittelt und eindeutig. Mit Furcht im Herzen sprach sie schnell ein Gebet, das ihre Ergebung in den Willen des Herrn ausdrückte, denn Gott bewahre, daß sie widersprach, wenn er jemanden richtete. Sie wollte nicht auf andere Art ebenso schuldig werden wie Sir Clement.

Auch der Abt neben ihr war tief in ein leidenschaftliches Gebet versunken, wie sie bemerkte.

Unten im Saal wurde jetzt eine gewisse Ordnung wiederhergestellt. Die Menge wich zurück, so daß einige Männer – hauptsächlich Bedienstete, aber auch Sir Philip – Sir Clement aufhelfen und fortführen konnten. Er ging zusammengekrümmt und rang röchelnd nach Atem, die Fäuste hart gegen die Brust gedrückt. Unter »Aus dem Weg!«-Rufen wurde er halb hinausgeführt, halb hinausgetragen. Es folgte ein kurzes Schweigen, aber sobald die Männer den Saal verlassen hatten, setzte das erstaunte und bestürzte Durcheinander wieder ein.

Bischof Beaufort erhob sich zu seiner eindrucksvollen Größe, breitete die Arme weit aus und verkündete mit seiner kräftigen Stimme: »Gute Leute! Wir haben mit eigenen Augen ein Wunder gesehen. Möge Gott, nachdem er seinen Willen hat offenbar werden lassen, diesem Mann gnädig sein. Laßt uns für ihn beten und für uns selbst, denn vielleicht sind wir, ohne es zu ahnen, Gottes großem Gericht ebenso nahe wie Sir Clement. Kehrt auf Eure Plätze zurück, ich bitte Euch. Setzt Euch. Wir wollen beten.«

So absolut sicher war sein Auftreten, daß die Menschen – verängstigt, von Ehrfurcht ergriffen oder argwöhnisch – taten, was er ihnen sagte. Die Trauergäste ließen sich auf die Bänke sinken, die Diener und Knappen kehrten zu ihren Herren oder ihren Plätzen vor den Trennwänden in der Nähe der Küche zurück. Dort

aber, wo Sir Clement, sein Mündel und sein Neffe gesessen hatten, blieb eine Lücke.
Bischof Beaufort wartete, bis im Saal Ruhe eingekehrt war und sich alle Augen auf ihn richteten. Dann legte er die Handflächen zusammen, sagte: »Oremus« und senkte den Kopf. Alle Köpfe im Saal beugten sich, und mit einer Stimme, die den ganzen Raum erfüllte, damit sie jeden Anwesenden ebenso erreichte wie Gott, betete er: »Allmächtiger Gott, mögen wir, die wir nichts als verwehender Staub sind, hieraus lernen, deinen Zorn nicht herauszufordern. So es dein Wille ist, verschone bitte Sir Clement Sharpe, damit er dir in Zukunft ein besserer Diener sein möge, bis er zur vorherbestimmten Stunde sein Ende findet, so sie dies nicht ist. *Sed fiat voluntas tua*. Herr, dein Wille geschehe. In deine Hand geben wir den Lauf unseres Lebens und die Stunde unseres Todes. Mögest du uns in unserem letzten Augenblick deine Gnade erweisen durch Jesus Christus, unseren Herrn, der auf ewig lebt und herrscht. Amen.«
Er hob den Kopf und fuhr mit normaler Stimme fort: »Wir wollen daran denken, daß wir hierhergekommen sind, um unserem Freund Thomas Chaucer die letzte Ehre zu erweisen, und im Gedenken an ihn mit unserem Mahl fortfahren. Möge er ruhen in Gott.«
Die Gäste murmelten »Amen«, Hände machten das Kreuzzeichen, vom Kopf zur Brust, von der linken Schulter zur rechten. Einige Köpfe blieben noch für ein kurzes persönliches Gebet gesenkt. In sehr gedämpfter Stimmung wurde das Mahl fortgesetzt. Bischof Beaufort setzte sich und begann, die blasse, erschütterte Matilda zu trösten.
Frevisse tat nur noch so, als würde sie essen, und sie wagte auch nicht, noch mehr Wein zu trinken, um ihre Kopfschmerzen nicht zu verschlimmern. Robert kehr-

te nicht mehr zurück, und der Abt machte sich nicht noch einmal die Mühe, eine Unterhaltung mit ihr anzufangen. So blieb sie sich selbst und ihren unangenehmen Gedanken überlassen. Es war kein erquicklicher Anblick, wenn Gott so direkt eingriff, um jemanden zu strafen, der seine Geduld über die Maßen strapaziert hatte. Frevisse versuchte, nicht mehr an den Vorfall zu denken und weitere Grübeleien zu vermeiden, indem sie die Leute beobachtete.

Zwei Diener räumten dort, wo Sir Clement gesessen hatte, den Tisch ab. Einer richtete den Becher auf und legte ein Mundtuch über den großen Weinfleck.

Weiter unten am Tisch hatte Schwester Perpetua aufgehört zu essen und saß, weiß im Gesicht, mit gesenktem Kopf da. Ihre Lippen bewegten sich in stillem Gebet. Die Nonne neben ihr weinte und betete den Rosenkranz. Sir Philip war nicht zurückgekehrt, und eine dicke Frau hatte sich auf seinem Platz ausgebreitet.

Der nächste Gang, Schweinebraten mit Aprikosen und Pilzen auf einem Bett von Safranreis, wurde gerade vor Frevisse und dem Abt abgesetzt, als Joan sich über ihre Schulter beugte und und ihr ins Ohr flüsterte: »Meine Herrin und die Gräfin Alice lassen fragen, ob Ihr Euch vielleicht erkundigen könntet, wie es Sir Clement geht, und es sie dann wissen lassen würdet.«

»Aber gewiß, gern«, erwiderte Frevisse. Vermutlich konnte sie die Tafel unauffälliger verlassen als irgend jemand sonst, und ihr Bericht würde mit Sicherheit ausführlicher ausfallen als der eines Dieners.

Abgesehen von diesen Erwägungen war es ihr nur recht, eine Entschuldigung dafür zu haben, den Saal zu verlassen. Sie erhob sich und fragte: »Wie geht es meiner Tante?«

Joan schüttelte den Kopf. »Sie ist sehr tapfer, trotz des

Schreckens, den dieser Trottel uns allen eingejagt hat. Sie wird die Sache durchstehen, aber heute nacht und morgen wird sie dafür bezahlen müssen, die arme Seele. Baldrian würde sie ja schlafen lassen, aber sie weigert sich stets, welchen einzunehmen. Vielleicht könntet Ihr nachher mal mit ihr darüber sprechen, Herrin, wenn Ihr so gut wärt.«

»Das werde ich«, entgegnete Frevisse. Joan knickste und kehrte zu ihrer Herrin zurück. Mit einer gemurmelten Entschuldigung an den Abt verließ Frevisse das Podest durch die Tür dahinter. Im Gang hielt sie einen Diener an, der ihr mitteilte, daß Sir Clement in das Priesterzimmer über der Kapelle gebracht worden war. Ein privates Zimmer zum Schlafen, Beten und Studieren war einer der Vorzüge, die ein Priester in einem so großen und reichen Haushalt wie dem des Thomas Chaucer genoß. Es war eine vernünftige Entscheidung gewesen, Sir Clement dort hinzubringen. Niemand wurde gestört, der Raum war weit genug entfernt vom Festsaal und bot zudem Schutz vor neugierigen Augen.

Eine enge, dunkle, steile Treppe führte von der Vorhalle der Kapelle direkt in das Priesterzimmer. Es war ebenso groß wie die reich ausgestattete Kapelle darunter, aber nüchtern und schmucklos. Alles, selbst das Kreuz über dem Betpult, war schlicht, alt oder beides. Die Einrichtung bestand aus einem Schrank zur Aufbewahrung von Besitztümern, einem kahlen Holztisch, einem Stuhl, einem Hocker und einem schmalen Bett, auf dem graue Wolldecken lagen. Das Rollbett eines Dieners war daruntergeschoben. Der kleine Teppich auf dem Boden war der einzige Farbfleck, und der war offensichtlich ein ausrangiertes Stück aus einem anderen Teil des Hauses: Er war abgetreten und das Muster verblaßt.

Nicht Chaucer hatte bestimmt, daß sein Priester so armselig hauste, das wußte Frevisse. Sie war stets zur Beichte hier heraufgekommen, als sie noch auf Ewelme lebte. Damals hatte ein bunter Gobelin an der Wand gehangen, das Kruzifix war farbenfroh bemalt und das Bett sehr viel breiter gewesen, bedeckt mit einer schönen Überdecke. Die strenge Schmucklosigkeit mußte etwas sein, was Sir Philip selbst gewählt hatte. Ein schönes Möbelstück gab es jedoch, ein hohes, mit einer wunderschön geschnitzten Holzverzierung ausgestattetes Schreibpult, so gestellt, daß das Licht aus einem der beiden schmalen Fenster darauf fiel. Und das einzige Zeichen von Reichtum waren die Bücher auf dem Regal hinter der Fußstütze des Schreibpults. Es war das Pult eines Gelehrten, zur Arbeit gedacht und genutzt.
All das nahm Frevisse mit einem Blick in sich auf, dann aber richtete sie ihre Aufmerksamkeit auf Sir Clement. Er lag nicht auf dem Bett, sondern saß vorgebeugt am Tisch und klammerte sich an der Tischkante fest, ganz auf seine Atmung konzentriert. Die Atemnot hatte eindeutig nachgelassen. Vor dem Fenster standen Guy und Lady Anne, er steif und aufrecht, sie dicht neben ihm, eine Hand auf seinen Arm gelegt, die andere an die Kehle gepreßt, als wolle sie ihre Angst niederzwingen. Jevan Day wartete etwas abseits und rieb sich nervös die Hüfte. Am Tisch bemühten sich Sir Philip und ein einfach gekleideter Mann, den Frevisse für seinen Diener hielt, um den Erkrankten. Ein weiterer Mann – der Arzt, nach dem Schnitt seines dunklen Gewandes zu urteilen – hatte sich gegenüber von Sir Clement hingehockt und starrte ihm brütend ins Gesicht, so konzentriert, als würde das allein ausreichen, ihn zu kurieren.
Plötzlich richtete Sir Clement sich auf und holte tief und keuchend Luft. Der Arzt und alle übrigen zuckten

zusammen, und Frevisse unterdrückte einen Laut des Erschreckens. Die schmalen Züge des Barons waren aufgedunsen und Wangen und Hals von bösartig aussehenden, unregelmäßigen roten Striemen bedeckt. Durch den geöffneten Kragen seiner Houppelande konnte man sehen, daß sie sich bis auf den Körper hinunterzogen.

Seine Stimme war deutlich mißgelaunt, wenn auch etwas belegt. »Etwas zu trinken. Notfalls Wasser. Irgendwas«, forderte er.

Der Arzt sah Sir Philip an und nickte, und der Priester bedeutete seinem Diener, etwas zu holen. Der Diener machte sich gerade am Schrank zu schaffen, als Guy ihm zuvorkam und durch die halbgeöffnete Tür eine langhalsige Flasche herausnahm.

»Genau die«, sagte Sir Philip. »Und den Weinbecher.«

Der Diener, der über Guys Einmischung in seine Pflichten verärgert schien, holte einen Steingutbecher heraus, während Guy an dem lockeren Korken der Flasche zog. Sir Clement, der immer noch nach Luft rang, starrte böse auf den Arzt. Dann richtete er den Blick auf Guy und Lady Anne. »Noch nicht«, krächzte er. »Noch kriegst du sie nicht.« Lady Anne packte Guys Arm fester, um ihn davon abzuhalten, sich auf Sir Clement zu stürzen. Dieser sah Jevan an, und um seinen Mund zuckte es grausam. »Lebe in Hoffnung und stirb in Verzweiflung, Junge. Noch bin ich da.«

Jevans Augen verdunkelten sich in tiefem Zorn. Lady Anne schüttelte warnend den Kopf. Ob nun deswegen oder weil er ein Leben lang daran gewöhnt war, sich zu beherrschen, schwieg Jevan und blieb, wo er war. Aber die Wut brannte in seinen Augen.

»Hier.« Sir Philip nahm Guy den gefüllten Becher aus der Hand und reichte ihn Sir Clement.

Dieser aber gab einen unartikulierten Laut von sich und begann verzweifelt, an den breiten Manschetten seiner langen Ärmel zu zerren, löste sie schließlich und schob einen der aufwendig gearbeiteten Ärmel so weit hoch, wie er konnte. Ein roter Hautausschlag bedeckte seinen Arm. »Beim Feuer der Hölle! Mir bleibt auch nichts erspart!« Er kratzte mit den Fingernägeln grob über die Haut. Der Arzt streckte rasch seine Hand aus, um ihn daran zu hindern. Sir Clement unterbrach das Kratzen daraufhin lange genug, um dem Arzt einen Stoß zu versetzen und ihn einen Schritt zurückzuzwingen. »Laß mich bloß in Ruhe!« knurrte er. Dann riß er Sir Philip den Becher aus der Hand und schnappte: »Gib schon her!«
Er stürzte den Wein mit unbeholfenen Schlucken hinunter, warf den leeren Becher auf den Tisch und begann erneut, seinen Arm mit den Fingernägeln zu bearbeiten. Aus sicherer Entfernung sagte der Arzt: »Ihr solltet jetzt versuchen, Euch etwas hinzulegen, Mylord, Euch etwas auszuruhen. Ich –«
»Esel! Ich kann ... im Liegen nicht ... atmen.« Sir Clements Atem stockte, er kämpfte mit den Worten. Er rang nach Luft, und mit einem schnarchenden Geräusch löste sich plötzlich etwas in seiner Kehle. Nach einigen tiefen, pfeifenden Atemzügen atmete er schließlich regelmäßiger und blieb mit zurückgeworfenem Kopf und geschlossenen Augen still sitzen, während ein dünner Speichelfaden unbeachtet aus einem Mundwinkel lief. Die anderen standen regungslos um ihn herum. Alle Augen waren auf ihn gerichtet.
Nach einiger Zeit sagte der Arzt im Flüsterton, als wolle er verhindern, daß Sir Clement ihn hörte: »Es geht ihm jetzt besser, also besteht Hoffnung.«
»Aber Ihr wißt nicht, was es ist?« fragte Sir Philip.

Der Arzt warf ihm einen düsteren Blick zu. »Ich habe so etwas noch nie gesehen, nein.« Noch leiser zischte er zwischen den Zähnen hervor: »Das ist ja wohl auch kaum möglich, oder?« *Denn wer von ihnen sollte schon einmal gesehen haben, wie Gott einen Sünder niederstreckte?*

Da bäumte sich Sir Clement plötzlich auf und warf sich im Stuhl zurück, während er erneut auf schreckliche Weise nach Luft rang. Seine Oberlippe hatte sich jetzt blau verfärbt, und seine Augen starrten in panischem Schrecken in den Raum. Dann, die Fäuste zusammengeballt und die Unterarme gegen die Rippen gepreßt, als wolle er den Atem hinauszwingen, beugte er sich wieder ruckartig nach vorn, genauso wie bei seinem ersten Anfall im Saal.

Der Arzt, Sir Philip und der Diener umringten ihn aufgeregt. Jevan riß Guy die Weinflasche aus der Hand, trat an den Tisch, griff hastig nach dem Becher und füllte ihn. Guy blieb in gebührender Distanz zu seinem Onkel, Lady Anne aber hatte die Hände an den Mund gepreßt. In ihrer großäugigen Angst wirkte sie mehr denn je wie ein Kind.

Sir Philip trat einen Schritt zurück und schlug ein Kreuz. Die Geste war so weiträumig, daß sie den Diener, Jevan und den Arzt mit einzuschließen schien. Der Arzt scheuchte Jevan und seinen Becher weg. Er versuchte erfolglos, Sir Clement aufzurichten, um ihn besser ansehen zu können. Sir Philip bekreuzigte sich und begann, auf Latein zu beten.

Frevisse und alle übrigen Anwesenden bekreuzigten sich ebenfalls.

Wie lange Sir Clement darum kämpfte, wieder atmen zu können, hätte Frevisse nicht sagen können. Ewig. Nur kurze Zeit. Das gequälte Keuchen wurde zu einem hohen

Pfeifen, dann folgte ein ersticktes Gurgeln. Als Frevisse den gesenkten Kopf hob, während sie laut um Gnade, um Mitleid, betete, sah sie, daß Sir Philip zum Schrank ging. Er betete stumm, während er etwas tat, was Frevisse nicht erkennen konnte. Dann kehrte der Priester mit einer Glasphiole und einem Stückchen Brot in den Händen zum Tisch zurück, und Frevisse wußte plötzlich, was er tun würde. Sie sank auf die Knie.

Er drängte Jevan und den Arzt zur Seite, beugte sich über Sir Clement und fragte laut: »Bereut Ihr Eure Sünden? Wollt Ihr den Leib unseres Erlösers empfangen, und bereut Ihr Eure Sünden?«

Verspätet begriffen auch die anderen und knieten nieder.

Sir Clements Leib bebte, so krampfhaft versuchte er, Luft zu holen. Frevisse sah das verzweifelte Nicken, das die Rettung seiner Seele bedeuten konnte. Sir Philip zwängte das kleine Stückchen Brot in den Mund des Sterbenden, goß Öl – das geweihte Salböl – aus der Phiole auf seine Finger und zeichnete das Kreuz auf Sir Clements gerötete, geschwollene, bebende Stirn. Sir Clement wandte den starren Blick nicht von Sir Philip. Sein Mund stand offen. Der Priester beugte sich über ihn, das Gesicht nahe an dem Gesicht des Sterbenden, und betete, bis der Kopf des Barons zurückfiel. Sein Mund arbeitete, aber kein Laut kam mehr heraus. Seine Augen waren für einen häßlichen, langen Moment auf die Decke gerichtet, bevor sie blicklos wurden. Dann sackte der Mann in sich zusammen. Er starrte immer noch nach oben, aber seine Augen waren jetzt leer und ohne Leben. Sir Philip betete: »*In manus tuas, Domine, commendo spiritum eum.*« In deine Hände, Herr, befehle ich meinen Geist. Die letzten Worte eines jeden Christen, die Sir Clement nicht mehr selbst hatte sagen können.

KAPITEL 9

Der Tag war länger gewesen und in mancher Hinsicht schlimmer, als Beaufort erwartet hatte. Er rieb sich mit der Hand über die Stirn, eine gewohnheitsmäßige Geste. Der Tisch in seinem Gemach, an dem er saß, war von Schriftstücken bedeckt. Das Tageslicht verblaßte bereits zu einem grauen Halbdämmern, aber er hatte noch nicht befohlen, die Lampen anzuzünden. Er war müde, doch es gab noch einiges zu erledigen. Seine Botschaften mußten morgen beim ersten Tageslicht hinausgehen, denn diese Angelegenheiten duldeten keinen Aufschub. Weder die Regierung von England noch sein Bistum durften allzu lange sich selbst überlassen bleiben.

Im großen und ganzen war die Verwaltung des Bistums die einfachere Angelegenheit und auch profitabler. Er konnte seinen Männern, die er in ihr Amt eingesetzt hatte, zwar nicht bedingungslos vertrauen, denn Vertrauen machte einen verwundbar. Aber er konnte sich darauf verlassen, daß alles so gehandhabt wurde, wie er es wollte. Wenn das aus irgendwelchen Gründen nicht möglich war, würden sie es ihn wissen lassen.

Im Kronrat, der nicht so sehr Beauforts persönlicher Kontrolle unterstand, ging es weit weniger geordnet zu. Die Gründe dafür waren fast so zahlreich wie die Männer, die der Ansicht waren, sie hätten einen Anspruch darauf, als Berater des jungen Königs Heinrich VI. zu fungieren. Diese Männer begriffen nicht, daß »Anspruch« und »Befähigung« nicht unbedingt dasselbe waren. Das galt besonders für Beauforts Neffen Humphrey, den von ihm verabscheuten, selbstsüchtigen Herzog von Gloucester. Gegenwärtig war Gloucester ziemlich außer Gefecht gesetzt, obwohl man nicht hoffen konnte, daß er ganz aufhören würde, sich in die Regierungsangelegenheiten einzumischen.

Zum Kuckuck mit Thomas! Er hatte zu den wenigen Männern gehört, die Gloucester respektierte, jedenfalls so weit, daß er gewillt war, ihnen zuzuhören. Was nicht unbedingt hieß, daß er auf diese Männer hörte, aber zumindest konnten sie ihn dazu bringen, seine schwachsinnigen Pläne mit weniger Eifer zu verfolgen. Aber Thomas hatte sich bis auf wenige Ausnahmen geweigert, sich in die Machtkämpfe im Kronrat hineinziehen zu lassen. Und nun war er eh jenseits von Gut und Böse.

Beaufort sprach ein kurzes Gebet für Thomas' Seelenheil. Er hatte sich heute bemüht, so wenig wie möglich an ihn zu denken. Es war einfacher, kompetent zu handeln, wenn man Gefühle aus der Sache heraushielt. Später würde er für diese Beherrschtheit bezahlen müssen, das wußte er. Wahrscheinlich würde er eine Woche lang schlechte Laune haben, aber nur so war es ihm möglich gewesen, zu tun, was getan werden mußte.

Energisch schob er jeden Gedanken an Gloucester weit von sich. Selbst das Nachdenken über den Herzog war eine nutzlose, ärgerliche Zeitverschwendung. Beaufort hatte hier und heute noch etwas zu erledigen, ein Problem, das weit weniger wichtig war als der Onkel des Königs, aber zumindest bewältigt werden konnte. Jedenfalls hoffte er das.

Einer seiner Sekretäre klopfte kurz an die offene Tür seines Gemachs. Beaufort bedeutete ihm mit einem Nicken, einzutreten und erhob sich, als er Schwester Frevisse erblickte und hinter ihr die Nonne, die sie nach Ewelme begleitet hatte. »Schwester Frevisse, habt Dank, daß Ihr so schnell gekommen seid.«

Er streckte die Hand aus. Die beiden Frauen durchquerten den Raum, knicksten und küßten seinen Ring. Dann zog sich die zweite Nonne zurück und blieb in der Nähe der Tür stehen, mit gesenktem Kopf, die Hände in die Ärmel geschoben. Es schickte sich nicht für eine Nonne, mit einem Mann allein zu sein, also mußte sie bleiben, aber sie hatte sich höflicherweise so weit entfernt, wie sie konnte. Beaufort warf einen Blick auf die beiden Schreiber, die an ihren Tischen am anderen Ende des Raums arbeiteten. Auch sie waren außer Hörweite, wenn er und Schwester Frevisse leise genug sprachen.

Er forderte sie mit einer Geste auf, sich auf den Stuhl neben ihm zu setzen. »Ich hoffe, meine Bitte, mich heute noch aufzusuchen, kam nicht ungelegen. Ihr werdet nach solch einem Tag zweifellos müde sein.«

»Es ist mir ein Vergnügen, Eminenz. Von Ungelegenheit kann keine Rede sein.« Ihre Haltung war aufrecht, aber nicht steif, und die Hände hatte sie wie ihre Gefährtin in die Ärmel geschoben. Sie hatte eine angenehme Stimme, weder zu hoch noch zu tief.

Beaufort studierte das streng von weißem Kinntuch und schwarzem Schleier umrahmte Gesicht, aber es verriet ihm nichts. Sie hatte seinem Wunsch gehorcht und war gekommen, wie jeder es getan hätte. Was immer sie davon halten mochte, sie zeigte es nicht. Aber genau das sagte schon einiges über sie aus: Die meisten Menschen, die so unbedeutend waren wie diese Nonne, zeigten in seiner Gegenwart entweder Unbehagen oder Übereifer, je nachdem, was sie fürchteten oder von ihm wollten. Fürchtete sie nichts? Wollte sie nichts? Er erinnerte sich, wie sie sich bei ihrem ersten Gespräch plötzlich bemüht hatte, in Erfahrung zu bringen, wie es mit bezahlbarem Getreide aussah – da hatte sie eindeutig Interesse an seiner Macht bewiesen. Doch gleich nach der sanften Ermahnung ihrer Tante hatte sie das Thema gewechselt. Aber selbst bei diesem kurzen Wortwechsel hatte er etwas von ihrer Willenskraft gespürt. Thomas hatte recht gehabt, sie war eine ungewöhnliche Frau, intelligent und beherrscht, wie demütig sie auch hier neben ihm sitzen mochte, die Augen bescheiden gesenkt, darauf wartend, daß er zu sprechen begann. *Nun gut.*
»Euer Onkel hat mich auf dem Sterbebett gebeten, Euch etwas auszurichten.«
Sie hob den Kopf und warf ihm einen Blick zu, der weder demütig noch bescheiden war, sondern scharf wie der eines Jagdfalken. Aber ihre Stimme klang gelassen. »Ja, Eminenz?«
Beaufort beobachtete sie. »Er sagte, er würde Euch vermissen.«
Sie senkte den Kopf so schnell, daß er ihren Gesichtsausdruck nicht erkennen konnte. Vielleicht ein Dutzend Herzschläge lang schwieg sie, dann erwiderte sie leise, mit gesenktem Kopf: »Vielen Dank, Eminenz.«
»Ihr werdet ihn ebenfalls vermissen, nehme ich an.« Er

machte eine Frage daraus, damit sie antworten mußte. Sie hob den Kopf. Tränen standen in ihren Augen, aber ihre Stimme war fest. Offensichtlich scherte es sie wenig, daß er die Tränen sah. »Er war ein Freund. Einen besseren Freund habe ich nie gehabt. Und werde ich auch nie wieder haben.«

Beaufort sah weg, dann streckte er die Hand aus und zog ein Bündel zu sich heran. »Außerdem hat er Euch dies hier hinterlassen. Ein Legat, das nicht im Testament steht. Ihr könnt damit tun, was Ihr wollt.«

Er hielt ihr das Bündel hin. Als sie es entgegennahm, fiel ihm auf, wie lang und zart ihre Hände waren, und obwohl ihre Züge zu ausgeprägt waren, um im üblichen Sinn als schön zu gelten, war sie nicht unattraktiv. Thomas hatte gesagt, daß sie frei entschieden hatte, Nonne zu werden, und daß sie ihre Wahl nie bereut hatte. Aber der Bischof fragte sich dennoch, wieso sie ins Kloster gegangen war, obwohl sie sicher eine gute Partie hätte machen können. Thomas hätte ihr gewiß eine Aussteuer mitgegeben, wenn ihm so viel an ihr lag. Im Laufe der Jahre hatte Beaufort schon oft Gelegenheit gehabt, sich darüber zu wundern, wieso Frauen sich für das Leben im Kloster entschieden. Es verwirrte ihn, und auch die Entscheidung von Schwester Frevisse verwirrte ihn.

Sie legte das Bündel auf ihren Schoß und umfing es mit beiden Händen. Es war eine ruhige, unauffällige Geste, und ihre Hände wirkten entspannt. Aber Beaufort spürte intuitiv, wie wichtig es ihr war, und daß sie es nie wieder hergeben würde.

»Wollt Ihr es nicht aufmachen und nachsehen, was darin ist?« fragte er.

»Jetzt noch nicht«, antwortete sie mit ruhiger Gelassenheit. Sie sah ihn direkt und herausfordernd an, als wolle sie fragen, was ihn das anginge. Als jedoch keine Erwiderung kam, senkte sie den Blick und wartete darauf, entlassen zu werden.

Erfreut darüber, daß er sie etwas aus der Fassung hatte bringen können, lehnte Beaufort sich in seinem Stuhl zurück. »Nun, ich habe noch eine Bitte an Euch.«

Er glaubte zu sehen, wie sie sich in der kurzen Zeit, bevor sie ihn wieder ansah, argwöhnisch versteifte. Aber ihre Stimme klang so ruhig wie zuvor. »Ja, Eminenz?«

»Heute gab es einen Todesfall auf Ewelme. Ihr wart dabei, soweit ich weiß.«

»Ja, Eminenz.«

»Und es hat Euch sicher bedrückt und betrübt.«

»Es war nicht das erstemal, daß ich einen Menschen habe sterben sehen, Eminenz. Es ist nie schön, aber ...« Sie zögerte und fuhr fort: »Aber der Tod ist ein Teil des Lebens. Er ist uns ebenso gewiß wie die Geburt. Wenn wir über den Tod zornig wären, müßten wir auch auf die Geburt zornig sein.«

»Und beide liegen in der Hand Gottes.«

»Ja, Eminenz.«

»Aber dieser bestimmte Todesfall, so heißt es, kam direkter als die meisten anderen von Gott.«

»Ja, Eminenz.«

»Ich möchte ganz sicher sein, daß dem so war.«

Schwester Frevisse öffnete den Mund, als wolle sie protestieren, erinnerte sich dann aber, mit wem sie sprach. »Ihr habt es doch mit eigenen Augen gesehen. Er hat Gottes Gericht auf sich herabgerufen, und Gott hat ihn gerichtet.«

Beaufort wußte, was im gesamten Schloß Ewelme und mittlerweile auch im Dorf erzählt wurde und was in noch größerer Entfernung erzählt werden würde, wenn die Gäste nach Hause zurückgekehrt waren. Sir Clements Tod war ein weitaus interessanteres Gesprächsthema als Thomas' Begräbnis. Gott hatte heute vor den Augen aller Anwesenden ein Wunder getan, und es würde mehr sein als ein Neun-Tage-Wunder.

»Ich will wissen, ob es so war«, erklärte er.

Schwester Frevisses Ton blieb respektvoll, aber eine leichte Schärfe schlich sich ein. »Dann würde ich vorschlagen, daß Ihr Sir Philip befragt. Er war von Anfang an dabei und ist bis zum Ende bei Sir Clement geblieben.«

»Ich habe bereits mit Sir Philip gesprochen.«

Es war ein durch und durch unbefriedigendes Gespräch gewesen. Der Priester schien ebenso gewillt zu sein wie alle anderen, den Tod Sir Clements dem Wirken Gottes zuzuschreiben. Er hatte nichts hinterfragt, sondern sich nur gewundert, daß Gott diesen Zeitpunkt und diesen Ort gewählt hatte, um seine Macht offenbar werden zu lassen. »Euer Onkel hat mir erzählt, daß Ihr ein Talent dafür habt, Dinge herauszufinden, die andere nicht sehen.«

Schwester Frevisse holte tief Luft, als wolle sie etwas sagen, preßte dann aber die Lippen zusammen und schwieg. Sie senkte erneut den Kopf, so daß ihr Gesicht nicht zu erkennen war.

Beaufort fuhr fort: »Ich will die Gewißheit haben, daß es sich hier tatsächlich um einen ungewöhnlichen Todesfall handelt. Ich will sicher sein, daß Sir Clements Tod Gottes Wille war.«

Schwester Frevisse hob den Kopf, sah ihm direkt in die Augen und stellte eine Frage, die er nicht erwartet hatte. »Warum?«

Er hätte sie einfach zur Mitarbeit zwingen können. Er war ein Kirchenfürst, und sie als Nonne schuldete ihm

Gehorsam. Aber er erinnerte sich an einige Dinge, die Thomas ihm über sie erzählt hatte, deshalb beugte er sich vor und senkte die Stimme, um klarzustellen, daß die folgenden Worte unter ihnen beiden bleiben sollten. »Ich will wissen, ob ein Mensch seine Hand dabei im Spiel hatte. Ob es eine Sünde war. Sir Clement hat Gott seit vielen Jahren gelästert. Ich bezweifle, daß irgend jemand zählen könnte, wie viele Male er aufgestanden ist und gesagt hat: ›Wenn ich unrecht habe, möge Gott mich binnen einer Stunde niederstrecken.‹ Nie hat Gott auch nur die geringste Notiz von ihm genommen. Ich selbst habe ihn das unzählige Male sagen hören, wenn für jeden klar ersichtlich war, daß er log. Also, ich kann mir nicht helfen, ich frage mich, warum Gott ihn ausgerechnet heute niedergestreckt hat. Es gab genug andere, passendere Gelegenheiten. Es sei denn, man neigt zu der Ansicht, daß Gott bei den früheren Gelegenheiten schlief oder anderweitig beschäftigt war.«
Schwester Frevisses Mundwinkel zuckten, als sie versuchte, ein Lächeln zu unterdrücken. Es war eine Mimik, die Beaufort oft bei Thomas Chaucer beobachtet hatte. »Ich wußte nicht, daß er diese Angewohnheit hatte«, sagte sie. »Ich weiß nur, daß es ihm Spaß zu machen schien, andere Leute gegen sich aufzubringen.«
»Oh ja, das hat er genossen«, bestätigte Beaufort. »Und eben das ist es, was mich zweifeln läßt. Er hatte ein Talent dafür, sich Feinde zu machen. Aber was mich besonders interessiert ... ist die Frage, ob Sir Philip etwas mit der Sache zu tun hatte.«
Seine Worte überraschten sie, und sie versuchte nicht, das zu verbergen. »Sir Philip? Warum verdächtigt Ihr gerade ihn?«
»Es ist nicht so, daß ich Sir Philip besonders im Verdacht habe. Ich möchte nur sichergehen, daß ich ihn

nicht zu verdächtigen brauche.« Beaufort zögerte. Sie war eine intelligente Frau und würde ihm bessere Dienste leisten, wenn er ihr sagte, worum es ging. »Ich habe Sir Philip seit einigen Jahren im Auge. Er besitzt überdurchschnittliche Fähigkeiten, wie Ihr auch, und solche Männer kann ich immer gebrauchen. Aber ich muß mir dieser Leute sicher sein, bevor ich sie in wichtige Ämter einsetze. ›Der König sollte nur solchen Männern Befehlsgewalt übertragen, deren Eignung er auf die Probe gestellt hat.‹«

»›Und nicht die Eignung der Männer auf die Probe stellen, denen er Befehlsgewalt erteilt hat‹«, beendete Schwester Frevisse ohne zu zögern das Zitat. »Vincentius Bellovacensis. Und sehr wahr.«

Also war sie tatsächlich so gelehrt, wie Thomas immer behauptet hatte. Äußerst gelehrt, hatte Thomas gesagt und nicht hinzugefügt: für eine Frau. Beaufort fragte sich, was für ein Buch das war, das Thomas ihr unbedingt hatte zukommen lassen wollen.

Aber das tat jetzt nichts zur Sache. Er gestattete sich ein anerkennendes Lächeln, weil sie sein Zitat vervollständigt hatte. »Genau. Folglich würde ich gern wissen, ob Sir Philip ein Mörder ist oder nicht, bevor ich anfange, ihm mein Vertrauen zu schenken.«

»Es gab ... Streit zwischen ihm und Sir Clement?«

»Sir Philip ist zwar freigeboren, aber bei seiner Geburt war sein Vater noch Leibeigener von Sir Clements Vater. Seine Mutter war jedoch eine freie Frau, und er kam auf ihrem Freisassengut zur Welt und ist daher laut Gesetz selbst ein Freisasse. Sein Vater hat sich später von der Leibeigenschaft losgekauft und wurde ein wohlhabender Mann. Er hat seinen Söhnen eine gute Ausbildung zukommen lassen und für Aufstiegsmöglichkeiten gesorgt. Sir Philip hat die ihm gebotenen Chancen nach besten Kräften genutzt, und so wie es aussieht, kann er es in der Kirche weit bringen. Aber Sir Clement behauptete, er könne beweisen, daß Sir Philip doch kein Freisasse sei, sondern in Wirklichkeit ein Leibeigener und damit Sir Clements Eigentum. Wenn Sir Clement die Sache weiterverfolgt und seine Behauptung bewiesen hätte, wäre es um Sir Philips Zukunftsaussichten schlecht bestellt gewesen.«

»Aber Sir Clement hat die Angelegenheit noch nicht vor Gericht gebracht?«

»Damit hätte er sich ja den Spaß verdorben. Die Folter der Ungewißheit, die seine Opfer durchstehen mußten, hat ihm immer am meisten Vergnügen bereitet.«

»Nach Euren eigenen Worten war Sir Philip aber nicht sein einziges Opfer«, gab Schwester Frevisse zu bedenken. »Es wird noch mehr Leute geben, die froh sind, daß Sir Clement tot ist. Wahrscheinlich ist Sir Philip selbst hier auf Ewelme nicht der einzige Feind von Sir Clement.«

»Zweifellos. Wohlgemerkt, Sir Philip hat keine Ahnung, wieviel ich über ihn weiß. Beide waren wir der Ansicht, daß Sir Clement eine Plage war und man ihm besser aus dem Weg ging. Wenn Ihr anfangt, den Leuten Fragen über Sir Clement und seinen Tod zu stellen ...« Schwester Frevisse zog die Augenbrauen hoch, als sie das Wort »wenn« hörte. Beaufort scherte das nicht. Sie würde tun, was er von ihr verlangte, ganz gleich, was sie denken mochte. »... wird Sir Philip keinen Grund haben, anzunehmen, daß Ihr besonders an ihm interessiert seid. Ihr könnt schließlich nicht wissen, daß er guten Grund hatte, Sir Clement den Tod zu wünschen. Versteht Ihr?«

KAPITEL 10

Frevisse stellte fest, daß ihr Henry Beaufort, Bischof von Winchester, bei näherer Bekanntschaft nicht sonderlich gefiel. Ihr gefiel die Art nicht, wie er sie mit kühler, distanzierter Überlegenheit musterte, als sei sie ein Besitztum, in das er möglicherweise investieren wollte. Aber sie bezweifelte, ob es ihn kümmerte, daß sie ihn argwöhnisch beobachtete wie einen Gegner, der im Begriff ist, einen bedrohlichen Schachzug zu machen. Es schert ihn nicht, ob die Leute ihn mögen oder nicht, dachte Frevisse, solange sie tun, was er von ihnen will. Und solange sie es gut tun.

Was hatte Chaucer dem Bischof über sie erzählt? Warum sollte ein derart mächtiger Mann sie mit einer solchen Aufgabe beauftragen?. Sie hoffte ebenso beherrscht und gelassen zu wirken wie er, als sie erwiderte»Ich verstehe und werde versuchen, Euren Wünschen zu entsprechen, Eminenz.«

Der Bischof nickte und entließ sie mit einer huldvollen

Geste. Bei Erfolgen würde er stets huldvoll und gnädig sein, dachte Frevisse und fragte sich, wie er wohl Fehlschlägen und Niederlagen begegnete. Sie erhob sich, versank wieder in einem tiefen Knicks und verließ dann den Raum. Schwester Perpetua folgte ihr schweigend. Die Leute im Vorraum bedachten sie mit interessierten, abwägenden Blicken, aber Frevisse durchquerte das Zimmer, ohne den Kopf zu heben. Das in ein Tuch gewickelte Bündel hielt sie unter ihren gefalteten Händen eng an sich gedrückt. So wie sie den Kopf senkte, fiel ihr Schleier nach vorn und verbarg das Gesicht, was ihr den Anschein frommer Bescheidenheit verlieh.

In Wahrheit fühlte sie sich alles andere als fromm, und Bescheidenheit war im Augenblick das geringste ihrer Anliegen. Aber sie wollte von niemandem angesprochen werden. Sie wußte nicht, ob sie es schaffen würde, auch nur einigermaßen höflich zu antworten. Sie wollte allein sein und darüber nachdenken, wie sie am besten erledigen konnte, was Bischof Beaufort von ihr verlangte. Nach all den Jahren in St. Frideswide zog es sie instinktiv zur Kapelle. Sie wußte, daß es im Schloß heute abend keinen anderen Ort gab, wo sie allein sein konnte.

In der Vorhalle der Kapelle berührte Schwester Perpetua ihren Arm, gerade als Frevisse nach dem Türdrücker greifen wollte. »Schwester Frevisse, wie geht es Euch?« fragte sie sanft.

Frevisse drehte sich zu ihr um. »Wieviel habt Ihr gehört? Habt Ihr mitbekommen, um was er mich gebeten hat?«

»Ich habe alles gehört, nehme ich an. Werdet Ihr tun können, was er von Euch verlangt?«

Schwester Perpetua war bekanntermaßen wegen ihres gesunden Menschenverstandes und ihrer guten Manieren zur Begleiterin von Frevisse bestimmt worden, und so hegte Frevisse nicht den geringsten Zweifel an ihrer Verschwiegenheit. Aber dieses Problem muß ich allein bewältigen, dachte sie. »Ich weiß es nicht«, entgegnete sie deshalb. Ihre Stimme hatte einen scharfen Unterton. Man hörte gleichzeitig ihren Wunsch heraus, daß nicht gerade *sie* mit dieser Sache belastet werden mochte. »Ich weiß nicht einmal, ob ich weiß, wo ich anfangen soll.« Wieder langte sie nach dem Türgriff. »Ich muß beten.« Schwester Perpetua sagte ruhig: »Das Gebet soll eine Quelle der Kraft sein und uns leiten. Wir sollten uns nicht ins Gebet flüchten.«

Frevisse zögerte, da diese berechtigte Warnung sogleich an ihrem Gewissen rüttelte. Sie hatte keine Antwort darauf. In ihrer Seele war es dunkel, und Gott hatte ihr bislang keinen Weg hinaus gewiesen. Bis er es tat, war das Gebet das einzige, was die Last erleichterte. Und was sie leitete. Soviel Gerechtigkeit ließ sie sich selbst immerhin zuteil werden: Sie bereute, was sie getan hatte, und wollte einen Weg finden, durch Vergebung – Gottes Vergebung und ihrer eigenen – zur Annahme ihrer Taten zu gelangen. Sie wollte sie nicht verleugnen oder vor dem Wissen fliehen. Und das Gebet war der einzige Weg, den sie sah. Sie flüchtete sich nicht ins Gebet, es war ihre Hoffnung.

Aber das war etwas, das sie nicht hier und nicht jetzt in Worte fassen konnte. Nach einem Moment des Schweigens betrat sie deshalb die Kapelle, ohne Schwester Perpetua zu antworten.

Sir Clements Leichnam lag dort aufgebahrt, wo gestern Chaucers sterbliche Hülle gelegen hatte. Es gab noch keinen Sarg. Der Leichnam, vollständig bedeckt mit einem weißen Bahrtuch, ruhte auf Brettern, die auf Schragen gelegt und mit schwarzem Tuch verhüllt worden waren. So ruhte der Tote würdig genug, bis ein Sarg angefertigt worden war. Sir Clements Verwandte würden morgen mit dem Leichnam abreisen wollen, vermutete Frevisse. Doch nein, zuerst mußte der Crowner kommen, wie immer, wenn es gewaltsame oder ungewisse Todesursachen zu klären gab. Bis er seine Arbeit getan hatte, mußten Sir Clements Leichnam und seine Familie jedenfalls auf Ewelme verbleiben.

Frevisse strebte zu der anderen Seite der Kapelle, gefolgt von Schwester Perpetua. Dort herrschte Halbdunkel, denn der Platz war weit entfernt von der Tür und dem Licht der wenigen Kerzen, die um Sir Clements Totenbahre aufgestellt worden waren. Frevisse erkannte Jevan, der am Kopf der Bahre kniete. Das Gesicht über den gefalteten Händen wurde von dem warmen, goldenen Kerzenschein erhellt. Drei weitere Männer, unter ihnen Meister Gallard, der Haushofmeister, knieten in einer Reihe neben der Bahre, dem Altar zugewandt, mit dem Rücken zu Frevisse. Schwester Perpetua sank mit einem leisen Rascheln ihrer Röcke auf die Knie nieder. Frevisse tat es ihr nach, spürte die vertraute Härte des Steinfußbodens unter ihren Knien, senkte den Kopf, faltete die Hände – und mußte feststellen, daß sie, anstatt im vertrauten Trost des Gebetes zu versinken, blind auf den Fußboden vor sich starrte und über das Problem nachdachte, das ihr gestellt worden war.

Sie mußte tun, was Bischof Beaufort von ihr verlangte, das stand außer Frage. Als Nonne schuldete sie einem Bischof Gehorsam, und es war nichts Unmoralisches oder Ungesetzliches an seinem Ersuchen. Zwar gehörte die Priorei St. Frideswide zum Bistum Lincoln und nicht zur Diözese des Bischofs von Winchester, aber Beauforts Macht und sein Einfluß reichten in England

sehr weit. Wenn sie ihm nicht gehorchte, war es möglich, daß sie dafür würde büßen müssen. Wenn sie sich jedoch ernsthaft Mühe gab und dennoch versagte, würde er ihr wohl keinen Vorwurf daraus machen, dachte sie.
Aber die Frage, wie sie das Problem in Angriff nehmen sollte, blieb.
Der Bischof bezweifelte, daß Sir Clement von Gott niedergestreckt worden war. Warum? Und warum hielt er es für möglich, daß Sir Philip den Baron ermordet hatte? Er wollte wissen, was wirklich vorgefallen war, weil er angeblich Pläne mit Sir Philip hatte und Gewißheit haben wollte. Die Gewißheit, daß er *keinen* Mord begangen hatte – oder die Gewißheit, *daß* er einen begangen hatte? Die verräterische Frage ließ sich nicht unterdrücken. Bischof Beaufort hatte sich da nicht klar ausgedrückt, als er sie bat, die Wahrheit herauszufinden.
Immerhin aber hatte er ihr das mögliche Motiv des Priesters genannt. Ein außerordentlich schwerwiegendes Motiv, sollte Sir Philip tatsächlich ein Leibeigener von Sir Clement sein. Und doch hatte Sir Philip außerordentlich ungerührt auf die Beleidigungen reagiert, die Sir Clement ihm gestern an den Kopf geworfen hatte – so als hielte er weder die Beleidigungen noch Sir Clement für sonderlich wichtig.
Oder hatte er womöglich seine wahren Gefühle mit großem Geschick verborgen?
Und wenn Sir Clement ermordet worden war, von Sir Philip oder jemand anderem, wie war die Tat begangen worden?
Es mußte Gift gewesen sein. Eine Wunde hätte der Arzt sofort entdeckt. Und da war dieses merkwürdige Ringen um Luft, als würde Sir Clement von einem unsicht-

baren Feind erstickt. Das geschwollene Gesicht, der Ausschlag und die roten Striemen.
Aber wie konnte er vergiftet worden sein? Nichts war speziell für Sir Clement serviert worden, Lady Anne und Guy hatten sich von denselben Platten und Schüsseln bedient, und Lady Anne und Sir Clement hatten aus einem Becher getrunken. Und dennoch war nur Sir Clement erkrankt.
Selbst wenn er irgendwie vergiftet worden war, so konnte Sir Philip eigentlich nichts damit zu tun haben. Er hatte während des Festmahls ein gutes Stück von Sir Clement entfernt gesessen und war nur einmal in seine Nähe gekommen, nämlich als er sich bemüht hatte, Sir Clements Wutausbruch zu mäßigen. Kurz bevor der Baron den Richterspruch Gottes auf sich herabgerufen hatte. Hatte Sir Philip ihn vielleicht irgendwie dazu verleitet? Ihn angestachelt? Möglich, aber soweit Frevisse sich erinnern konnte, hatte er zu weit entfernt vom Tisch gestanden, um Gift ins Essen oder in den Wein tun zu können. Vielleicht war das Gift aber auch früher verabreicht worden. Was hatte Sir Clement sonst noch gegessen oder getrunken? Gewiß hatte er ein Frühstück zu sich genommen. Gab es ein Gift, das so langsam wirkte?
Oder es war später verabreicht worden ... Sir Clement war der einzige, der im Priesterzimmer Wein zu sich genommen hatte. Gerade als es aussah, als würde er sich wieder erholen, hatte er davon getrunken. Was, wenn Gott ihm nur eine Warnung erteilt, ihn daran erinnert hatte, daß er sterblich war und ein Sünder, aber ihm die Chance geben wollte, sich zu ändern? Hatte Sir Philip – oder jemand anders, fügte Frevisse in Gedanken gewissenhaft hinzu – die Gelegenheit ergriffen und Sir Clement ermordet?

Das Gift hatte schnell gewirkt, dort in Sir Philips Zimmer, und die Symptome waren offenbar identisch mit denen, die Sir Clement im Saal gezeigt hatte. Da jedoch niemand Gottes Handeln hatte vorhersehen können, wie sollte derjenige so schnell Gift zur Hand gehabt haben und noch dazu eins, das dieselben Symptome hervorrief?

Sie mußte mit den Leuten reden, die etwas wissen konnten oder mehr gesehen haben mochten als sie. Und den Arzt fragen, woran Sir Clement seiner Ansicht nach gestorben war. Ärzte hatten immer irgendwelche Theorien. Ihr unvermeidlich vergeblicher Kampf gegen die Sterblichkeit machte sie nervös, und sie erzeugten Theorien so prompt wie ein Meisterschmied Waffen.

Aber was immer sie tat, wen immer sie fragte, stets würde sie auf die Frage zurückkommen, ob Sir Clement gestorben war, weil Gott es so wollte, oder ob er von einem sündigen Menschen getötet worden war.

Ein Schatten löschte das Licht der Kerzen aus. Frevisse blickte auf und sah, daß Sir Philip vor ihr stand und auf sie herabblickte.

Sie schaute rasch zur Bahre hinüber und entdeckte den leeren Platz, wo Sir Philip gekniet haben mußte. Sie war bei ihrem Eintritt in die Kapelle wohl sehr von ihrem Problem in Anspruch genommen gewesen, wenn sie nicht bemerkt hatte, daß es sich bei dem größeren Mann neben Meister Gallard um Sir Philip handelte.

Der Priester neigte grüßend den Kopf und wies dann mit dem Kopf auf die Tür, eine Aufforderung, ihn in die Vorhalle zu begleiten.

Irgendwann würde sie sowieso mit ihm sprechen müssen. Jetzt war er sogar zu ihr gekommen und würde deshalb vielleicht weniger vorsichtig sein, wenn sie ihn ausfragte. Frevisse senkte kurz den Kopf und bekreuzigte sich, allerdings mit schlechtem Gewissen, denn sie hatte ja nicht gebetet. Kurz darauf verließ sie mit ihm die Kapelle. Schwester Perpetua folgte. In der Vorhalle zogen Frevisse und Sir Philip sich in eine Ecke zurück, während Schwester Perpetua neben der Tür stehenblieb, die Hände in die Ärmel geschoben und den Kopf gesenkt, wie im Gemach von Bischof Beaufort.

Sir Philip verschwendete keine Worte an eine Begrüßung, und Schwester Perpetua schenkte er nicht einmal einen kurzen Blick. »Seine Gnaden der Bischof hat den Wunsch geäußert, mit Euch zu sprechen.«

»Ich war bereits bei ihm«, antwortete Frevisse, die sicher war, daß Sir Philip das schon wußte. Wahrscheinlich wollte er wissen, warum der Bischof sie hatte rufen lassen, und sie hatte ihre Antwort parat. »Mein Onkel hat ihn auf dem Sterbebett gebeten, mir etwas von ihm auszurichten und mir ein Vermächtnis von ihm zu übergeben. Der Bischof wollte diesem Wunsch persönlich nachkommen.«

»Gott schenke der Seele Eures Onkels Frieden«, sagte Sir Philip. »Und das war alles?« Er warf einen demonstrativen Blick auf das Bündel, das Frevisse noch immer an sich gedrückt hielt, und sah ihr dann wieder in die Augen.

Mit ausdruckslosem Gesicht fragte sie zurück: »Was sonst sollte der Bischof von mir wollen?«

Ebenso beherrscht entgegnete er: »Euer Onkel hat gelegentlich von Euch erzählt. Er hatte Euch sehr gern. Und hielt Euch für ungewöhnlich intelligent.«

Frevisse senkte den Kopf, als wolle sie bescheiden das Kompliment abwehren, und schwieg.

»Ich denke, er hat auch Bischof Beaufort von Eurer Klugheit berichtet.«

»Das war sehr freundlich von ihm«, erwiderte Frevisse.

»Seine Gnaden der Bischof ist nicht überzeugt davon, daß Sir Clement gestorben ist, weil Gott es so wollte.«
Frevisse konnte ein überraschtes Zusammenzucken nicht vermeiden. »Ist er nicht?«
»Hat er das Euch gegenüber nicht erwähnt?«
»Denn Euch gegenüber?«
»Er hat mich über meine Beobachtungen während Sir Clements Anfall und bei seinem Tod ausgefragt. Er wollte jede Einzelheit wissen, und ich glaube nicht, daß meine Antworten ihn zufriedengestellt haben.«
»Warum nicht? Was habt Ihr ihm erzählt?«
»Ihr wart dabei, ebenso wie jeder andere im Saal. Und auch später in meinem Zimmer.«
»Aber Ihr wart näher dran. Und ich habe nicht gesehen, was im Priesterzimmer geschah. Ich bin ganz zum Schluß hinzugekommen, kurz bevor es mit ihm zu Ende ging.«
Sir Philip machte eine ungeduldige Geste. »Ihr habt genug mitbekommen. Es ging ihm besser, er konnte leichter atmen, und er war bei klarem Verstand. Und dann bekam er einen neuen Anfall und starb. Das habt Ihr gesehen.«
Frevisse nickte. Es stimmte, sie hatte es gesehen. Sie wünschte, sie könnte sich deutlicher erinnern, wo die anderen gestanden und was sie kurz vor dem zweiten Anfall getan hatten. Und was ihr Gesichtsausdruck über ihre Gefühle verraten hatte. Sie bekreuzigte sich. »Es war, als hätte Gott seine Hand zunächst langsam von Sir Clement zurückgezogen und ihn dann doch noch niedergestreckt.« Sie erzitterte bei der Erinnerung. »Hat er vor seinem Tod etwas gesagt, das ich nicht gehört habe? Etwas so wenig Bußfertiges oder ...« Sie zögerte. »... so Gotteslästerliches, daß es keine Rettung oder Erlösung für ihn geben konnte?«

»Es war weder Reue noch Gottesfurcht in ihm. Er war ganz er selbst, so übellaunig und schwierig wie immer.« Sir Philip hielt inne und fügte dann hinzu: »Vielleicht war es das, was Gottes Zorn endgültig auf ihn herabgerufen hat. Daß er nicht erkannte, wie falsch sein Tun war, selbst nach einer so deutlichen Warnung.«
Frevisse verfolgte den Gedankengang weiter. »›Wie, hat dich Narren wollen bedünken, das Erdengut und dies dein Leben wäre dir alles zu Eigen gegeben?‹« zitierte sie.
»›Nichts da, war alls dir nur geliehen. Bist du dahin, erbts einen anderen‹«, antwortete Sir Philip.
Frevisse liebte dieses Spiel, und sie beherrschte es gut. Aber diesmal mußte sie zugeben: »Ich kenne das Zitat, aber ich erinnere mich nicht, woher es stammt.«
»Es ist aus dem ›Jedermann‹«, sagte Sir Philip. »Ich habe nie eine Aufführung des Stückes gesehen, aber Euer Onkel hat eine Kopie in seiner Bibliothek.«
Die Tür der Kapelle öffnete sich dank ihrer wohlgeölten Angeln lautlos, und Jevan Day trat heraus. Er zögerte, als er Frevisse und die anderen sah, dann schloß er die Tür und verbeugte sich. Das Lampenlicht in der Vorhalle war ebenso gedämpft wie gestern. Während die Schatten jedoch Sir Philips zerstörtes Gesicht verbargen, vertieften sie die angespannten, erschöpften Falten rund um Jevans Mund und Augen. Dem Aussehen nach hätte er so alt sein können wie sein Onkel. »Mylady«, sagte er zu Frevisse und fuhr an Sir Philip gewandt fort: »Ich danke Euch, daß Ihr meinem Onkel die Absolution erteilt habt. Wir waren alle ... wie betäubt. Wir haben nicht daran gedacht, um die Letzte Ölung zu bitten. Ich danke Euch, um seiner Seele willen. Wenn er schließlich doch Frieden findet, wird es Euer Verdienst sein.«

»Das steht in Gottes Hand«, entgegnete Sir Philip. »Aber ich danke Euch für Eure freundlichen Worte.« Er wies auf die Kapelle. »Ich werde für ihn beten, wann immer ich kann.«

Jevans Lächeln wirkte angespannt. »Es werden wenig genug Menschen bereit sein, die Totenwache zu halten. Er hat dafür gesorgt, daß niemand ihn mochte. Und sein Tod hat die Leute in Angst und Schrecken versetzt. Sie wollen nicht einmal in die Nähe seines Leichnams kommen.«

»Zumindest ist jetzt jemand bei ihm«, sagte Frevisse.

Jevan zuckte die Achseln. »Ich bezweifle, daß es viel nützen wird, wenn jemand für ihn betet. Wenn jemals ein Mensch verdammt wurde und direkt zur Hölle gefahren ist, dann Sir Clement. Aber er wußte die Form zu wahren. Zumindest wenn es ihm paßte. Und meine Anwesenheit in der Kapelle ist das letzte, was er von mir fordern kann.«

Er stieß die Sätze abgehackt hervor, so als falle es ihm schwer, einen Gedanken zu Ende zu denken. Müdigkeit, nicht Trauer, schnitt so tiefe Falten in Jevans Gesicht, entschied Frevisse.

Sir Philip meinte: »Aber jetzt werdet Ihr Euch doch ausruhen, nicht wahr? Für heute habt Ihr genug getan, denke ich.«

»Ich will Guy suchen. Er sollte ebenfalls hier sein. Und sei es nur der Form halber. Er ist schließlich Sir Clements Erbe.«

»Und Ihr?« fragte Frevisse. Jevan war ebenfalls ein Neffe von Sir Clement und erbte sicherlich auch irgend etwas.

Jevan versuchte zu lächeln, aber das vertiefte nur die freudlosen, scharfen Falten um seinen Mund. »Ich bin Sir Clements Hund. Wenn es nach ihm ginge, würden sie mir die Kehle durchschneiden und zu seinen Füßen begraben. Das hätte ihm besser gefallen als meine Gebete.«

Er ist zu müde, um sich zu verstellen, dachte Frevisse, und klar denken konnte er auch nicht mehr. Was Jevan brauchte, war Essen und etwas Schlaf, damit der Schock nachließ. Als er sich verbeugte und gehen wollte, hielt Frevisse ihn auf. »Falls Ihr Robert Fenner seht, und Sir Walter gerade nicht in der Nähe ist« – Jevan würde begreifen, was sie damit sagen wollte – »richtet ihm doch bitte aus, daß ich mich gerne noch einmal mit ihm unterhalten würde, bevor er abreist.«

»Gewiß, Mylady. Mylord.« Er verbeugte sich nochmals und ging.

»Wenn Ihr mich ebenfalls entschuldigen würdet«, bat Sir Philip mit einer Verneigung. »Ich denke, ich werde ihn begleiten und dafür sorgen, daß er etwas zu sich nimmt und sich heute nacht hinlegt, statt in die Kapelle zurückzukehren, um für seinen Onkel zu beten.«

»Er empfand wenig Zuneigung für Sir Clement, also gereicht ihm sein Verhalten um so mehr zur Ehre«, sagte Frevisse.

»Aber das macht es nicht weniger anstrengend. Aus Pflichtgefühl das richtige zu tun, ist zermürbender, als es aus Zuneigung zu tun.«

»Und so ist der Verdienst um so größer.«

»In der Tat«, bestätigte Sir Philip. »Mit Verlaub, meine Damen.« Er verbeugte sich und ging.

Frevisse wandte sich an Schwester Perpetua, die immer noch schweigend neben der Kapellentür stand. »Ich nehme an, wir sollten jetzt zu Tante Matilda gehen.« Sowohl Zuneigung als auch Pflichtgefühl geboten ihr das, aber es würde deswegen nicht weniger ermüdend sein. Sie wünschte, jemand würde *ihr* befehlen, etwas

zu essen und dann ins Bett zu gehen und den Tag zu vergessen.
Aber sie mußte sich wohl damit abfinden, daß dies nicht geschehen würde. Sie machte sich auf den Weg zum Wohngemach ihrer Tante.
Am Fuß der Treppe wartete Robert Fenner auf sie. »Jevan richtete mir aus, Ihr wolltet mich sprechen«, sagte er. Seine Begrüßung beschränkte sich auf eine hastige Verbeugung und einen Blick über die Schulter, zum Saal hin. »Sir Walter ist nicht erfreut darüber, daß er zu den Gästen gehört, die im Saal bleiben und sich gegenseitig Gesellschaft leisten müssen. Er hatte gehofft, sich mit Seiner Gnaden, dem Grafen von Suffolk, persönlich unterhalten zu können.« Sein spöttischer Ton fing Sir Walters Arroganz gut ein.
»Und da ihm dieses Vergnügen entgangen ist, läßt er vermutlich so viele Leute wie möglich seine Unzufriedenheit spüren«, bemerkte Frevisse.
»Wie immer«, bestätigte Robert. »Also kann ich nicht allzu lange wegbleiben.«
Frevisse verstand den Wink und kam gleich zur Sache. »Was wißt Ihr über die Beziehung zwischen Sir Philip und Sir Clement?«
»Dem Priester? Dem Hauspriester Eures Onkels? Gar nichts.«
»Es wird behauptet, daß sein Vater Leibeigener von Sir Clements Vater war. Basing hieß er, glaube ich.«
»Ah!« Robert nickte. »Ich kenne die entsprechenden Gerüchte. Basing hat sich mit dem Geld seiner Frau seine Freiheit erkauft, und dann hat er aus ihrem kleinen Vermögen ein großes gemacht und die gemeinsamen Söhne in guten Positionen untergebracht. *Gut* zumindest für die Söhne eines hörigen Bauern.«
»Er hatte mehrere Söhne?« fragte Frevisse erstaunt.

»Zwei, wenn ich mich recht erinnere. Den Priester und noch einen. Über den zweiten weiß ich nichts. Aber ich erinnere mich gut an das Gerücht. Sir Clement soll behauptet haben, der Freikauf von der Leibeigenschaft sei nicht rechtsgültig, und Vater und Söhne seien sein Eigentum.«

»Lebt der Vater noch?«

»Ich glaube nicht.«

»Aber *beide* Söhne.«

»Ich nehme es an. Ich habe nichts Gegenteiliges gehört.«

»Und wie begründet war Sir Clements Anspruch?«

»Wahrscheinlich überhaupt nicht, sonst hätte er die Sache vermutlich weiterverfolgt. Es kann allerdings auch sein, daß er besonderes Vergnügen daran fand, die Sache wie ein Damoklesschwert über den Köpfen der Söhne hängen zu lassen und ihnen zu drohen, es niedersausen zu lassen, wann immer es ihm beliebte. Er wird es genossen haben, diese Folter in die Länge zu ziehen.«

»Kein sehr angenehmer Mann.«

»Man braucht nur zu wissen, was er Jevan angetan hat, um sich dessen sicher zu sein.«

»Was meint Ihr damit?«

»Er hat Jevan wie einen Diener behandelt und sich ihm gegenüber niemals anständig verhalten. Sir Clements Schwester hat einen Mann geheiratet, der nach Ansicht ihres Bruders keine gute Partie war. Sir Clement war entschieden gegen die Heirat. Es hätte alles gut werden können, wenn ihr Mann lange genug gelebt hätte, um etwas aus seinem kleinen Erbe zu machen. Nach allem, was man hört, war er klug und tüchtig und auf dem besten Wege, ein erfolgreicher Wollhändler zu werden. Aber als er starb, steckte sein Geld in Unternehmungen, auf die er ein wachsames Auge hätte halten müssen.

Ohne seine Fürsorge blieb letzten Endes nur wenig übrig. Seine Frau hat ihn nicht lange überlebt, und Sir Clement stürzte sich auf Jevan. Es gab Verwandte väterlicherseits, die ihn gerne bei sich aufgenommen hätten, aber Sir Clement hatte Rang und Macht. Und seitdem hat er Jevan wie einen Bediensteten gehalten, um ihn für die ›Sünde‹ seiner Mutter zu bestrafen, gegen seinen Willen zu heiraten.«

»Aber er ist dennoch Sir Clements Neffe und wird jetzt sicher etwas erben?«

Robert schüttelte den Kopf. »Der ganze Besitz wird als Fideikommiß in der männlichen Linie weitergegeben. Es geht alles an Guy, dessen Großvater der Bruder des Vaters von Sir Clement war, wenn ich mich recht entsinne. Sir Clement hat Jevan oft und gern an diese Tatsache erinnert.«

»Gott ist allzu gnädig gewesen. Er hat zu lange gewartet, bis er Sir Clement niederstreckte«, sagte Frevisse und bekreuzigte sich schnell. »Gott vergebe mir.«

Auch Schwester Perpetua hatte sich bekreuzigt, aber Robert meinte: »Ihr seid nicht die erste, die so etwas sagt, und ich bezweifle, daß Ihr die letzte sein werdet.«

»Ich habe ihn sterben sehen«, antwortete Frevisse. »Also sollte ich zumindest aufpassen, was ich sage.« Aber sie hatte schon begonnen, in Gedanken einer neuen Spur zu folgen. »Dann ist Guy also eine Art Cousin von Sir Clement, nicht sein Neffe. Und er ist auch Jevans Cousin. Ob er ihn gerechter behandeln wird, als Sir Clement es tat?«

»Soviel ich weiß, verachtet Guy ihn, weil er ihn für einen Speichellecker hält, obwohl das Ganze wohl kaum Jevans Schuld ist. Von Guy hat Jevan nichts zu erhoffen. Und auch nicht von jemand anderem.«

»Was soll das heißen?«
Robert, der eine ähnliche Erfahrung gemacht hatte, lächelte traurig. »Ich meine Lady Anne, Sir Clements Mündel. Jevan hat es nie offen gesagt, aber man braucht ihn nur anzusehen, um zu wissen, daß er etwas für sie empfindet. Ich bezweifle, daß sie das weiß. Sie liebt Guy und hatte Angst, daß Sir Clement sie selbst zur Frau nehmen würde. Da blieb wenig Zeit, an andere Männer zu denken. Aber das ist ja Gott sei Dank vorbei. Sie und Guy werden jetzt heiraten können. Dem armen Jevan bleibt nichts. Aber es ist zweifellos eine in jeder Hinsicht angemessene Verbindung – sie sind sich ebenbürtig, an Rang, Vermögen und Zuneigung füreinander.«
Frevisse fiel wieder ein, was sie gestern gehört und beobachtet hatte, und sie sagte sanft: »Also ist Sir Clements Tod zumindest für Guy und Lady Anne ein Segen.«
»Und für viele andere«, entgegnete Robert. »Er liebte Wutausbrüche und Streitigkeiten um ihrer selbst willen. Aber ich muß jetzt gehen, Mylady, oder es wird Ärger geben, der nicht das Werk von Sir Clement ist.«
»Geht schnell. Es tut mir leid, daß ich Euch so lange aufgehalten habe. Und ich danke Euch.«
»Nichts zu danken.« Er lächelte wieder. Frevisse erinnerte sich, wie fröhlich sein Lächeln vor drei Jahren gewesen war. Jetzt war alle Fröhlichkeit daraus verschwunden. »Betet für mich, Mylady.«
Nur selten berührte Frevisse einen anderen Menschen. Jetzt aber legte sie kurz die Hand auf Roberts Arm und sah ihn an, damit er wußte, daß sie ihre folgenden Worte ernst meinte. »Ich werde immer für Euch beten. Geht mit Gott, Robert, was auch geschieht.«
Er verbeugte sich hastig, so daß sie seinen Gesichts-

ausdruck nicht erkennen konnte, nahm ihre Hand in die seine und küßte sie. Dann wandte er sich um und ging, ohne sich noch einmal umzudrehen.
»Auch ich werde für ihn beten«, brach Schwester Perpetua das Schweigen.
Frevisse nickte. »Er hat es dringend nötig.«
»So wie wir alle.« Schwester Perpetua sagte dies mit solch schlichter Gewißheit, daß die Wahrheit dieser oft gedankenlos dahergesagten Worte deutlich aufschien. Frevisse war plötzlich dankbar dafür, daß Schwester Perpetua mit ihrer ruhigen, zuverlässigen Art bei ihr war.

KAPITEL 11

Schwester Perpetua verabschiedete sich an der Tür von Matildas Wohngemach. »Ich werde hier nicht gebraucht und habe auch nicht den Wunsch, mit hineinzugehen. Ich lege mich lieber hin, wenn Ihr nichts dagegen habt.« Frevisse, die wünschte, sie könne es ihr nachtun, gab Schwester Perpetua das kleine Bündel mit. Es schien ein Buch darin zu sein, und Frevisse war neugierig, welches Chaucer ihr hatte anvertrauen wollen. Aber sie wollte seine Gabe in Ruhe und an einem geeigneten Ort öffnen, nicht hier vor der Tür. Sie mochte aber auch nicht die Aufmerksamkeit darauf lenken, indem sie es mit ins Wohngemach nahm. Frevisse holte tief Luft und trat ein.

In dem Raum befanden sich noch mehr Menschen als am Abend ihrer Ankunft, und wieder waren ihr die meisten fremd. Tante Matilda und Bischof Beaufort saßen vor dem Kamin, Alice stand an der Seite ihrer Mutter und ihr Gatte Suffolk neben dem Bischof. Alle vier unterhielten sich leise mit einigen Gästen. Meister Gallard, der direkt hinter der Tür auf Neuankömmlinge wartete, verbeugte sich. Bemüht, das allgemeine Stimmengewirr zu übertönen, erklärte er: »Mylady, Eure Tante hat bereits nach Euch gefragt. Ihr solltet Euch bitte sofort zu ihr gesellen.«

Mit bescheiden niedergeschlagenen Augen schob Frevisse sich durch die Menge. Die Gesprächsfetzen, die sie dabei zu hören bekam, waren überwiegend allgemeiner Natur. Einige sprachen über den nassen Sommer und die geringe Ernte, andere über einen neuen Schnitt für die Ärmel der Houppelandes. Jemand erzählte eine Anekdote über Chaucer, und ein anderer äußerte sich bewundernd über seinen Schwiegersohn Suffolk. Nur einmal hörte Frevisse jemanden den Tod erwähnen, aber die Bemerkung wurde von dem Gesprächspartner des Betreffenden mit einem Nicken in ihre Richtung so schnell abgewürgt, daß sie nicht sicher sein konnte, von welchem Todesfall die Rede war. Es schien, daß zumindest in diesem Kreis die Höflichkeit verbot, in Hörweite der Angehörigen Chaucers über Sir Clement zu klatschen. Frevisse erreichte schließlich ihre Tante, ohne von jemandem ins Gespräch gezogen worden zu sein.

Matilda, grau im Gesicht vor Gram, griff nach ihrer Hand, zog sie zu sich herunter und gab ihr einen Begrüßungskuß auf die Wange. »Vielen Dank, daß du gekommen bist, um mich zu trösten, mein Liebes. Ich weiß, für dich war der Tag auch nicht leicht.«

Frevisse hielt die Hand ihrer Tante fest. »Kann ich irgend etwas für dich tun?«

Matilda zog sie noch näher zu sich heran und flüsterte ihr ins Ohr: »Finde einen Weg, das hier bald zu beenden.« Dabei lächelte sie matt, denn im Grunde wußten sie beide, daß dieser Abend genau wie der Tag seinen Lauf nehmen mußte. Morgen erst würden alle Gäste aufbrechen, und die Familie konnte sich endlich ungestört in ihrer Trauer zurechtfinden. Bis dahin war es unvermeidlich, sich als großzügige Gastgeber zu zeigen und alles damit Zusammenhängende zu ertragen. Frevisse drückte mitfühlend die Hand ihrer Tante und stellte sich hinter sie, neben Alice. Immer neue Menschen traten näher, um mit den Hinterbliebenen zu sprechen, ihnen höflich ihr Beileid zu bekunden. Frevisse vermied es, auch nur einen Blick in Bischof Beauforts Richtung zu werfen.

In der Nähe der Witwe waren nur freundliche Worte über Chaucer oder Erinnerungen an glücklichere Tage und gemeinsame Erlebnisse zu hören. Aber von ihrem Platz aus konnte Frevisse an den Gesten und Blicken der weiter entfernt Stehenden gut erkennen, daß sie andere Ereignisse besprachen.

Das war zu erwarten gewesen. Die Gäste hatten gesehen, wie ein Mann Gottes Gericht auf sich herabrief und von ihm ereilt wurde. Und weil es jemanden getroffen hatte, der seinen schrecklichen Tod so offensichtlich verdiente, konnten sie es sich leisten, eher Aufregung als Furcht zu empfinden und sich in selbstgerechten Diskussionen über Gottes wundersame Taten zu ergehen. Frevisse warf einen schnellen Seitenblick auf Bischof Beaufort. Sein Tonfall ebenso wie seine ruhigen Bewegungen waren perfekt auf den Anlaß abgestimmt, zeigten Würde und genau das richtige Maß an Trauer. Wenn man ihn beobachtete, mußte man annehmen, daß er nichts wollte, als den Hinterbliebenen Trost spenden und sich gegenüber den Trauergästen als höflicher Gastgeber erweisen.

Frevisse wußte es besser. Beaufort war ein erfolgreicher

Staatsmann, der den größten Teil seines Leben in der harten Schule des königlichen Hofes zugebracht hatte. Menschen mit seiner Macht hatten vorsichtig zu sein. Er mußte folglich imstande sein, viel mehr von dem wahrzunehmen, was um ihn herum vorging, als es schien. Aber Beaufort war nicht nur der Vetter ihres Onkels gewesen, sondern auch sein guter Freund. Nicht ihre Fähigkeiten hatten sie voneinander unterschieden, sondern ihr Ehrgeiz. Beaufort hatte Chaucer seine letzten Worte an Frevisse anvertraut, wohl wissend, wieviel sie ihr bedeuten würden. Sie wiederum hatte Chaucer mehr vertraut als irgend einem anderen Menschen. Und Chaucer hatte Bischof Beaufort vertraut.

Ohne Zweifel hatte der Bischof recht mit seiner Einschätzung. Irgend etwas an Sir Clements Tod war merkwürdig. Natürlich konnte Gott einem Menschen auf jede Art das Leben nehmen, die ihm gefiel, und es war so verbreitet, in jedem unerklärlichen oder plötzlichen Todesfall das Wirken Gottes zu erkennen, daß die Gelehrten und Scholastiker sich seit Jahrhunderten immer wieder veranlaßt gesehen hatten, darauf hinzuweisen, daß dies nicht immer zutreffen mußte. Aber selbst wenn es so war – warum hatte Gott seinen Willen auf diese Weise kundgetan? Mit diesem quälenden Ringen um Atem, dem roten, entstellenden Ausschlag im Gesicht und an den Armen, dem Ersticken? Seltsam war auch diese sonderbare Besserung kurz vor dem Ende ...

Und warum war es hier auf Ewelme geschehen, vor einem ganzen Saal voller Leute? Um anderen Sündern ein öffentliches, warnendes Beispiel zu erteilen? Aber die meisten Gäste hatten nur beobachtet, wie Sir Clement einen Anfall bekam, sie hatten ihn nicht sterben sehen!

An der Tür entstand jetzt eine leichte Unruhe. Frevisse schreckte aus ihren Gedanken hoch und blickte hinüber. Sir Philip war eingetreten. Er blieb stehen und redete eindringlich auf Meister Gallard ein. Der kleine Mann nickte wiederholt, während der Priester sprach, dann entgegnete er etwas. Sir Philip schüttelte den Kopf, berührte, wie zur Beruhigung, leicht die Schulter des Haushofmeisters, und ging wieder hinaus.

Frevisse schaute zu Bischof Beaufort und sah, daß sein Blick in dem Moment von der Tür wegglitt. Nach seinem ausdruckslos höflichen Gesichtsausdruck zu urteilen, schien er nichts von Interesse bemerkt zu haben. Dann aber blickte er kurz zu ihr hin, als frage er sich, ob sie die Szene ebenfalls beobachtet hatte. Kurz darauf antwortete er schon wieder auf eine Bemerkung des Grafen von Suffolk, als sei seine Aufmerksamkeit nie woanders gewesen.

Frevisse ließ den Blick durch den Raum schweifen und entdeckte den Arzt, der bei Sir Clements Tod anwesend gewesen war. Zum wiederholten Male verspürte sie den Wunsch, mehr zu tun, als fruchtlose Spekulationen anzustellen. Spontan verließ sie ihren Platz bei Matilda und Alice und schob sich durch die Menge auf den Arzt zu. Er entfernte sich gerade, um einen anderen Mann zu begrüßen, aber Frevisse folgte ihm und blieb in kurzer Entfernung von den beiden wartend stehen, den Kopf bescheiden gesenkt und die Hände in die Ärmel geschoben. So mußte er bemerken, daß sie ihn sprechen wollte.

Sie hörte dem Gespräch zu, das sich um das Wetter drehte und um beider Erleichterung darüber, daß durch den Kälteeinbruch die Gefahr eines erneuten Ausbruchs der Pest gebannt war. Zum Glück fiel ihr der Name des Arztes wieder ein. Als er sich ihr zuwandte, konnte sie also sagen: »Meister Broun, ich würde gern kurz mit Euch sprechen –«

Er unterbrach sie mit einer Geste des Wiedererkennens. »Ihr seid doch Meister Chaucers Nichte! Bitte entschuldigt, daß ich Euch nicht sofort erkannt habe. Natürlich. Natürlich! Ihr konntet schlecht Eure Tante danach fragen, nicht wahr? Bitte entschuldigt uns«, fügte er an den anderen Mann gewandt hinzu. Dieser neigte den Kopf und entfernte sich. Mehr Ungestörtheit konnten sie in dieser Menschenansammlung nicht erwarten. Meister Broun trat noch einen Schritt näher an sie heran und senkte die Stimme, als wolle sie ihn als Arzt konsultieren. »Natürlich fragt Ihr Euch, wie es um Euren Onkel stand. Die Krankheit schritt nur langsam voran, er hatte also Zeit, sich auf das Ende vorzubereiten. Wir haben alles getan, was in unserer Macht stand, aber leider« – resigniert breitete er die weißen, wohlgepflegten Hände aus – »war es nicht Gottes Wille, daß er genas. Aber sein Ende war friedlich. Sehr friedlich.«

Auch Tante Matilda hatte das gesagt. Wieder und wieder hatte sie erklärt, daß er friedlich gestorben war. Es hatte eher so geklungen, als wolle sie sich selbst beruhigen. Frevisse hatte nicht nach Einzelheiten gefragt, aus Angst, ihrer Tante Schmerz zuzufügen. Jetzt aber, da sich unerwartet die Gelegenheit dazu bot, nahm sie sie wahr. »Hatte er große Schmerzen?«

»Nein. Nein, er hatte keine Schmerzen, nur für eine kurze Zeit, als deutlich wurde, daß er dabei war, zu verhungern. Ihr wißt, daß er im Frühsommer erkrankte? Er nahm grundlos ab, das war das erste Anzeichen. Er schien bei guter Gesundheit zu sein, aber soviel er auch aß, er wurde immer dünner. Wir haben alle möglichen Kuren angewandt, die eigentlich hätten wirken müs-

sen.« Bedauernd schüttelte der Arzt den Kopf und runzelte die Stirn. »Aber nichts, was wir taten, hat die Hauptsäfte des Körpers wieder ins Gleichgewicht gebracht.«
Wenn er so war wie andere seines Standes, die Frevisse kennengelernt hatte, würde er jetzt zu einem längeren, ausführlichen Vortrag über Blut, gelbe Galle, schwarze Galle und Schleim, die vier Temperamente und den Lauf der Sterne ansetzen, bevor er auf die schlichte Tatsache zurückkam, daß sein Patient trotz all seines Wissens und all seiner ärztlichen Fürsorge gestorben war. Um dem zuvorzukommen, stellte Frevisse fest: »Es war also eine auszehrende Krankheit, im großen und ganzen nicht schmerzhaft, aber es gab keine Hoffnung.«
»Vom späten Herbst an nicht mehr. Von da an war es nur noch eine Frage der Zeit.« Wieder breitete er die Hände aus, um seine Hilflosigkeit vor der Macht des Schicksals zu bekunden. »Eine seltene Krankheit, aber mir sind in meiner Laufbahn schon ähnliche Fälle begegnet.«
»Und der Mann, der heute gestorben ist? Sir Clement Sharpe. Was ist mit ihm passiert?«
Der Arzt starrte sie einen Augenblick verdutzt und mit offenem Mund an. Dann klappte er ihn zu, öffnete ihn jedoch unmittelbar darauf wieder und erklärte streng: »Ihr seid doch mit im Saal gewesen, soviel ich weiß! Ihr wart also dabei. Er rief Gott an, sein Zeuge zu sein, daß er die Wahrheit sprach, und Gott in seinem Zorn hat den Lügner niedergestreckt. Und Ihr wart auch im Priesterzimmer, als er starb. Mylady, Ihr habt doch *gesehen*, wie er starb.«
»Aber er ist nicht einfach zu Boden gefallen und gestorben«, beharrte Frevisse. »So einfach war das nicht. Ich sah, welche Höllenqualen er litt –«

»Gewiß.« Meister Broun fing an, sich gekränkt zu fühlen.
Frevisse mäßigte ihren Ton und fuhr demütig fort: »Es war so schrecklich. Ich mochte gar nicht hinschauen. Er ist doch nicht etwa an einem Bissen erstickt oder hat den Wein in den falschen Hals bekommen? Es ist schrecklich, zu denken, daß Gott ihn niedergestreckt hat! Ich hoffe immer noch, daß es etwas anderes war, und wenn dem so ist, müßtet Ihr als Arzt es doch wissen.«
Dieser Appell an sein Wissen schmeichelte dem Arzt immerhin so, daß er bereitwillig über ihre Frage nachdachte. »Ich habe ihn selbstverständlich sofort untersucht, um die Ursache seiner Beschwerden festzustellen«, versicherte er mit angemessenem Ernst. »Aber nichts deutete auf eine mir bekannte Krankheit hin. Es war, als hätten sich alle Körpersäfte plötzlich heftig gegen ihn gewandt.«
»Etwas schien ihm in der Kehle zu stecken.«
»Das habe ich selbstverständlich zuerst überprüft, aber es befand sich nichts in seiner Kehle. Es war die Kehle selbst. Ein schwerer, anhaltender Krampf aller Muskeln dort erzeugte einen Flüssigkeitserguß und verursachte eine Schwellung, die die Atmung behinderte.«
So stark behinderte, daß er erstickte, dachte Frevisse trocken, aber sie behielt den sanften, fragenden Tonfall bei. »Was ist mit diesen schrecklichen Striemen überall in seinem Gesicht, und dieser Röte, und dem Juckreiz, der ihn fast ebenso zu quälen schien wie die Atemnot? Das hatte doch nichts mit seiner zusammengeschnürten Kehle zu tun, oder?«
Meister Broun trat unbehaglich von einem Fuß auf den anderen. »Das stand in keinem Zusammenhang mit den Atembeschwerden. All das wurde vermutlich durch die Schmerzen und den nahen Tod verursacht.«

»Der Todeskampf hatte rote Striemen und Juckreiz zur Folge?« Bei keinem Todesfall, von dem sie je gehört hatte, war es so gewesen, und bei den Sterbenden, die sie selbst betreut hatte, auch nicht.
Meister Broun schwieg eine Weile, eher unbehaglich als gekränkt, und brachte dann mit viel leiserer Stimme hervor: »Diese Symptome hatten nichts direkt mit den Atembeschwerden zu tun. Da bin ich mir sicher. Aber habt Ihr das Muster der Striemen auf seinem Gesicht bemerkt? Als wäre er von einer offenen Hand geschlagen worden. Einer Hand, die größer war als die eines Menschen, eine Hand, die zuschlug und diese Male auf seinem Gesicht hinterließ.«
Frevisse zögerte. Soweit sie selbst sich erinnerte, hatten die Male auf Sir Clements Gesicht kein Muster gebildet, aber sie hatte weiter von ihm entfernt gestanden als Meister Broun. Hatte noch jemand anders dieses Muster bemerkt? Sie ließ die Angelegenheit für den Moment auf sich beruhen und fragte: »Warum hat Eurer Ansicht nach seine Atemnot vorübergehend nachgelassen? Er bekam bereits viel leichter Luft, als ich ins Zimmer trat.«
Hierbei bewegte sich der Arzt offensichtlich auf sichererem Boden. »Das ist ein klarer Beweis dafür, daß Gottes Hand am Werk war. Nur seine Gnade kann bewirkt haben, daß Sir Clements Schmerzen für kurze Zeit nachließen. Gott wollte ihm Gelegenheit geben, seine Sünden zu bereuen. Als er es nicht tat, wurden ihm sein Leben und seine Seele entrissen, wie Ihr es saht.«
Meister Broun bekreuzigte sich. Frevisse tat es ihm nach, aber noch bevor sie damit fertig war, stellte sie fest: »Kurz vor diesem letzten tödlichen Anfall hat er etwas getrunken.«
»Wein. Ein wenig Wein.«

»Er ist doch nicht etwa daran erstickt? Vielleicht war seine Kehle immer noch so zugeschnürt, daß er nichts schlucken konnte?«
»In dem Fall hätte ich ihm nicht erlaubt, den Wein zu trinken.« Meister Broun wurde wieder hochnäsig. »Nein, Sir Clement ist nicht erstickt, weder am Wein noch an etwas anderem. Es war Gottes Wille, daß er starb. Die Sache übersteigt unseren Verstand.« Er breitete die Hände aus. Selbst er sei hilflos vor solcher Macht, deutete die Geste an. »Gottes Wege sind unerforschlich.«

KAPITEL 12

Frevisse war erschöpft und hatte erwartet, daß sie in dieser Nacht tief und fest schlafen würde. Statt dessen hatte sie einen leichten, unruhigen Schlaf und schreckte ständig hoch. Schwester Perpetua schlief fest, aber sie hatten einander versprochen, sich gegenseitig zu wecken, falls eine von ihnen zur Zeit der Matutin wach wurde. Frevisse wachte so oft auf, daß sie schwer einschätzen konnte, wann Mitternacht war. Irgendwann jedoch nahm sie an, daß es soweit war, und rüttelte Schwester Perpetua sanft wach. Gemeinsam sagten sie im Flüsterton die vielen Psalmen der Matutin her. Ihr leises Beten verlor sich beinahe in den anderen Geräuschen: dem Atmen der anderen Frauen und Joans Schnarchen.

Als sie fertig waren, legte Schwester Perpetua sich hin, rollte sich auf die Seite und war kurz darauf wieder eingeschlafen. Frevisse, die immer noch von unangenehmen Gedanken verfolgt wurde, brauchte länger dazu.

Am nächsten Morgen war sie einer befriedigenden Lösung nicht näher als am Abend zuvor – und fühlte sich auch kaum ausgeschlafener.
Tante Matilda war endlich von ihrem Kummer überwältigt worden. Sofort nach dem Aufwachen hatte sie sich erhoben und war wie gewöhnlich zum Betpult gegangen, um dort zum Morgengebet niederzuknien. Aber wo der Trost am größten hätte sein sollen, beugte sie sich jetzt von Schluchzern geschüttelt über ihr Gebetbuch. Zunächst hatten die Frauen sie weinen lassen. Es war höchste Zeit, daß sie endlich weinte, und die Tränen konnten nur Erleichterung bringen. Aber es hörte nicht auf, sondern wurde immer schlimmer, bis Tante Matilda sich schließlich gepeinigt und hilflos am Betpult festklammerte.
Frevisse zögerte unsicher, aber Alice ließ ihre Kammerzofe stehen, die ihr gerade das Kleid hatte überstreifen wollen, und ging zu ihrer Mutter. Wortlos umfaßte sie sanft ihre Schultern, half ihr auf und führte sie zum Bett zurück. Tante Matildas Gesicht war eingefallen und fleckig, und sie klammerte sich an ihre Tochter und weinte hilflos weiter.
Es dauerte eine geraume Zeit, bis sie sich beruhigt hatte, und Frevisse das Schlafgemach verlassen konnte. Es war geplant gewesen, daß sie mit ihrer Tante und Alice im Saal die abreisenden Gäste verabschiedete, aber sie hatten Suffolk die Nachricht überbringen lassen, daß er diese Gastgeberpflicht übernehmen mußte. Das war eine akzeptable Lösung, denn Suffolk war jetzt Herr auf Ewelme, und da Alice bei ihrer Mutter bleiben wollte, war es nicht nötig, ja nicht einmal schicklich, daß Frevisse sich ihm anschloß.
Niemand hatte etwas einzuwenden, als sie und Schwester Perpetua sich zurückzogen, um, wie gestern auch,

im Wohngemach die Prim zu feiern. Als das Morgengebet beendet war, fragte Frevisse ihre Mitschwester Perpetua: »Würdet Ihr mir bei etwas behilflich sein?«
Schwester Perpetua, die gerade die Falten ihres Rocks ausschüttelte, blickte auf. »Gern, wenn ich kann«, erwiderte sie. »Worum geht es denn?«
»Um Sir Clements Tod.«
Schwester Perpetua war ihr Unbehagen über die Zweifel, die Bischof Beaufort zum Ausdruck gebracht hatte, anzusehen. In weit weniger sicherem Ton fragte sie: »Was soll ich denn tun?«
»Wenn nicht Gott Sir Clement getötet hat, muß es irgendein Gift gewesen sein. Ich muß wissen, welches Gift in Frage käme.«
»Aber es haben noch drei weitere Personen von den Gerichten gegessen, die Sir Clement serviert wurden. Und auch aus seinem Becher hat noch jemand getrunken.« Schwester Perpetua brachte sofort die Einwände vor, die Frevisse ebenfalls Probleme machten. »Wie sollte also er allein vergiftet worden sein?«
»Wenn wir wissen, um welches Gift es sich handelt, werden wir diese Frage vielleicht beantworten können. Möglicherweise finden wir in der Bibliothek meines Onkels etwas, das uns weiterhilft. Würdet Ihr mir suchen helfen?«
Die Falte auf Schwester Perpetuas Stirn verschwand. Bücher waren ihre weltliche Leidenschaft, und in der Priorei St. Frideswide gab es nur sehr wenige. Aber sie unterdrückte ihren offensichtlichen Eifer und antwortete trotz des plötzlichen Leuchtens in den Augen ruhig und gelassen: »Ja, gewiß. Ich werde tun, was ich kann.«
Chaucer hatte festgestellt, daß er seinen Geschäften um so besser nachgehen konnte, je weiter er von der

häuslichen Sphäre seiner Frau entfernt war. Er hatte deshalb seine Unternehmungen von einem Raum aus geleitet, der sich am entgegengesetzten Ende des langgestreckten Schlosses befand. Auf dem Weg dorthin erklärte Frevisse, wonach sie suchten. »Ich habe mit dem Arzt gesprochen. Er sagt, Sir Clement starb an einem Krampf in seiner Kehle und einem Übermaß an Flüssigkeiten. Seine Kehle zog sich zusammen und erstickte ihn.«
Schwester Perpetua gab einen leisen, erschütterten Laut von sich. Es war zu erwarten, daß der bloße Gedanke an solch einen schrecklichen Tod sie betroffen machen würde. Andererseits aber war sie eine klardenkende, intelligente Frau. Sie würde Frevisse besser unterstützen können, wenn sie alles wußte. Sie war kein zartes Geschöpf, das in seliger Unwissenheit gehalten werden mußte.
Frevisse fuhr fort: »Aber er ist nicht sofort gestorben. Ihr habt gesehen, wie er im Saal einen Erstickungsanfall erlitt, aber als ich ihn kurze Zeit darauf im Priesterzimmer sah, ging es ihm so viel besser, daß ich dachte, er würde überleben.«
»Tatsächlich?« fragte Schwester Perpetua ungläubig.
»Die Atemnot hatte sich so weit gebessert, daß er sich aufrecht hinsetzen, einige Worte sprechen und sogar etwas Wein trinken konnte.«
»Erstaunlich.«
»Ja, nur waren Gesicht, Hals und Arme von einem roten Ausschlag bedeckt, und ihn quälte ein Juckreiz.«
Bewußt erzählte Frevisse nichts von Dr. Brouns Behauptung, nach der die roten Striemen die Form einer offenen Hand gehabt hatten. Erst mußte sie wissen, ob noch jemand das beobachtet hatte. »Und kurz nachdem er den Wein getrunken hatte, kehrte die Atem-

not zurück, und er starb. Es war kaum genug Zeit für die Letzte Ölung.«
»Gott sei ihm gnädig. Ihr glaubt also, es war Gift in dem Wein?«
»Ich weiß es nicht. Das ist das Problem. Ich weiß von keinem Gift, das das Opfer so sterben läßt, wie Sir Clement starb. Das ist es, was ich in der Bibliothek meines Onkels zu finden hoffe – etwas über ein Gift, das diese Symptome hervorruft: Atemnot, rote Striemen und unerträglichen Juckreiz.«
Nach einem Augenblick des Nachdenkens sagte Schwester Perpetua sehr ruhig: »Du meine Güte.« Und fuhr fort: »Also haltet Ihr es für möglich, daß Seine Gnaden recht hat und Sir Philip den Baron ermordet hat?«
»Ich weiß es nicht. Aber ich frage mich langsam, warum Gott diesen Mann auf so eigenwillige Art hat sterben lassen.«
»Schwester Frevisse! Ihr zweifelt am Willen Gottes? Das ist gefährlich, selbst wenn Ihr es auf Befehl eines Kardinals und Bischofs tut! Wie könnt Ihr –« Schwester Perpetua machte eine hilflose Geste. Es war eine unerfreuliche Zwangslage, zwischen Gott und den Befehl eines Kirchenfürsten zu geraten!
»Ich weiß. Aber was ist, wenn es *nicht* Gottes Wille war, daß Sir Clement starb? Was ist, wenn Bischof Beaufort recht hat und ein Mensch dahintersteckt? Oder wenn Gott tatsächlich Sir Clement berührt hat, dort im Saal, nicht um ihn zu töten, sondern nur, um ihn zu warnen? Und dann jemand das ausgenutzt und Sir Clement später vergiftet hat?«
»Gewiß würde Gott jeden niederstrecken, der es wagte, so etwas zu tun! Das wäre Blasphemie!«
Frevisse unterließ es, zu bemerken, daß Gott in diesen Zeiten Gotteslästerer nie allzu prompt niederzustrecken

schien. Wie andere Sünder schienen sie prächtig zu gedeihen, weit länger als sie verdienten. Statt dessen erklärte sie: »Ich wäre mehr als froh, die Angelegenheit Gott überlassen zu können. Aber Bischof Beaufort hat es anders bestimmt. Schwester Perpetua, dies ist meine Bürde, nicht Eure. Wenn Ihr lieber nichts mit der Sache zu tun haben wollt, sagt es. Ihr werde es verstehen.«
Schwester Perpetua richtete sich gerade auf, machte ein entschlossenes Gesicht und schob schwungvoll die Hände in die Ärmel. »Nein. Ihr habt um meine Hilfe gebeten, und ich gewähre sie Euch gern. Ich werde für unser Seelenheil beten. Und ich denke nicht, daß wir Gott lästern mit dem, was wir tun. Wir versuchen ja nur, seinen Willen besser zu ergründen, zur höheren Ehre Gottes und um unserer ewigen Seligkeit willen. Außerdem will ich die Bücher Eures Onkels sehen.«
Frevisse hatte befürchtet, daß die Bibliothek verschlossen war, aber als sie die Klinke hinunterdrückte, schwang die Tür auf. Sie betrat den Raum, der für sie immer das Herz von Ewelme gewesen war, mit gemischten Gefühlen, die sie gar nicht erst einzuordnen versuchte.
Der Raum war schmal, aber langgestreckt. Trotz der vielen Jahre, die vergangen waren, seit sie zuletzt hier gestanden hatte, waren ihr die Möbel alle noch vertraut. Frevisse erinnerte sich, wie Chaucer auf den ständigen Wunsch nach Neuerungen reagiert hatte, der seine Frau beherrschte. Belustigt hatte er erklärt: »Ich habe am Anfang gekauft, was ich will und brauche. Was soll ich mit neuen Möbeln, wenn die alten es noch tun? Laß meine Bibliothek in Ruhe.«
Sein Schreibpult stand dort, wo am meisten Licht durch die Fenster darauf fiel. Die Fenster mit den tiefen Nischen, zu Sitzplätzen aufgemauert, wo Frevisse stun-

denlang gesessen und gelesen hatte, verloren für ihre eigentlichen Pflichten und zutiefst glücklich. Chaucer hatte sein Leben lang Bücher gesammelt, und eine beträchtliche Anzahl hatte er bereits von seinem Vater geerbt. Er hatte an den Wänden entlang Schränke für die Bücher aufstellen lassen. Dennoch hatte der Platz darin kaum ausgereicht, so daß im gesamten Raum stets noch Bücher herumgelegen hatten. Frevisse hatte immer lesen dürfen, was sie wollte, und Chaucer hatte es Freude gemacht, sich mit ihr darüber zu unterhalten, lange Streitgespräche zu führen oder ausführliche Erklärungen abzugeben, wenn ihr etwas seltsam vorkam oder ihr besonderes Interesse erregte.

In diesem Raum, in Gesellschaft ihres Onkels, hatte sie eine Freiheit genossen wie niemals sonst im Leben, außer in ihrer Liebe zu Gott.

Auf der anderen Seite des Raumes stand ein Mann über eine offene Truhe gebückt. Als sie eintraten, richtete er sich auf, und Frevisse erkannte ihn. Es war Meister Lionel, der Schreiber ihres Onkels. Sie war froh, daß sie ihn in den letzten Tagen bereits mehrmals zu Gesicht bekommen hatte, so daß sein weißes Haar, die gebeugten Schultern und das faltige Gesicht keine Überraschung für sie waren. Er war mittleren Alters gewesen, als sie auf Ewelme gelebt hatte, nun war er ein alter Mann. »Frevisse! Schon wieder«, seufzte er, als sei es erst Stunden her, daß sie ihm zuletzt im Weg gestanden hatte. Offensichtlich war er heute nicht erfreuter darüber als damals. Nie hatte er gebilligt, daß Chaucer soviel Zeit mit Frevisse verbracht und somit die Geschäfte vernachlässigt hatte, die Meister Lionel so sehr am Herzen lagen.

»*Schwester* Frevisse«, korrigierte er sich. Und fügte hinzu: »Er ist fort, wißt Ihr. Er ist nicht hier.«

»Ich weiß.« Bestürzt reagierte Frevisse mit instinktiver Sanftheit. Ihr Onkel hatte Meister Lionel bei seinen letzten Besuchen in St. Frideswide nicht erwähnt. Jetzt wünschte sie, er hätte es getan, denn offensichtlich hatte sich nicht nur sein Äußeres verändert. »Darf ich trotzdem hereinkommen? Ich war hier stets willkommen.«

Meister Lionel blickte stirnrunzelnd um sich, als suche er nach einem Grund, ihr das Betreten der Bibliothek zu verwehren. »Was wollt Ihr denn hier? Er ist fort.«

»Meine Freundin hat seine Bücher noch nie gesehen. Ich wollte sie ihr zeigen.«

»Es ist schon in Ordnung, Meister Lionel. Ich bin sicher, daß sie hier willkommen ist.«

Frevisse hatte sich so auf den alten Schreiber konzentriert, daß sie Sir Philip nicht bemerkt hatte. Er stand im dunklen, hinteren Teil der Bibliothek, halb verdeckt von der offenen Tür eines Bücherschranks. Nun trat er näher und sagte zu dem alten Schreiber: »Ihr könnt mit Eurer Arbeit weitermachen. Ich werde mich um sie kümmern. Meister Chaucer würde sie hier willkommen heißen, das wißt Ihr. Sollten wir das also nicht auch tun, in seinem Namen?«

Meister Lionel wandte den Kopf und sah erst Sir Philip an, dann Frevisse und schließlich wieder Sir Philip. Die Anstrengung schien ihn zu verwirren. Er zuckte die Achseln. »Wie Ihr wünscht.« Dann wandte er sich wieder seiner Truhe zu, und Sir Philip winkte Frevisse und Schwester Perpetua zu sich herüber.

Er blieb vor einem Bücherschrank stehen und wies auf verschiedene Handschriften, als wolle er sie den Nonnen zeigen, und erklärte dabei schnell und mit leiser Stimme: »Er hat seinen Verstand überlebt. Es fing vor ungefähr zwei Jahren an. Aber Meister Chaucer gab ihm hier immer etwas zu tun, denn in der Bibliothek ist der alte Mann glücklich.«

»Er arbeitet noch?« fragte Frevisse ungläubig.

»Nein, aber er denkt es. Er soll die Papiere in dieser Truhe ordnen und alle geschäftlichen Unternehmungen auflisten, auf die sie Bezug nehmen. Es sind aber lediglich Kopien von Vorentwürfen, es spielt also keine Rolle, wenn er sie täglich sortiert und mischt, Unfug auf diese große Schriftrolle dort kritzelt und nie weiterkommt. Nun aber, kann ich Euch irgendwie behilflich sein?«

»Es ist tatsächlich so, wie ich sagte. Schwester Perpetua würde sich sehr freuen, wenn sie die Bücher meines Onkels betrachten und eine Weile hierbleiben dürfte.«

»Und Ihr hättet wohl auch nichts dagegen, Euch die Bücher wieder einmal anzusehen!«

»Hier war mein liebster Aufenthaltsort, bevor ich ins Kloster ging«, antwortete Frevisse und fragte sich zum erstenmal, was ihr Onkel seinem Priester wohl von ihr erzählt haben mochte. Die wichtigere Frage war im Augenblick allerdings, wie sie nach dem Buch suchen sollten, das sie brauchten, wenn Sir Philip unmittelbar daneben stand. Es gab doch weit mehr Handschriften, als sie in Erinnerung hatte. Natürlich hatte Chaucer seiner Sammlung weitere Bände hinzugefügt, nachdem sie Ewelme verlassen hatte. Und Frevisse hatte keine Ahnung, wo etwas zu einem bestimmten Thema zu finden sein mochte. Chaucer hatte seine Schätze mit großem Vergnügen immer wieder neu geordnet und sortiert. Sie hatte ihm oft genug dabei geholfen. Es war also unmöglich, zu sagen, was jetzt wo stehen mochte. Zudem lagen nach wie vor viele Bücher ohne jede Ordnung irgendwo im Zimmer herum, manchmal sogar in kleinen Stapeln. Bücher, die irgendwann einmal benutzt und nicht wieder zurückgestellt worden waren. Auch das war eine Angewohnheit ihres Onkels, und eine von Frevisses selbstgewählten Pflichten war es gewesen, die Bücher zu sortieren und an ihren Platz zurückzustellen, wenn es irgendwann allzu unordentlich in der Bibliothek wurde. Es war also unmöglich, zu erraten, wo sich die medizinischen Schriften befanden, und sie wagte nicht, Sir Philip danach zu fragen.

Schwester Perpetua hatte sich bereits entfernt, öffnete Schranktüren und nahm Bücher heraus, leise murmelnd wie eine Mutter, die zu ihren geliebten Kindern spricht. Diese Bibliothek war für sie wie eine Offenbarung. Wenn man Schwester Perpetua genug Zeit gab, würde sie wohl mit Freuden jede Handschrift im Raum durchsehen. Und irgendwo standen die Bücher über Gesundheit, Medizin und Arzneimittel, Chirurgie, in denen vielleicht zu finden war, was sie suchten. Das Problem war Sir Philip. Er mußte abgelenkt werden, damit Schwester Perpetua ungehindert suchen konnte.

Aufs Geratewohl nahm Frevisse eine Handschrift aus dem Regal und fragte ihn: »Ihr seid ebenfalls Bücherliebhaber?«

»Ich bezweifle, daß Seine Gnaden, der Bischof, mich Meister Chaucer empfohlen hätte, wenn ich es nicht wäre.«

Frevisse blickte angemessen beeindruckt drein. »Mein Onkel erwähnte, daß er einen neuen Priester hätte, aber Genaueres hat er nicht erzählt. Seid Ihr schon lange bei ihm?«

»Seit drei Jahren. Euer Onkel war ein angenehmer Mann. Es war mir eine Freude, ihm zu dienen.«

»Und sicher gelegentlich eine Herausforderung.« Wie zufällig entfernte Frevisse sich von den Bücherschränken. »Er schätzte neue Ideen und diskutierte gern mit Menschen darüber, die auch etwas davon verstanden.«

Sir Philip blieb an ihrer Seite. »Das ist wahr. Ich mußte oft Gebrauch von seiner Bibliothek machen, um auch nur annähernd mit ihm Schritt halten zu können.« Die Erinnerung ließ ihn lächeln. Einen so warmen Ausdruck hatte Frevisse bisher noch nie auf Sir Philips Gesicht gesehen. »Es war nicht seine Art, etwas fraglos hinzunehmen.«
»Er hatte viele Fragen, und er wollte Antworten«, bestätigte Frevisse.
»›Um zu lernen Weisheit und Zucht und zu verstehen verständige Rede, daß man annehme Zucht, die da klug macht, Gerechtigkeit, Recht und ...‹« Sir Philip stockte.
»›Redlichkeit‹«, ergänzte Frevisse, »›daß die Unverständigen klug werden und die Jünglinge weise und besonnen.‹ Die Sprüche Salomos, erstes Kapitel.« Dieses Spiel hatte sie oft mit Chaucer gespielt: Einer zitierte eine Autorität und wartete ab, ob der andere die Quelle identifizieren und, besser noch, das Zitat vervollständigen konnte. Ohne darüber nachzudenken, ob es sich schickte, das in Gesellschaft eines Priesters zu sagen, fuhr sie fort: »Wer verständig ist, sammle Sprüche und Gleichnisse, sagt Salomo. Aber mein Onkel und ich – und Ihr vermutlich auch – sammeln lieber ganze Bücher.«
Sir Philip nickte. »Ihr habt ganz recht. Und Ihr seid sehr belesen, wie ich merke. Sind Euch alle Bücher in Meister Chaucers Bibliothek vertraut?«
»Ich habe alle gelesen, die er besaß, als ich auf Ewelme lebte. Aber seitdem sind viele hinzugekommen, wie ich sehe. Leider scheint niemand der Ansicht zu sein, daß Bücher auch ein Gewinn für ein Nonnenkloster sein könnten, obwohl die Bibel sagt: ›Alles, was geschrieben ist, ist uns zur Lehre geschrieben –‹« Bewußt hielt sie inne, ohne das Zitat zu beenden.

»›– und dieses ist meine Absicht‹«, führte Sir Philip den Satz ernsthaft zu Ende. »Das ist aus Geoffrey Chaucers Erzählungen, und ›deshalb ersuche ich euch demütig, um der Gnade Gottes willen, für mich zu beten, daß Christus Gnade mit mir habe und mir meine Schuld vergebe. Amen.‹«
»Amen.« Frevisse griff nach einem Buch, das neben ihnen auf dem Erkersitz lag, und schlug es müßig auf. Es waren lateinische Verse, und nachdem sie einige Zeilen überflogen hatte, erkannte sie, daß es sich um Ovid handelte. Ihr Onkel und laut seinen Erzählungen auch sein Vater hatten Ovid geliebt. Frevisse hatte schon oft bedauert, daß sie die Freude der beiden an Ovids Dichtungen nicht teilen konnte, weil ihr Latein zu bruchstückhaft war. Sie klappte das Buch wieder zu und legte es zurück an seinen Platz, wobei sie sich fragte, wer hier Ovid gelesen hatte. Sir Philip? Langsam, aber sicher machte er sie neugierig. Vorsichtig sagte sie: »Mein Onkel hatte die Gewohnheit, seinen Priester zu bitten, ihm ausführliche Informationen über dies oder jenes zusammenzustellen. Hat er Euch auch um etwas Bestimmtes gebeten, seit Ihr hier seid?«
»In letzter Zeit habe ich verschiedene Handschriften kopiert, die er für seine Bibliothek haben wollte. Gerade an Michaelis habe ich ein neues Werk von Boccaccio vollendet –«
»Neu?« fragte Frevisse ironisch. Der italienische Dichter war bereits Mitte des letzten Jahrhunderts gestorben.
»Neu in englischer Sprache.« Sir Philips Mundwinkel zuckten. Man hätte fast annehmen können, daß er ein Lächeln unterdrückte. »Es handelt sich um eine sehr konventionelle Tirade gegen die Frauen. Recht leidenschaftlich geschrieben übrigens.«
Frevisse, die sich bewußt war, daß er ihre Reaktion genau

beobachtete, fragte mit ungeheuchelter Belustigung: »Hat er auch eine Abhandlung verfaßt, die gleichermaßen gerecht die Verdienste der Männer behandelt?«

Sir Philip lachte nun lauthals. Sein tiefes, volles Lachen kam so überraschend, daß Schwester Perpetua von dem Buch, in dem sie gerade las, aufsah, und Meister Lionel seine konzentrierte Aufmerksamkeit lange genug von einem Stoß Papiere abwandte, um gekränkt in ihre Richtung zu starren, bevor er seine Arbeit wieder aufnahm.

»Der Übersetzer versichert uns«, bemerkte Sir Philip, »daß das Werk wegen seiner literarischen Qualitäten ins Englische übertragen wurde, nicht wegen des Inhalts.«

»Wie tröstlich«, sagte Frevisse trocken. »Wie ist mein Onkel an das Buch gekommen?«

»Er hat es sich von Seiner Gnaden, dem Herzog von Gloucester, geliehen und seine Erlaubnis erlangt, es zu kopieren –«

»Der Herzog von Gloucester? Der Herzog von Gloucester hat einem Verwandten von Bischof *Beaufort* leihweise eine seiner kostbaren Handschriften überlassen?«

Gloucester, der Onkel des Königs, hatte zwei große Leidenschaften – Machtkämpfe im Kronrat, vor allem mit seinem stärksten Widersacher Bischof Beaufort, und die sowohl begeisterte als auch kostspielige Jagd nach seltenen Büchern.

»Sie ist tatsächlich kostbar. Gut möglich, daß der Herzog und Euer Onkel die einzigen Männer in England sind, die eine Abschrift besitzen. Seine Gnaden, der Herzog, hat die Übersetzung in Auftrag gegeben. Es scheint, daß die Liebe zu Büchern stärker ist als politischer Haß.«

»Das muß wohl so sein.« Aber schließlich hatte sich ihr Onkel selten persönliche Feinde gemacht. »Haß kostet

zuviel Energie und Konzentration«, hatte er gesagt. »Ich habe Besseres zu tun.«
Sir Philip warf einen Blick auf die beiden Schreibpulte vor den Fenstern. Er zögerte einen Moment, doch dann erklärte er: »Vor kurzem hat Meister Chaucer mich beauftragt, ein Buch über die Taten von König Artus zu kopieren, von dem ich noch nie zuvor gehört hatte. Genauer gesagt, über die Taten Sir Gawains. Würdet Ihr es gerne sehen?«
»Ja! Natürlich!«
»Hier ist es.« Er ging zu dem kleineren Schreibpult, das ebenfalls so aufgestellt war, daß der Schreiber das beste Licht bekam. Frevisse folgte Sir Philip, der bereits das Tuch zusammenfaltete, das die schräge Schreibfläche abdeckte. Ein Bogen Pergament kam zum Vorschein, zur Hälfte beschrieben mit einer schönen italischen Schrift. Daneben lag ein dünnes Buch, die Seiten wie üblich beschwert von den kleinen Bleibarren der Kopisten. Mit einer Behutsamkeit, die verriet, wie sehr er das Buch schätzte, entfernte Sir Philip die Bleibarren und legte statt dessen ein Stück Papier als Lesezeichen hinein. Dann reichte er Frevisse das Buch.
Es war in grünes Leder gebunden, das sich weich anfühlte. Frevisse strich über den Einband, um das Vergnügen zu verlängern, ein Werk aufzuschlagen, das sie nicht kannte – allerdings nur kurz, ihr Eifer war zu groß.
»Es ist auf englisch geschrieben«, stellte sie überrascht fest. Die meisten Geschichten über König Artus, die sie kannte, waren in französischer Sprache verfaßt. Nicht alle, aber die meisten.
»›Nachdem die Belagerung und Eroberung Trojas vorüber und die Stadt zu Schutt und Asche zerstört und verbrannt war, fand jener Mann, der dort mit der List des Verrats vorging, ...‹«

Frevisse las. »Oh, das klingt wunderbar!« Sie vergaß alles andere und sank auf den Erkersitz nieder, erfüllt von dem Wunder, etwas ganz und gar Neues zu lesen. »›... für seine wahrhaft ungeheuerliche Niedertracht seine Strafe.‹«
»Hier finde ich Euch endlich!«
Erschreckt blickten Frevisse und Schwester Perpetua auf. Auch Sir Philip wandte hastig den Kopf zur Tür. Nur Meister Lionel fuhr ruhig mit seiner Arbeit fort. Von ihm wollte nie jemand etwas. Eine von Tante Matildas Kammerzofen hatte den Raum betreten.
»Würdet Ihr so gut sein und mitkommen?« bat sie Frevisse und Sir Philip mit einem schnellen Knicks. »Die Gräfin bittet darum. Meine Herrin, ihre Mutter, hat wieder zu weinen begonnen und kann nicht aufhören. Die Gräfin meint, einer von Euch oder beide würden vielleicht helfen können.«
Frevisse hatte sich bereits erhoben und legte gerade das Buch auf das Schreibpult zurück, als Sir Philip sagte: »Gewiß. Wir kommen sofort.«
»Schwester Perpetua, wollt Ihr vielleicht hierbleiben?« fragte Frevisse. In Meister Lionels Anwesenheit wäre nichts Unpassendes daran, und dies war genau die Gelegenheit, auf die sie gewartet hatten.
»Wenn ich darf«, erwiderte Schwester Perpetua bescheiden. Sie hatte bisher keine Anstalten gemacht, das Buch fortzulegen, das sie in der Hand hielt. »Ich bezweifle, daß meine Anwesenheit Eurer Tante viel nützen würde.«
Frevisse nickte rasch und folgte dann Sir Philip und der Kammerzofe aus dem Raum.

KAPITEL 13

Als Frevisse ins Schlafgemach ihrer Tante kam, lag Matilda im Bett und umklammerte verzweifelt die Hände ihrer Tochter. Alice sagte beruhigende Dinge in einem Ton, der verriet, daß sie das schon eine ganze Weile tat. Matildas Gesicht war fleckig und aufgequollen von ihren hoffnungslosen Tränen. Frevisse trat zu ihr und legte ihr beruhigend die Hand auf die bebende Schulter. Ohne Alice loszulassen, griff Tante Matilda mit der anderen Hand nach Frevisses Handgelenk und schluchzte mit gebrochener Stimme: »Ich vermisse ihn so sehr! Ich vermisse ihn so sehr!«

»Ich weiß, Tante. Ich weiß. Ich vermisse ihn auch«, sagte Frevisse mit schmerzlicher Aufrichtigkeit, und plötzlich weinte sie ebenfalls. Heiße, unerträgliche Tränen rannen ihr die Wangen hinunter.

Sir Philip trat hinzu und setzte sich auf die Bettkante. Noch nie hatte Frevisse seine Stimme so warm klingen hören, als er ruhig und bestimmt sagte: »Meine liebe

Mistress Chaucer, Ihr macht Euch krank mit Eurem Gram. Wenn Ihr so weitermacht, wird Euch das Herz brechen. Bedenkt, was Euer Gemahl sagen würde, wenn er Euch so sähe.«
Mit einem erstickten Schluchzen und dem Schatten eines Lächelns auf den Lippen antwortete Matilda: »Er ... würde sagen ... ›Aber, aber, Maud. Aber, aber, Maud.‹«
»Genau. Also stellt Euch vor, wie er das zu Euch sagt, und versucht, den Frieden zu finden, den er Euch wünschen würde.« Er beugte sich über sie, nicht etwa um sie zu segnen, sondern um ihr die bestickte Bettdecke behaglicher bis unter das Kinn hochzuziehen. »Ihr seid erschöpft und müßt den ganzen Tag ruhen. Ihr seid allzu lange allzu tapfer gewesen und braucht Schlaf, um Eure Kraft zurückzugewinnen. Meister Chaucer würde das ebenfalls anordnen. Wenn etwas zu erledigen ist oder Ihr etwas brauchen solltet, werden wir es mit Freuden tun oder Euch bringen.« Er blickte sich um und entlockte jedem im Raum ein Nicken oder zustimmendes Gemurmel. »Seht Ihr? Wir lieben Euch und wünschen, daß es Euch besser geht. Wir haben das Haupt des Haushalts verloren, wir könnten es nicht ertragen, auch noch sein Herz zu verlieren.«
Tante Matilda schniefte zittrig und brachte ein wässeriges Lächeln zustande. Immer noch standen Tränen in ihren Augen, aber sie hatte den Abgrund der Hysterie verlassen. Sie ließ Frevisses Hand los und hielt jetzt die von Sir Philip fest.
Eine der Kammerzofen kam ans Fußende, einen Becher in der Hand. Sir Philip sah sie an. »Ist das für Eure Herrin?«
»Es ist ein Schlaftrunk, Herr.«
Sie reichte ihm den Becher, und er nahm ihn entgegen.

Alice half ihrer Mutter, sich aufzurichten, und Sir Philip hielt ihr sanft den Becher an die Lippen, ohne ihre Hand loszulassen. Er wartete geduldig, bis sie Schluck für Schluck ausgetrunken hatte. Dann stellte er den Becher weg und bedeckte ihre Hand mit beiden Händen.
»Ihr bleibt doch bei mir?« bat sie mit zittriger Stimme. »Auch wenn ich schlafe? Werdet Ihr bei mir bleiben und beten? Für Thomas?«
»Das werde ich, und für Euch ebenfalls, Mylady. Ich werde hier sein, wenn Ihr aufwacht«, versprach er.
Erschöpft wie sie war, kämpfte sie nicht gegen das Mittel an. Bald sank sie in einen leichten, unruhigen Halbschlaf, und immer noch glänzten Tränen auf ihren Wangen. Es war ein mitleiderregender Anblick.
Frevisse hatte sich vom Bett zurückgezogen, während Sir Philip sich um ihre Tante kümmerte. Nun verhielten sich alle ganz still aus Angst, die Schlafende zu wecken. Sir Philip hatte offensichtlich vor, sein Versprechen wahrzumachen, und so schlüpfte Frevisse zur Tür hinaus und drückte sie leise hinter sich zu, ohne sie einklinken zu lassen. Einige Dienerinnen warteten im Vorraum, und Frevisse flüsterte: »Sie schläft jetzt, aber nicht sehr fest.« Dann ging sie schnell weiter, ohne ihnen Gelegenheit zu geben, noch etwas zu fragen.
Sie hatte vor, das Priesterzimmer zu durchsuchen, solange sie genau wußte, daß Sir Philip fernbleiben würde.
Wenn sie in der Vorhalle der Kapelle jemanden angetroffen hätte, wäre sie einfach hineingegangen, als wolle sie beten. Aber es war niemand zu sehen, und so stieg sie schnell und leise die schmale Wendeltreppe hoch. Vor der Tür blieb sie stehen und klopfte laut, für den Fall, daß Sir Philips Diener sich im Raum befand. Aber nichts rührte sich, und so betrat sie den Raum.

Das Bett war gemacht, und die Fensterläden waren geöffnet, um das blasse Sonnenlicht hereinzulassen. Das sparsam möblierte Zimmer war so ordentlich, daß es völlig unpersönlich wirkte. Von dem gestrigen verzweifelten Chaos war keine Spur zurückgeblieben. Frevisse ging zum Tisch hinüber. Mit den Fingerspitzen berührte sie die blankgeschrubbte Tischplatte, auf die Sir Clement sich gestützt hatte, als könne sie dadurch eine Antwort finden. Aber es gab keine. Frevisse blickte sich um und stellte fest, daß nur der Schrank abschließbar war. Dort hatten Flasche und Becher gestanden, aus denen Sir Clement seinen letzten Schluck getrunken hatte. Frevisse öffnete die Schranktür und sah drei Borde, auf denen musterhafte Ordnung herrschte. Die Flasche, die neben zwei Bechern und einem Zinkteller auf dem untersten Bord stand, war nicht identisch mit der von gestern. Diese hier war noch nicht entkorkt worden. Frevisse griff nach einem der Becher. Es war nichts Bemerkenswertes an ihm: blauglasiertes Steingut, schlicht, unverziert, streng wie der Rest der Einrichtung. Der andere Becher war das Gegenstück. Der Teller hätte aus der Hütte eines Bauern stammen können. Auf dem mittleren Bord stand ein goldenes Kästchen. Noch bevor sie es öffnete, wußte Frevisse, daß darin alles für die Letzte Ölung enthalten war. Sie bekreuzigte sich, nahm das Kästchen herunter und öffnete es ehrerbietig. Alles schien genauso zu sein, wie es sein sollte: Da waren die winzigen Döschen mit geweihtem Salböl und Weihwasser, ein vergoldetes Kruzifix, eine kleine Wachskerze und die Hostiendose. Frevisse schloß das Kästchen wieder und rieb sich die Finger mit dem Daumen ab, um jede mögliche Spur geweihter Teilchen zu entfernen.
Frevisse war voller Schuldgefühle wegen ihrer Neugier.

Dennoch suchte sie zwischen und hinter den wenigen zusammengefalteten Kleidungsstücken auf dem obersten Regal nach irgend etwas Verdächtigem, aber sie fand nichts.
Sie ging zum Bett. Die Strohmatratze raschelte, als Frevisse sie untersuchte. Sie bückte sich, um unter das Bett zu sehen. Da waren nur die Stricke, durch starke, an dem einfachen Holzgestell befestigte Ringe gespannt, und das schmale Rollbett des Dieners. Gründlich selbst in ihrer Eile tastete sie Sir Philips Bettdecken ab, dann zog sie das Rollbett heraus und tat noch einmal dasselbe. Zu guter Letzt deckte sie die Betten ab und inspizierte die Matratzen. Keine schien aufgeschnitten und wieder zusammengenäht worden zu sein. In der Hoffnung, alles genauso wieder herrichten zu können, wie es gewesen war, machte sie die Betten neu.
Als nächstes nahm sie sich das Betpult vor. Sie fuhr mit den Händen am Holz entlang und kippte die Bank, um sich die Unterseite anzusehen. Soweit Frevisse erkennen konnte, gab es kein Geheimfach. Das Kissen war an allen Seiten ordentlich mit Reißnägeln befestigt, und obwohl sie es gründlich mit beiden Händen knetete, konnte sie nichts im Füllmaterial spüren, was nicht dorthin gehörte.
Blieb noch das Schreibpult. Wie das Betpult schien es keine Geheimfächer zu haben, und an den Büchern war nichts Bemerkenswertes, die konnte man überall finden. Ein abgegriffener Psalter. *Oculus Sacerdotis* mit einem geprägten Ledereinband. Der weitverbreitete *Laienkatechismus*, aus dem Frevisse als Kind ihre Gebete gelernt hatte, wie fast jeder, den sie kannte, und eine schöne Ausgabe von *Stimulus Amoris*, geschrieben, um dem Leser die Liebe zu Gott näherzubringen. Frevisse blätterte die Handschriften durch. Die ersten

drei waren einfache Kopien, mittelmäßige Arbeiten und am Rand mit zahlreichen Anmerkungen in fester Schrift und dunkler Tinte versehen. Aber das vierte war von erlesener Machart. Die Pergamentbögen waren bedeckt von einer klaren, sicheren Schrift, die die Worte so schön aussehen ließ, wie es ihrer Bedeutung entsprach. Die wenigen Anmerkungen waren mit leichter Hand geschrieben, als hätte man so wenig wie möglich von der Schönheit des Buches ablenken wollen. Und im Gegensatz zu den übrigen Büchern war dieses illustriert. Die Seiten waren bemalt mit leuchtenden, exquisiten Miniaturen voll lebendiger Details. Frevisse vergaß, wo sie sich befand und warum, und vertiefte sich in das Buch.

Als sie es endlich zurücklegte und sich im Raum umsah, mußte sie feststellen, daß es nichts mehr zu durchsuchen gab. Hier gab es wahrlich nichts, was auf Mord hindeutete.

Das hieß natürlich nichts. Sir Philip hätte immerhin die ganze Nacht Zeit gehabt, alles loszuwerden, was ihm gefährlich werden konnte. Ein Gang zum Abort reichte. Er brauchte nur das Fläschchen, das Tütchen oder das Stück Papier ins Loch zu werfen, um den Beweis loszusein, daß er einen Mann getötet hatte. Aber abgesehen davon war schwer vorstellbar, daß er überhaupt Gift in seinem Zimmer aufbewahrt haben sollte. Wozu? Für den Fall, daß sich irgendwann einmal jemand zum Vergiften einfinden würde? Sir Philip wirkte nicht wie ein Mann, der Sorge trug, daß stets Gift zur Hand war – und wenn doch, war er weit gefährlicher, als sie gedacht hatte.

Oder war das Gift extra für Sir Clement besorgt worden? Sir Philip hatte seit Wochen gewußt, daß Chaucer im Sterben lag, und es war damit zu rechnen gewesen, daß Sir Clement zum Begräbnis nach Ewelme kommen würde. Hatte Sir Philip sich für den Fall vorbereitet, daß sich eine Gelegenheit ergeben sollte, Sir Clement zu vergiften? Wie aber war es ihm dann gelungen, dem Baron das Gift zu verabreichen, erst während des Festmahls und später noch einmal in diesem Raum? Denn es mußte sich um eine zweite Dosis des gleichen Giftes gehandelt haben, da ja die Symptome identisch waren. Sie wußte, *warum* Sir Philip es getan haben könnte: Sir Clement hatte seinen Aufstieg in der Kirche in Gefahr gebracht. Aber *wie* er es getan haben sollte, war ihr ein Rätsel. Hier im Priesterzimmer, ja, da hatte er die Gelegenheit gehabt, aber im Saal hatte Sir Philip weit entfernt von Sir Clement gesessen und war erst in seine Nähe gekommen, als der Baron bereits zusammengebrochen war.

Halt. Nein, das stimmte nicht.

Sir Philip war zu Sir Clement geeilt, als der seinen Wutausbruch bekam, und hatte mit ihm gesprochen. Hatte er zu diesem Zeitpunkt etwas in Sir Clements Essen tun können? Frevisse schloß die Augen und versuchte, sich die Szene ins Gedächtnis zurückzurufen. Der Priester hatte hinter Sir Clement gestanden, aber sie konnte sich nicht erinnern, daß er sich über den Tisch gebeugt hätte oder auch nur nahe an ihn herangetreten wäre. Das Essen und der Weinbecher waren außerhalb seiner Reichweite gewesen.

Hatte er also Hilfe gehabt, einen Komplizen? Jemanden, der ebenfalls von Sir Clement gequält worden war? Jemanden, der gewillt war, das Risiko zu teilen, und der Sir Philip nicht hinterher bedrohen würde? Wer hatte an der Festtafel im Saal tun können, was zu tun war? Jevan natürlich, der seinem Onkel sämtliche Gerichte serviert hatte. Es wäre ihm ein leichtes gewesen, sie

vorher zu vergiften. Aber auch Guy und Lady Anne, die beide neben Sir Clement gesessen hatten, in Reichweite der Servierplatten. Guy hatte hier im Priesterzimmer Flasche und Becher aus dem Schrank genommen, vor Sir Clements letztem, tödlichen Anfall. Hatten sie so weit vorausgeplant? Hatten sie den Wein vergiftet für den Fall, daß Sir Clement nicht schon durch die erste Dosis starb?
Es wäre für die Täter sicherlich günstiger gewesen, wenn Sir Clement gleich an der Festtafel gestorben wäre. Das brachte Frevisse zu der ungelösten Frage zurück, wie er hatte vergiftet werden können, ohne daß irgend jemand sonst erkrankte. Es sei denn ... sie hatte irgendwo gelesen, daß ein bestimmtes Gift, über lange Zeit hinweg in kleinen Dosen eingenommen, einen immun gegen dieses Gift machte.
Das war zu kompliziert. Das war ohne Zweifel zu kompliziert. Derart viele Leute – Sir Philip, Guy, Anne, möglicherweise Jevan – konnten sich unmöglich über so lange Zeit hinweg verschworen haben. Es sei denn, Frevisse würde herausfinden, daß sie bereits seit Monaten miteinander in Kontakt standen.
Frevisse wurde klar, daß sie sich bereits gefährlich lange in einem Raum aufhielt, in dem sie nichts zu suchen hatte. Erst in diesem Augenblick fiel ihr ein, daß sie eine bestimmte Stelle bei ihrer Durchsuchung vergessen hatte. Sie trug den Hocker vor den Schrank und kletterte hinauf, um nachzusehen, ob dort oben etwas lag. Nichts, nicht einmal eine nennenswerte Staubschicht. Sir Philips Diener war gründlich.
Frevisse achtete darauf, den Hocker wieder genau an seinen Platz zu stellen, öffnete die Tür und spähte nach rechts und nach links. Es war niemand zu sehen, so schlüpfte sie hinaus und ging die Treppe hinunter,

immer noch tief in Gedanken. Die einfachste Lösung war die, daß tatsächlich Gott Sir Clement im Saal niedergestreckt hatte, um ihm eine schreckliche, aber nicht tödliche Warnung zu erteilen, und jemand das ausgenutzt und Sir Clement im Priesterzimmer vergiftet hatte. Lediglich Guy und Sir Philip hatten den Weinbecher in der Hand gehabt. Guy hatte die Flasche geöffnet, indem er den Korken herauszog – die Flasche war also schon vorher einmal offen gewesen. Hatte noch eine andere Person Gelegenheit gehabt, etwas in den Becher zu geben, bevor Sir Clement trank? Darauf hatte sie nicht geachtet. Sie konnte sich nicht erinnern, aber möglich war es. Und es mußte nicht unbedingt Sir Philip gewesen sein, obwohl es sein Wein und sein Zimmer war. Jeder hätte zu bestimmten Zeiten hier hereinkommen und den Wein vergiften können; schließlich war es auch Frevisse nicht schwergefallen, den Raum unbeobachtet zu betreten. Obwohl er – oder sie – damit das Risiko einging, jemand anderen als Sir Clement zu ermorden.

Wer war verzweifelt genug, so etwas zu tun?

Sir Philip, denn es war vielleicht seine einzige Chance, Sir Clement loszuwerden. Lady Anne, die Guy liebte, aber Sir Clement heiraten sollte, obwohl sie laut Robert kein Geheimnis daraus machte, daß sie ihn verabscheute. Guy, Sir Clements Erbe, der Lady Anne für sich haben wollte und seinen Onkel haßte. Jevan Day, der die ewigen Beleidigungen seines Peinigers vielleicht nicht mehr ertragen konnte.

Alle waren sie hier in diesem Zimmer gewesen. Und auch der Arzt, der jedoch keinen Grund hatte, Sir Clement zu töten. Jedenfalls keinen Grund, von dem sie wußte, berichtigte sie sich.

Frevisse durchquerte gerade die Vorhalle, um zu ihrer

Tante zurückzukehren, als sich hinter ihr die Kapellentür öffnete. Hastig wirbelte Frevisse herum, so daß es aussah, als würde sie auf die Kapelle zugehen. Sie wollte nicht, daß jemand sich fragte, was sie oben im Priesterzimmer zu suchen gehabt haben mochte.
Es war Lady Anne, die jetzt aus der Kapelle trat, flüchtig den Kopf neigte und ohne ein Wort an ihr vorbeigegangen wäre, wenn Frevisse sie nicht angesprochen hätte. »Erlaubt mir, Euch mein aufrichtiges Beileid auszusprechen.«
Das Mädchen hatte zuvor gelassen gewirkt und die sommerblauen Augen nach einem kurzen Blick auf Frevisse wieder gesenkt. Jetzt blickte sie auf und verzog einen Winkel ihres Kußmundes, als amüsiere sie etwas, das sie eigentlich nicht lustig finden sollte. »Vielen Dank.«
Frevisse fragte: »Ist Sir Philip in der Kapelle?«
»Sir Philip?« Lady Annes Verwirrung war offenkundig. »Wer ...?«
»Der Priester, der bei Sir Clement war, als er ... bei seinem tragischen Ende.« Frevisse senkte die Stimme und den Blick, als wolle sie Lady Anne in ihrer Trauer nicht zu nahe treten oder ihren Gram verstärken.
»Oh. Ich wußte seinen Namen nicht. Nein, ich habe ihn heute noch nicht gesehen.«
Lady Anne ging weiter. Frevisse begleitete sie und fragte scheinbar beiläufig: »Sicher werdet Ihr abreisen, sobald ...« Sie stockte, nahm zartfühlend Abstand davon, Dinge zu erwähnen, die das Mädchen betrüben mochten.
Lady Anne erwiderte jedoch ohne sichtliche Betrübnis: »Sobald der Crowner uns die Erlaubnis erteilt, ja.«
»Und Ihr werdet Sir Clements Leichnam mit Euch führen?«
»Aber nein. Einige unserer Leute werden mit ihm fol-

gen. Bei dieser Kälte werden wir so schnell reiten, wie es nur geht.«

Frevisse wechselte nun das Thema und bemerkte in taktvollem Ton: »Er war nicht sehr beliebt, nicht wahr?«

»Er war verhaßt«, erwiderte Lady Anne, ohne zu zögern. »Es gab jede Menge Leute, die ihn gehaßt haben.«

»Und Ihr seid jetzt frei und könnt Guy heiraten, oder?«

Lady Anne blieb stehen und blickte Frevisse mit großen Augen an. »Woher wißt Ihr das?«

Frevisse machte eine wegwerfende Geste. »Die Leute reden, und ich kann es nicht immer vermeiden, gewisse Dinge zu hören.« Sie fügte weniger aus Überzeugung als aus dem Wunsch, Lady Annes Reaktion zu sehen, hinzu: »Er scheint ein prächtiger junger Mann zu sein.«

Lady Anne lächelte jetzt mit strahlenden Augen. »Oh, das ist er! Das ist er wirklich!« Mutwillig fragte sie: »Wußten die Klatschmäuler auch, daß wir heiraten werden, sobald das Aufgebot bestellt ist?«

»Das wußten sie nicht, nein.« Frevisse fand das Lächeln des Mädchens ansteckend und war froh, daß Lady Annes schlanker Leib den Verdacht ausschloß, daß verzweifelte Notwendigkeit und nicht zarte Sehnsucht hinter diesem Eifer zu heiraten steckte.

Wenn jedoch Lady Annes Liebe so groß und die Erfüllung ihrer Träume so lange von Sir Clement vereitelt worden war, war allein das schon Grund genug für verzweifelte Maßnahmen! War Guys Verlangen nach ihr ebenso groß wie ihres nach ihm?

Lady Anne verbreitete sich weiter über die Vorzüge ihres Liebsten, mit der Gewißheit der Jugend, daß diese Tugenden ausreichen würden, die Verbindung glücklich zu machen. »Er sieht gut aus. Das kann jeder sehen.

Und er ist tapfer. Ihr solltet ihn mal bei einem Turnier erleben. Und er ist Sir Clements Erbe. Jetzt, wo Sir Clement tot ist, gehört alles ihm. Ich glaube, deshalb hat Sir Clement ihn auch so gehaßt. Er wollte nie, daß jemand etwas bekam, das ihm gehörte. Wie enttäuschend für ihn, feststellen zu müssen, daß er tot ist und Guy alles übernommen hat.« Die Vorstellung schien sie zu entzücken.

»Ich habe gehört, daß er Guy einen mordlustigen Welpen genannt hat, als er während des Festmahls mit diesem Mann Streit bekam.«

»Solche Sachen hat er ständig gesagt! Er war ein so gräßlicher Mensch!«

»Aber Guy hat sich nie dagegen zur Wehr gesetzt?« Lady Annes hübsches Gesicht nahm einen Ausdruck tiefen Abscheus an. »Das wollte er nicht. Er sagte, Sir Clement sei das Familienoberhaupt, und er schulde ihm Respekt. Aber diese ganze Angelegenheit mit dem Mordversuch an Sir Clement hat mich immer entsetzlich *wütend* gemacht.«

»Guy hat versucht, Sir Clement zu ermorden?«

»Nein, natürlich nicht.« Lady Anne lachte. »Irgendwann bevor ich sein Mündel wurde hat Guy ihm Marzipan geschenkt, zu Weihnachten oder zum Michaelstag oder Mariä Verkündigung oder wann auch immer. Sir Clement war ein Leckermäulchen und gierte stets nach Süßigkeiten, und eigentlich hätte er sich darüber freuen sollen. Statt dessen raste er vor Wut und brüllte, daß Guy ihn vergiften wolle. Er hat sogar das Marzipan – das ganze Stück! – auf den Boden geworfen!« Die Vergeudung von so viel Zucker, Butter, Mandeln und sonstigen Zutaten, die in der kostspieligen Leckerei enthalten gewesen sein mochten, entsetzte sie offenbar immer noch.

»Und warum das alles? Ist ihm das Marzipan nicht bekommen?«
»Er hat es nicht einmal probiert! Und fortan hat er Guy ständig einen mordlustigen Welpen oder ähnliches genannt, aber Guy hat dem nie große Beachtung geschenkt. Und auch sonst niemand. Jeder wußte ja, wie Sir Clement war.«
»Nach all diesen schrecklichen Erfahrungen war es immerhin sehr nett von Euch, daß Ihr in die Kapelle gegangen seid und für ihn gebetet habt.«
Lady Annes Gesicht zeigte den Ausdruck amüsierter Verzweiflung, den Frauen annehmen, wenn sie nachsichtig tun, was ihre geliebten Männer wollen. »Guy sagt, es sei am besten, wenn wir ihm soviel Höflichkeit erweisen, wie wir können. Lange brauchen wir es schließlich nicht mehr zu tun. Aber ich bezweifle, daß es Sir Clement etwas nützen wird, wenn jemand für ihn betet. Ich glaube, er ist direkt zur Hölle gefahren, und damit Schluß.« Sie hatten die Tür erreicht, die zu den Räumen führte, in denen die weiblichen Gäste untergebracht gewesen waren. Inzwischen waren fast alle außer Lady Anne und ihren Dienerinnen abgereist. Das Mädchen ließ Frevisse spüren, daß sie nichts dagegen hätte, von ihrer Gesellschaft befreit zu werden. Sie machte einen hübschen kleinen Knicks und sagte: »Bitte entschuldigt mich jetzt, Schwester.«
Frevisse neigte zustimmend und verabschiedend den Kopf, aber bevor sie ihrer Wege gehen konnte, kam Guy eilig aus der Tür gestürzt, durch die Lady Anne gerade hatte hineingehen wollen.
»Guy!« rief Lady Anne und streckte die Hände aus.
Er nahm sie und küßte erst die rechte und dann die linke Hand. »Ich wollte sehen, ob du schon aus der Kapelle zurück bist. Geht es dir gut?«

Lady Anne schnitt eine angeekelte Grimasse. »Ich habe so lange für ihn gebetet, wie ich es ertragen konnte. Nochmal gehe ich nicht hin. Warum bist du nicht gekommen? Du hast doch gesagt, du würdest nachkommen.«
»*Vielleicht* komme ich, habe ich gesagt. Alles Nötige für die Abreise ist bereits geregelt. Wir können aufbrechen, sobald der Crowner mit uns fertig ist.«
»Ist er denn schon da?«
»Noch nicht, aber es kann wohl nicht mehr lange dauern.«
»Ich verstehe gar nicht, warum er überhaupt kommen muß. Alle haben doch gesehen, was geschehen ist. Es war Gottes Werk. Das Wort des Bischofs allein müßte genügen, sollte man annehmen. Nicht wahr?« Sie wandte sich bestätigungsheischend an Frevisse.
»Sollte man annehmen, aber die Justiz hat ihre eigenen Regeln bei solchen Vorfällen.« An Guy gewandt fügte sie hinzu: »Lady Anne und ich hatten gerade von Eurem Onkel gesprochen.«
»Meinem Vetter«, korrigierte Guy sie höflich. »Oder vielmehr dem Vetter meines Vaters. Ein Vetter zweiten Grades.«
»Je entfernter die Verwandtschaft, desto besser«, bemerkte Lady Anne.
Sie hatte die Hand auf Guys Arm gelegt und wollte sich offensichtlich mit ihm entfernen, aber Frevisse plauderte erbarmungslos weiter. »Lady Anne hat mir erzählt, daß er seit Jahren einen Groll gegen Euch hegte.«
»Oh ja.« Guy lächelte gutgelaunt. »Die berüchtigte Marzipangeschichte.«
Da tauchte Jevan hinter ihm auf. »Mylord«, sagte er. Guy blickte über die Schulter in seine Richtung, sah ihn aber nicht direkt an. »Ja?« fragte er kurz.

»Es muß entschieden werden, was eingepackt werden soll und was Ihr während Eures Aufenthalts hier noch brauchen werdet.«

»Du kannst das nicht übernehmen?«

»Es wäre besser, wenn Ihr es tätet.«

»Ich kümmere mich darum«, erklärte Lady Anne. »Ich muß sowieso meine Kammerzofe etwas fragen.«

Sie küßte Guy leicht auf die Wange. Frevisse sah den trostlosen Ausdruck in Jevans Gesicht. Es gelang ihm mit Müh und Not, seine Selbstbeherrschung aufrechtzuerhalten. Dann verbeugte er sich und trat einen Schritt zurück, um Lady Anne den Vortritt zu lassen. Frevisse fiel ein, daß sie noch etwas in Erfahrung bringen mußte, und begann hastig: »Oh, Lady Anne – und die Herren ebenfalls – noch eine kurze Frage ... Meister Broun, der zur Stunde seines Todes bei Sir Clement war – Gott möge seiner Seele gnädig sein – also, Meister Broun sagte, er hätte das Zeichen einer Hand auf Sir Clements Gesicht gesehen.« Sie senkte eindrucksvoll die Stimme, wie der Arzt es getan hatte. »Ein rotes Zeichen, als hätte eine unmenschlich große Hand ihn geschlagen. Ich muß zugeben, daß es mir nicht aufgefallen war, aber ich frage mich jetzt, ob Ihr es vielleicht gesehen habt? Es wäre wirklich ein großes Wunder Gottes.«

Lady Anne sagte nach kurzem Zögern: »Nein, so etwas habe ich nicht gesehen.«

»Ich auch nicht«, bestätigte Jevan.

»Es waren einfach rote Striemen«, erklärte Guy. »Oder der Abdruck befand sich auf der anderen Wange, die ich nicht sehen konnte«, fügte er hilfsbereit hinzu.

»Nein, ich habe beide Seiten seines Gesichts gesehen«, widersprach Jevan. »Da waren nur die Striemen. Kein Muster.«

»Gut, das wäre geklärt«, stellte Guy fest. »Und nun folge Lady Anne.«
Jevan verbeugte sich und ging der jungen Frau nach.
Frevisse fragte Guy: »Werdet Ihr ihn in Euren Diensten behalten?«
Guy zuckte die Achseln. »Eine Zeitlang jedenfalls. Er kennt sich auf dem Besitz aus und weiß, was zu tun ist, also wird er eine Weile ganz nützlich sein.«
»Und dann?«
»Jevan war Sir Clements Hund. Sobald es geht, werde ich ihn davonjagen. Er kann sich woanders eine Anstellung suchen.«
»Aber er schätzte Sir Clement nicht mehr als Ihr.«
»Dennoch hat er ihm gedient. Und er sieht ihm sehr ähnlich. Ich will ihn nicht um mich haben.«
»Hat Sir Clement in seinem Testament Vorsorge für ihn getroffen, oder wird er nichts besitzen, wenn Ihr ihn fortschickt?«
Langsam wurde Guy bewußt, daß ihre Fragerei ziemlich aufdringlich war. Mit gerunzelter Stirn sagte er: »Ich habe keine Ahnung.« Und fügte hinzu: »Wenn Ihr mich entschuldigen würdet, Mylady.«

KAPITEL 14

Nur wenige Gäste würde der Crowner befragen wollen, und zwar diejenigen, die beim Leichenschmaus direkt neben Sir Clement gesessen hatten. Mit diesen Leuten wollte Frevisse unbedingt reden, und da der Morgen inzwischen weit fortgeschritten war – es war fast zehn Uhr und Zeit zum Frühmahl –, nahm Frevisse an, daß sie im Saal zu finden sein würden, der geheizt war und wo man sich gut unterhalten konnte. Und dort waren sie auch, eine Dame und fünf Herren, zwei davon bereits gestiefelt und im Reisemantel. Sie standen neben dem Kamin, wo sie den Dienern nicht im Weg waren, die gerade die Tische aufstellten, allerdings nur im unteren Teil des Saals. Die Familie würde also heute mittag nicht hier speisen. Mit einem Anflug von Bestürzung wurde Frevisse klar, daß sie keinen der Gäste mit Namen anreden konnte. Als Mitglied der Familie hatte sie jedoch guten Grund, zu ihnen zu gehen, sich nach ihrem Befinden zu erkundigen und sich

höflich am Gespräch zu beteiligen. Sie und die Dame knicksten leicht, und die Herren nahmen den Hut ab und verbeugten sich vor ihr, während sie grüßend den Kopf neigte. Die Gruppe hatte ihr Gespräch unterbrochen, als Frevisse zu ihnen getreten war. Um es wieder in Gang zu bringen, sagte sie nun: »Ich hoffe, man hat es Euch bequem gemacht. Wenn Ihr noch etwas brauchen solltet ...« Frevisse deutete mit einer Geste an, daß sie in dem Fall nur zu fragen brauchten.
»Es ist alles bestens, meine Liebe«, erwiderte die Dame. Sie war mittleren Alters und sprach mit sachlicher Stimme. »Wie geht es der armen Matilda?«
»Im Augenblick sehr schlecht, fürchte ich. Es war alles zuviel für sie. Erst Onkel Thomas' Tod und dann dieser schreckliche Vorfall beim Leichenschmaus.«
»Schlimme Sache«, stellte einer der Männer im Reisemantel kopfschüttelnd fest. »Eine rundherum schlimme Sache. Keine gute Art zu sterben. Und es ist ein Jammer, daß es gerade hier passieren mußte.«
»Irgendwann mußte es ja kommen. Er hat es wieder und wieder herausgefordert«, fügte ein anderer Mann hinzu. Er zwinkerte den übrigen wissend zu. »Haben wir nicht alle mindestens ein dutzendmal gehört, wie er großmäulig Gottes Richterspruch auf sich herabrief?«
»Aber in letzter Zeit kam es seltener vor«, bemerkte ein weiterer, der nicht reisefertig angezogen war. »Ich bin im letzten Jahr ein paarmal mit ihm zusammengetroffen, und er schien etwas ruhiger geworden zu sein.«
»Als ob du dich öfter in seiner Gesellschaft aufgehalten hättest als unbedingt nötig! St. Roche, dieser Mann war eine Heimsuchung für jeden, der mit ihm zu tun hatte.« Mit einem bitteren Grinsen schüttelte der Mann im Reisemantel den Kopf, dann besann er sich und fügte hinzu: »Gott sei seiner Seele gnädig.«

»Die ist wahrscheinlich eher beim Teufel. Aber seine Schafe lieferten unleugbar mit die beste Wolle, die in diesem Teil von Oxfordshire zu haben ist.«
»Das ist das Verdienst des jungen Jevan. Der Alte hatte doch all seinen Grips vertan. War ständig nur auf der Suche nach Streit. Aber der Junge versteht was von Schafen.«
Das Gespräch begann sich um Wolle und die Wollpreise im Ausland zu drehen. Frevisse fand ihre Vermutung bestätigt, daß es sich bei den Männern im Reisemantel um Kaufleute handelte. Die beiden anderen mußten dem Ritterstand angehören, da sie bei Tisch neben Sir Clement gesessen hatten. Einer von ihnen beteiligte sich nicht an der Unterhaltung. Er stand mit ernstem Gesicht ein wenig hinter der Dame, die wahrscheinlich seine Gemahlin war und kenntnisreich ihre Beiträge zu dem Gespräch über Wolle lieferte. Frevisse schob sich auf den Mann zu und sagte leise zu ihm: »Ihr habt beim Leichenschmaus neben Sir Clement gesessen, nicht wahr?« Der Mann war hochgewachsen und antwortete mit ebenso leiser Stimme. »Ich hatte dieses Mißgeschick, ja. Ich saß neben der jungen Dame.«
»Sir Clement hat während des Festmahls einen Streit mit Euch vom Zaun gebrochen, stimmt das?«
»Es ging um Weiderechte. Die Angelegenheit wurde schon vor drei Jahren vor Gericht entschieden, aber da solche Kleinigkeiten ihn noch nie geschert haben, brachte er das Thema zur Sprache, wann immer ich das Unglück hatte, ihm zu begegnen. Wie Jack schon sagte« – er wies mit dem Kopf auf den Kaufmann, der behauptet hatte, in letzter Zeit bei Sir Clement ein Nachlassen der Streitsucht bemerkt zu haben – »er war nicht mehr ganz so schnell bereit, einen neuen Streit anzufangen, aber die alten hegte und pflegte er.«

»Also hatte er sich nicht wirklich geändert?«
Der Mann lächelte schwach. »Vielleicht war seine Vorliebe, ›Möge Gott mich niederstrecken‹ zu sagen etwas abgenutzt, aber er konnte immer noch jedem in seiner Reichweite das Leben zur Hölle machen.«
»Aber zumindest hatte er die Angewohnheit aufgegeben, jedem mit der Faust ins Gesicht zu schlagen, der ihm mißfiel, Ralph«, warf der andere Ritter ein. Er hatte beim Leichenschmaus neben Guy gesessen, fiel Frevisse plötzlich ein. »Das habe ich in letzter Zeit doch bemerkt.«
»Ach, das kam doch nur, weil er zu alt für so etwas wurde, Sir Edward«, bemerkte Sir Ralphs Gemahlin. »Vielleicht ist ihm plötzlich die Erkenntnis gekommen, daß eines Tages jemand zurückschlagen würde, wenn er so weitermachte«, versetzte der kleinere und dickere der beiden Kaufleute.
»Das hätte mal jemand tun sollen, und zwar schon vor langer Zeit.«
Es gab ein allgemeines Nicken und zustimmendes Gemurmel. Offensichtlich genossen sie die Gelegenheit, endlich einmal gefahrlos auf Sir Clement einprügeln zu können.
»Er hat diesem armen Mädchen das Leben nicht leicht gemacht«, sagte Sir Ralphs Gemahlin. Dann fügte sie leise hinzu: »Und nun wird sie Guy vermutlich denselben Gefallen erweisen.« Sie und Frevisse tauschten ein Lächeln. Beide wußten, daß die zarte Lady Anne einen ziemlichen Dickkopf besaß.
Die Männer unterhielten sich darüber, welches Glück Guy gehabt hatte. Es wurde erwartet, daß sich seine Zukunft blendend entwickeln würde, da Sir Clement ihm nun nicht mehr im Weg stand.
»Er ist solide und durchaus zuverlässig, und er hat

keine der Marotten, die in dieser Familie scheinbar weitergegeben werden wie anderswo braune Haare«, bemerkte der kleinere Kaufmann abschließend. »Aber das Wetter wird nicht besser, während wir hier herumstehen. Wir sollten uns auf den Weg machen.«
Er umarmte die Dame und drückte ihr einen flüchtigen Kuß auf die Wange. »Gib gut acht auf dich, Eleanor. Keine Erkältungen dieses Jahr, hörst du?«
»Dasselbe gilt auch für dich, Bruder«, gab sie zurück. »Wir erwarten dich zu Weihnachten. Du weißt, was dir entgehen würde.«
Unter großem Händeschütteln und Verbeugungen verließen die beiden Kaufleute den Saal, mit wehenden Reisemänteln und begleitet von der Schar ihrer Diener.
»Ach, er wird mir fehlen«, sagte Lady Eleanor wehmütig.
Ihr Mann nahm sie in den Arm und drückte sie an sich. »Weihnachten ist doch schon bald«, erklärte er tröstend.
»Wenn wir dann nicht vom Schnee eingeschlossen werden wie die Dachse«, bemerkte Sir Edward. »Es wird einen bitteren Winter geben, alle Anzeichen deuten darauf hin.«
»Für Sir Clement war er bereits bitter genug«, warf Frevisse ein. Die drei würden sich bald zum Frühmahl niedersetzen, und vorher mußte sie ihnen noch einige Fragen stellen. Also kehrte sie lieber gleich zu ihrem Thema zurück. »Meine Mitschwestern werden begierig sein, alles über das schreckliche Geschehen zu erfahren, wenn ich nach St. Frideswide zurückkehre. Aber ich saß so weit entfernt! Ihr aber wart alle in seiner Nähe, als es geschah. Wollt Ihr mir nicht sagen, was genau Ihr gesehen habt?
Die drei schauten sich an. Sir Edward zuckte die Ach-

seln, als fiele ihm nichts Besonderes ein. Lady Eleanor antwortete zögernd: »Ja nun, nichts Außergewöhnliches eigentlich. Sir Clement führte sich schlicht widerwärtig auf, wie immer, und ich drehte ihm den Rücken zu, so gut es ging und unterhielt mich mit der Dame neben mir. Bis er Streit mit meinem Gemahl anfing.« Sie lächelte ihren Mann mitfühlend an. »Und nicht allzulange danach fing er an, diese merkwürdigen Geräusche von sich zu geben. Es war *schrecklich*, das kann ich Euch sagen!«

»Ich dachte erst, ihm wäre etwas in der Kehle steckengeblieben«, tat Sir Ralph kund.

»Es gab keine warnenden Vorzeichen? Er bekam einfach plötzlich keine Luft mehr?« Frevisse wußte selbst nicht so genau, was sie eigentlich in Erfahrung bringen wollte, aber wenn sie weiter Fragen stellte, erzählte vielleicht jemand etwas, das wichtig war.

Sir Ralph schüttelte den Kopf. »Nachdem er rasend vor Wut auf mich losgegangen war – und ich auf ihn, ich bin ebenfalls in Wut geraten«, räumte er ein, nachdem seine Frau ihm einen wissenden Rippenstoß versetzt hatte, »– aßen wir alle weiter. Sir Clement fuhr einen der Mundschenke an, weil der ihm nicht schnell genug nachgegossen hatte, aber das war alles.«

»Jevan hat ihn bedient, nicht wahr?«

»Er hat ihm nur das Essen serviert, nicht den Wein«, erklärte Sir Edward. »Das haben die Mundschenke des Hauses erledigt. Sie haben gute Arbeit geleistet. Man kann Eurer Tante zu ihren Leuten nur gratulieren.«

»Aber der Blitz selber wäre nicht schnell genug für Sir Clement gewesen«, ergänzte Lady Eleanor.

Alle stimmten zu, und so plauderten sie weiter, bis das Frühmahl aufgetragen wurde. Frevisse versicherte, daß es ihrer Tante sehr leid täte, daß sie solche Unannehmlichkeiten auf sich nehmen müßten. Im Gegenzug beteuerten die Gäste, daß sie niemanden verantwortlich machten – außer Sir Clement, der selbst im Tod noch eine Heimsuchung war. Darin waren sich alle einig. Schließlich trennten sie sich in bestem Einvernehmen.

Frevisse fand Schwester Perpetua in Chaucers Bibliothek. Sie hockte auf einem Schemel vor einem der Bücherschränke und hielt ein offenes Buch in der Hand, in dem sie so gebannt las, daß sie Frevisses Eintreten nicht bemerkte. Auf der anderen Seite des Raums prüfte Meister Lionel einige Dokumente, die er auf dem Erkersitz ausgebreitet hatte. Auch er nahm ihre Anwesenheit nicht zur Kenntnis. Amüsiert durchquerte Frevisse die Bibliothek und legte die Hand auf Schwester Perpetuas Schulter.

Diese zuckte nur ein wenig mit dem Kopf und machte »Mmmm?« ohne aufzublicken.

»Ist das Buch gut?« fragte Frevisse.

»Mmmm.« Widerstrebend löste Schwester Perpetua sich von ihrer Lektüre, blinzelte zu Frevisse hoch, stellte fest, daß sie tatsächlich da war, und rief begeistert aus: »Es sind *Mandevilles Reisen!* Ich habe es zuletzt als kleines Mädchen gelesen. Es ist ein großartiges Buch. All die Wunder –«

Frevisse wußte, wie lange Schwester Perpetua sich über ein Buch verbreiten konnte. Sie unterbrach sie eilig mit den Worten: »Habt Ihr etwas gefunden, das uns helfen kann, unser Problem zu lösen?«

Schwester Perpetua blickte verständnislos drein, aber dann hellte sich ihr Gesicht auf. »Ja, das habe ich! Hier.« Sie legte den Mandeville zur Seite und griff nach einem der Bände, die neben ihr lagen. »Ich muß sagen, Euer Onkel war ein wundervoller Mann. Er hatte Bücher über alle nur möglichen Themen. Ich könnte für immer und ewig hierbleiben. Das ist eine *Materia Medica.* In einem Teil werden ausschließlich Gifte und ihre Wirkungen behandelt.«

Frevisse nahm das Buch entgegen. »Wie ist es Euch gelungen, das zu finden? Und dazu noch so schnell?«

»Ich habe Meister Lionel gefragt«, erwiderte Schwester Perpetua schlicht. Das war schließlich das Nächstliegende, schien sie damit sagen zu wollen. Sie senkte die Stimme. »Er will zwar mit niemandem reden, aber er weiß, wo alles steht. Ich habe nach Giften gefragt, und er hat mir dieses Buch gezeigt.«

»Und wird darin beschrieben, was wir wissen wollen?«

Schwester Perpetua sah verlegen aus. »Ich habe beschlossen, Euch selbst nachsehen zu lassen, während ich ...« Liebevoll strich sie über das Buch auf ihrem Schoß.

Frevisse wußte, daß sie selbst nicht besser gewesen war, als sie heute morgen *Sir Gawain und der grüne Ritter* in Händen gehabt hatte. Sie lächelte und erklärte: »Dann werde ich nachsehen. Lest ruhig weiter.«

Das Buch hielt, was Schwester Perpetua versprochen hatte. Nachdem Frevisse einige Seiten überflogen hatte, kam sie zu dem Teil, der die Gifte behandelte, direkt nach einer Abhandlung über die Viersäftelehre und die Planeten. Frevisse setzte sich an Sir Philips Schreibpult, legte das aufgeschlagene Buch darauf und begann zu lesen. Ihr Latein war nicht sehr gut, aber das hier war keine Literatur: Es handelte sich größtenteils um die Darstellung einfacher, klarer Fakten, und sie konnte dem Text in seinen wesentlichen Punkten folgen. Sie übersetzte die Teile, die für ihre Frage relevant waren: Gab es ein Gift, das solche Symptome hervorrief wie die, die Sir Clement gezeigt hatte?

Eine beigefügte Liste reichte von allgemein bekannten

Giftpflanzen, die in jedem englischen Wald oder überall am Straßenrand zu finden waren, bis zu exotischen, schwer erhältlichen Giften, die man nur von speziellen Händlern mit obskuren Kontakten beziehen konnte. Es schien sich um eine sehr vollständige Liste zu handeln. Und keins der aufgeführten Gifte rief die Symptome hervor, unter denen Sir Clement gelitten hatte.

Es gab Gifte, die zu Atemnot führten, aber keins verursachte das tödliche Anschwellen der Kehle, das Meister Broun beschrieben hatte. Erbrochenes verschiedener Natur und Farbe wurde beschrieben, und manchmal kam es zu Krämpfen, Wahnsinn oder Raserei, aber Sir Clement war durchaus klar im Kopf gewesen, und nichts hatte darauf hingedeutet, daß ihm auch nur übel gewesen war. Erbrochen hatte er sich ganz gewiß nicht. Sie suchte nach Verfärbungen des Leibes, besonders der Gliedmaßen, konnte aber keinerlei Hinweis auf roten, juckenden Ausschlag im Gesicht und an den Armen finden.

Wenn Sir Clement vergiftet worden war, dann nicht mit einem der Gifte, die in diesem Buch aufgeführt waren. Und es schien sich um ein äußerst umfassendes Werk zu handeln.

Schwester Perpetua war nicht mehr ganz so tief in ihre Lektüre versunken. Jetzt fragte sie: »Was Ihr sucht, wird nicht erwähnt?«

»Nein.«

»Dann hat Bischof Beaufort vielleicht unrecht. Vielleicht ist Sir Clement doch durch Gottes Hand gestorben.«

»Nein.«

Schwester Perpetua bemühte sich nicht, ihre Überraschung zu verbergen. »Ihr glaubt nicht mehr, daß es so war?«

»Ich bin mir nicht mehr sicher. Ich war ganz sicher, als es geschah, aber jetzt sind mir Zweifel gekommen. Ich habe das Gefühl, daß ich noch weitere Personen befragen sollte. Würdet Ihr unterdessen nachforschen, ob es hier noch ein Buch über Gifte gibt? Das wäre möglich.«
»Gewiß, wenn Ihr es für nötig haltet.« Schwester Perpetua legte den Mandeville beiseite.
Frevisse hatte bemerkt, daß Meister Lionel innehielt, während sie sprach, und still zugehört hatte, den Kopf halb in ihre Richtung gewandt. Jetzt wandte sie sich direkt an ihn. »Würdet Ihr Schwester Perpetua bei der Suche helfen, Meister Lionel?«
Der alte Schreiber drehte abrupt den Kopf weg und begann erneut, eifrig in seinen Papieren zu wühlen. Aber er gab einen Laut von sich, der Zustimmung bedeuten mochte, und Schwester Perpetua lächelte und nickte bestätigend. Überzeugt, daß die beiden zusammen weit mehr erreichen würden, als sie es konnte, verließ Frevisse die Bibliothek.
Frevisse machte erst einen Abstecher ins Schlafgemach ihrer Tante Matilda. Sie schlief. Die mollige Gestalt war tief in den Bettdecken vergraben, und ihr gelöstes, gramzerfurchtes Gesicht sah verletzlich aus. Alice hatte nach ihrem Stickzeug geschickt und es sich auf einem Kissen auf dem Erkersitz bequem gemacht, wo sie gerade eine Rose mit rosafarbenem Seidengarn ausstickte. Sie sah auf, als Frevisse eintrat, und legte einen Finger auf die geschürzten Lippen. Frevisse nickte und ging leise zum Bett ihrer Tante, die sich nicht rührte. Joan saß auf einem Schemel neben dem Bett und starrte ihre Herrin mit unglücklichem Gesicht an.
Frevisse senkte den Kopf und bat in einem stillen Gebet um Trost für diese traurige Gesellschaft. Dann verließ sie schnell den Raum.

Die Küche von Schloß Ewelme war riesig. Sie war mit Steinfliesen ausgelegt und erstreckte sich über zwei Stockwerke bis zu einem Dach, in dem Belüftungsklappen angebracht waren, die geöffnet werden konnten, um Dampf und Hitze hinauszulassen. Ein Tablett mit gebratenen Hähnchen kühlte auf einem der Tische ab, und ein Küchenjunge beugte sich vorsichtig über das niedrig brennende Feuer einer Herdstelle, um den großen Topf umzurühren, der über den Kohlen hing. Der Koch saß auf einem hohen Schemel und wischte sich die kräftig wirkenden Hände an einem sauberen Handtuch ab. Als er Frevisse erblickte, erhob er sich sofort und verbeugte sich zweimal.

»Ihr beehrt diesen Raum mit Eurer Anwesenheit«, rief er aus und verbeugte sich noch einmal. Der Koch sprach mit einem Akzent, den Frevisse nicht einordnen konnte. Er war ein großer Mann mit dunklem, lockigem Haar, das glänzte, als sei es mit Öl gewaschen worden, und er bewegte ausdrucksvoll die Hände beim Sprechen. »Kann ich Euch irgendwie behilflich sein? Darf ich Euch etwas bringen?«

»Würdet Ihr mir ein, zwei Fragen beantworten?« entgegnete Frevisse.

»Selbstverständlich, wenn ich kann. Möchtet Ihr ein Rezept mit in Euer Kloster nehmen?« Er drehte sich zum Küchenjungen um. »Ich wünsche ein Blatt Papier, eine Feder und etwas Tinte, und zwar sofort!«

Aber Frevisse hob die Hand, um den Küchenjungen zurückzuhalten. »Nein, das ist es nicht, es geht um den Leichenschmaus. Ein Gast mußte hinausgeführt werden und ist später gestorben.«

Der Koch setzte sich so plötzlich, als hätte jemand seine Kniesehnen durchtrennt. Aber er sagte nichts, sondern wartete.

»Kanntet Ihr den Mann, der gestorben ist? Sir Clement?«
»Nein, Madam. Aber er hatte seinen Diener hergeschickt. Er sollte mit mir über die Speisefolge beim Leichenschmaus sprechen.«
»Welchen Diener?«
»Ich weiß es nicht, Madam. Einen mageren Burschen mit braunem Haar und einem traurigen Gesicht.«
»Warum war Sir Clement an der Speisefolge interessiert?«
»Weil er, wie ich erfuhr, einen empfindlichen Magen hatte und bestimmte Zutaten seinen Magen aus dem Gleichgewicht gebracht hätten.«
»Welche Zutaten?«
Der Koch seufzte tief, hob die Hand und begann, die Punkte an den Fingern seiner Hand abzuzählen. »Es sollte frische Milch zur Zubereitung jedes Gerichts benutzt werden, da Sir Clement saure Milch nicht ausstehen konnte. Sein Salzfäßchen mußte voll und sauber sein, da er sein Essen großzügig mit Salz zu bestreuen pflegte und dazu neigte, ein verunreinigtes Salzfäßchen vom Tisch zu stoßen. Wenn in einem Gericht Nüsse waren, mußte ihm das beim Servieren angekündigt werden, da er unter keinen Umständen etwas essen wollte, das Nüsse enthielt. Und der Becher, aus dem er trank, mußte aus Silber oder Gold sein, da er den Beigeschmack von Zinn im Wein nicht ertragen konnte. Ich werde Euch sagen, was ich diesem Diener antwortete, Madam. Ich versicherte ihm, daß in diesem Haus für jedes Gericht nur die besten, frischesten und teuersten Zutaten verwendet werden, und daß der letzte Gang – der Sir Clement nun nicht mehr zu Boden werfen konnte – Haselnüsse enthielt. Und ich besaß die Unverschämtheit, zu fragen, ob Sir Clement vielleicht seinen eigenen Becher dabei hätte,

da es uns wirklich unmöglich sei, Sir Clement einen Becher zu überlassen, der, sagen wir, für den Herzog von Norfolk bestimmt war. Und es erwies sich, daß er tatsächlich seinen eigenen Becher mitgebracht hatte, da dieses Problem schon öfter aufgetreten war und er gelernt hatte, Vorsorge zu treffen.« Der Koch hatte diese Geschichte gelassen begonnen, war jedoch während des Erzählens von Entrüstung gepackt worden und hatte schließlich mit triumphierender Belustigung geendet. Nach seinem Gesichtsausdruck zu urteilen, war der Küchenjunge bereit, jede Einzelheit zu bestätigen. Also befragte Frevisse ihn nicht auch noch, sondern bat lediglich den Koch, ihr die Speisefolge aufzuschreiben. Er tat es. Sie schob die Liste in ihren Ärmel, dankte ihm für seine Hilfe und zog sich zurück.

Sie beschloß, nachzusehen, ob Meister Lionel bei der Suche nach einem weiteren Buch über Gifte bereits erfolgreich gewesen war. Zu ihrer Überraschung befand Schwester Perpetua sich nicht mehr in der Bibliothek. Frevisse blieb verdutzt in der Tür stehen und blickte sich um. Jemand hatte in dem kleinen Kamin ein Feuer zum Schutz vor der größer werdenden Kälte angezündet. Meister Lionel kramte wie immer in seiner Truhe und achtete weder auf das Feuer noch auf Frevisse. Am Fenster stand Sir Philip und starrte hinaus.

Doch kurz darauf drehte er sich um, und seine Stimme klang gelassen wie gewöhnlich. »Schwester Frevisse! Offensichtlich habt Ihr erwartet, Schwester Perpetua hier vorzufinden.«

Frevisse brachte es einfach nicht fertig, sich Gedanken darüber zu machen, welche Gefahren für ihren Ruf entstehen mochten, wenn sie mit einem stattlichen Mann – mochte er auch Priester sein – allein in einem Raum blieb. Nur mit einem Verwirrten als Zeugen.

Zum Zugeständnis an die Konventionen ließ sie wenigstens die Tür einen Spalt weit offen. Die Anstrengungen, die Wahrheit herauszufinden, die endlosen Gespräche und Gedanken hatten sie müde gemacht. Und ihr war kalt. Sie ließ sich vor dem Kamin nieder, schob die Füße nahe ans Feuer und streckte die Hände der Wärme entgegen. »Ob ich wohl krank werde, oder ist es plötzlich kälter geworden?«

»Es ist plötzlich kälter geworden.« Sir Philip hielt die Handfläche vor das Glas, ohne es zu berühren. »Man kann fühlen, wie die Kälte hereinströmt, als stünde das Fenster offen. Es würde mich nicht überraschen, wenn der Wallgraben morgen zugefroren wäre.«

Frevisse stieß einen müden Seufzer aus. In ein, zwei Tagen war der lange Ritt zurück nach St. Frideswide zu bewältigen, und sie konnte nicht sagen, ob sie bittere Kälte und feste Straßen oder wärmeres Wetter und endlosen Morast vorzog.

Sir Philip, der ihr wieder den Rücken zuwandte, fragte: »Steht es Euch jetzt frei, darüber zu sprechen, was Bischof Beaufort von Euch wollte?«

»Seinem Befehl gehorchend, mußte ich so vielen Leuten Fragen stellen, daß es zweifellos kein Geheimnis mehr ist. Der Bischof glaubt nicht, daß Sir Clement durch Gottes Hand starb.«

»Dieser Ansicht war er von Anfang an.«

»Und weil mein Onkel ihm erzählt hat, daß ich eine scharfe Intelligenz besitze, bat der Bischof mich, herauszufinden, ob es ein Wunder Gottes war oder nicht.«

Sir Philip wirbelte herum und starrte sie an. »Und, habt Ihr es herausgefunden?«

»Ich bin sicher, daß nicht Gott Sir Clement getötet hat.«

Der Priester nahm ihre Worte mit beherrschter Überraschung hin. »Wer hat es denn getan?«

Frevisse schüttelte den Kopf. »Das weiß ich nicht. Und ich weiß auch noch nicht genau, wie die Tat begangen wurde, aber zumindest ist klar, daß es schon während des Leichenschmauses begann und soweit ich feststellen konnte, hattet *Ihr* keine Möglichkeit, ihm dort etwas anzutun. Jedenfalls nicht direkt.«
Sir Philip zog die Augenbrauen zusammen, als ihm klar wurde, was sie gerade gesagt hatte. »Ihr hattet *mich* im Verdacht? Warum, um alles in der Welt? Oder habt Ihr einfach jeden verdächtigt?«
»Ich verdächtige jeden, dem Sir Clement ein Feind war. Ihr steht also auch auf der Liste. Wenn Sir Clement seine Behauptung bewiesen hätte, daß Ihr unfrei geboren seid, wäre jede Chance für Euch verspielt, in der Kirche zu einer hohen Position aufzusteigen. Sir Clement kam aus einem Grund hierher, der nichts mit Euch zu tun hatte, nämlich zum Begräbnis meines Onkels, und das hätte Euch die Gelegenheit bieten können, gegen Sir Clement vorzugehen, ohne in Verdacht zu geraten. Eine solche Chance, ihn loszuwerden, wäre wahrscheinlich nicht so bald wiedergekehrt.«
»Aber es bestand kein Grund für mich, ihn anzugreifen oder gar zu ermorden! Ich habe schon vor Jahren überprüft, ob die entsprechenden Dokumente in Ordnung sind. Sie sind es. Sir Clement hatte keinen Rechtsanspruch auf mich, so oft er auch damit geprahlt haben mag. Und ich habe sichergestellt, daß jedermann, der Erkundigungen anstellte, der um die Verlogenheit seiner Worte wissen wollte, das ebenfalls erfuhr. Sir Clement war ein Ärgernis, keine Bedrohung.«
Frevisse glaubte ihm. Genau diese Handlungsweise war von einem Mann mit Sir Philips Intelligenz zu erwarten. »Aber Bischof Beaufort habt Ihr das nie erzählt?«

»Es wäre ein wenig anmaßend von mir gewesen, dies ungefragt zu tun.«

»Aber Ihr wißt doch, daß er an Euch interessiert ist.«

»Er hat Meister Chaucer vorgeschlagen, mich als Priester einzustellen, und mir hat er deutlich gemacht, daß ich nur profitieren könne, wenn ich lernte, wie es im Haushalt eines so bedeutenden Mannes zugeht. Ich habe Meister Chaucers Angebot dankbar angenommen. Schon deshalb, weil ich dadurch Gelegenheit bekam, eine Zeitlang die Gesellschaft meines Bruders zu genießen.«

»Eures Bruders?« Robert war sich doch nicht einmal sicher gewesen, ob dieser Bruder noch lebte!

»Gallard Basing, der Haushofmeister. Wußtet Ihr das nicht?«

»Niemand hat mir gesagt, daß sein Nachname Basing ist.«

»Vermutlich bestand kein Grund dazu. Und wir sehen uns nicht sehr ähnlich.« Sein Lächeln, so verzerrt es durch das Narbengewebe auf seinem Gesicht auch schien, war voller Charme.

Er kam zum Feuer herüber, hockte sich im Fersensitz davor nieder, rieb sich die Hände warm und hielt sie vor die Flammen. Die Geste erinnerte Frevisse an etwas – an irgend jemanden –, aber die vage Erinnerung entglitt ihr, als ihr klar wurde, daß Gallard Basing sich während des ganzen Leichenschmauses frei im Saal hin- und herbewegt hatte. Und wahrscheinlich hatte er auch Gelegenheit gehabt, an die Speisen zu kommen, bevor sie aufgetragen wurden. Schützen die Dokumente, die Sir Philip schützen, auch Gallard? Wußte er überhaupt etwas von den Dokumenten? Wie sehr waren die Brüder einander zugetan? Vertrauten sie einander? Benutzten sie einander?

Sie hatte zu lange geschwiegen; Sir Philip wandte den Kopf und sah sie an. »Ihr seid nicht gekommen, um mit mir zu reden. Ihr seid gekommen, um Zuflucht bei den Büchern Eures Onkels zu suchen, nicht wahr?«

»Ein Trost, der mir aus der Kindheit in Erinnerung geblieben ist, nehme ich an.«

Er lächelte. Wieder war Frevisse überrascht darüber, wie das Lächeln und der warme Ausdruck seiner Augen das zerstörte Gesicht vergessen ließen. Vielleicht lag es nur daran, daß er so selten lächelte. »Diese Bibliothek ist ein Ort des Trostes, den auch ich nur ungern verlassen werde«, sagte er. »Wenn der Herr Graf zu der Entscheidung kommen sollte, daß er einen anderen Hauspriester vorzieht.«

»Hätte Tante Matilda da nicht auch ein Wörtchen mitzureden?«

Sir Philip zuckte die Achseln. »Wenn die Trauer sich tief in ihr festsetzt, wird Eure Tante vermutlich viel von ihrem Interesse daran, den Haushalt zu leiten, verlieren. Vielleicht wird sie zu Euch nach St. Frideswide kommen. Es ist nicht ungewöhnlich, daß eine Witwe den Schleier nimmt.«

Frevisse senkte den Blick. Wenn Tante Matilda das tat, würde sie eine höchst unglückliche Nonne abgeben, denn Schweigen, Demut und Gehorsam gehörten nicht zu ihren stärksten Tugenden. Aber Sir Philip hatte recht, ihr Mann war der Mittelpunkt und die Hauptstütze ihres Daseins gewesen.

»Natürlich mag Gräfin Alice ihr auch Enkelkinder schenken, die ihr Interesse am Leben neu wecken«, fuhr der Priester fort. »Wir können nur abwarten.«

Frevisse lenkte das Gespräch auf ein angenehmeres Thema. »Hat mein Onkel Euch je gesagt, was nach seinem Tod mit seinen Büchern geschehen soll?«

»Ich glaube, die besten hat er Bischof Beaufort hinterlassen. Viele gehören Suffolk, und der Rest wird verkauft werden.« Sir Philip ließ den Blick über die Bücherschränke schweifen. »Euer Onkel schätzte ungewöhnliche und seltene Bücher ebensosehr wie kostbare Handschriften.«

»Jedes Buch war in seinen Augen eine Kerze, die uns im Dunkeln leuchtet und die Unwissenheit bekämpft, in die wir alle versinken, wenn wir nichts kennen als unsere eigenen Gedanken.«

»Und wir alle suchen unserer Natur gemäß über unsere irdischen Beschränkungen hinaus nach Gott. Folglich ist es notwendig, daß ein Buch *gut* ist, wenn es uns *gut* unterweisen soll.« Er sagte das, als hätten seine Worte eine Bedeutung, die über das Offensichtliche hinausging.

Aber Frevisse wußte nicht, worauf er hinauswollte. Sie entgegnete: »Ich stimme Euch insoweit zu, daß Gott mit dem Verstand allein nicht zu finden ist oder zumindest nur unter größten Schwierigkeiten. Sofern nicht Gott selbst ihn erleuchtet.«

»Gott kommt, zu wem er will. ›Das göttliche Sein ist unendlich ... Ein Geschöpf ist aber niemals imstande, auf unendliche Weise zu erkennen, und Menschen und Engel sind Geschöpfe Gottes.‹«

Frevisse lächelte. »*Die Wolke des Nichtwissens*. Mein Onkel hat das Buch geliebt. Er sagte, er hätte keine Hoffnung, je ein kontemplatives Leben zu führen und auch keine Neigung dazu, aber die Vorstellung mache ihm Freude. Er sagte auch, die *Wolke des Nichtwissens* erinnere ihn daran, daß wir ›einst gefragt werden, wie wir die Zeit genutzt haben, die uns gegeben war.‹«

»Und wir vergessen oft, daß wir auf Erden nur ein einziges Ziel haben: uns das Himmelreich zu verdienen. ›Nach ihm sehne ich mich, ihn suche ich –‹«

»›Nichts als ihn‹.« Das Ende des Zitats sagten sie gemeinsam. Es war ein Gedanke, dem Frevisse ihr Herz hingegeben hatte, als sie jung war. Sie und Sir Philip lächelten sich an in stillschweigendem Verständnis von etwas, das beiden mehr war als nur kostbar.

Dann sagte er: »Da Ihr zugegeben habt, daß Ihr dachtet, ich könnte einen Mord begangen haben, darf ich Euch nach etwas fragen, dessen ich Euch verdächtige?«

»Nur zu.«

»Euer Onkel besaß ein Buch, Psalter und Evangelien, das nicht mehr hier ist. Ich habe es gesucht, Meister Lionel hat es gesucht. Aber es ist eindeutig nicht in der Bibliothek, und Euer Onkel war immer sehr darauf bedacht, es hier aufzubewahren.«

Frevisse hätte fast gelächelt, aber sie zog lediglich eine Augenbraue hoch und schwieg. Sir Philip fuhr fort: »Ich denke, Ihr wißt sehr wohl, wovon ich spreche. Nachdem der Bischof Euch zu sich bestellt hatte, trugt Ihr ein gut verpacktes Bündel bei Euch, das von der Größe her dem fehlenden Buch entsprach. Ich vermute, er hat es Euch gegeben, vielleicht im Auftrag Eures Onkels.« Er senkte die Stimme und beugte sich vor. »Es ist eine Kopie der Bibelübersetzung von John Wicliffe.«

Vor über fünfzig Jahren hatte John Wicliffe anmaßenderweise die Bibel ins Englische übersetzt, damit jedermann sie lesen und frei über die Worte nachdenken konnte, ohne Auslegung oder Kontrolle der Kirche. Wenn er nicht mächtige Verbündete im Hochadel gehabt hätte, wäre er von der Kirche verdammt und als Ketzer verbrannt worden. So starb er als freier Mann.

Erst 1417 wurden seine Gebeine ausgegraben und verbrannt, und die Asche wurde in den Fluß geworfen. Aber von Anfang an war seine englische Bibel verboten gewesen, obwohl Kopien an unmöglichen Orten auftauchten, unter anderem in Nonnenklöstern. Chaucer hatte den englischen Psalter und die Evangelien in einer dunklen Ecke unter orthodoxen theologischen Werken aufbewahrt, und dort hatte Frevisse sie als junges Mädchen gefunden. Hocherfreut hatte sie mit Leichtigkeit die Bibel gelesen, anstatt sie mühsam auf Latein buchstabieren zu müssen. Chaucer hatte es ihr nicht verboten. Ihr Glaube hatte nie Schaden genommen, im Gegenteil. Seither war sie nicht mehr abhängig davon, was irgendein unwissender Priester als Worte der Bibel auszugeben beschloß.

»Habt Ihr das Buch?« fragte Sir Philip.

»Ich habe es nicht zu Gesicht bekommen«, entgegnete sie. Das war die reine Wahrheit, aber die Ehrlichkeit zwang sie, hinzuzufügen: »Aber ich habe das Päckchen, das Bischof Beaufort mir gegeben hat, auch noch nicht geöffnet.«

Meister Lionel, der ein Bündel Schriftstücke in der Hand hielt, richtete sich mit einem Mal auf und starrte sie durch den Raum hinweg an. Seine urplötzliche Konzentration auf etwas, das weiter als Armeslänge von ihm entfernt war, brachte Frevisse und Sir Philip dazu, seinen Blick zu erwidern. Scheinbar ohne zu bemerken, daß ihrer beider Aufmerksamkeit jetzt ihm galt, murmelte er: »Man kann sich nicht darauf verlassen, daß sie wissen, wo ihr Schuh ist, selbst wenn sie ihn anhaben. Frauen!«

Sir Philip nickte erleichtert. »Es wird die Bibelübersetzung sein. Ich hatte Angst, sie sei verlorengegangen oder jemand hätte sie unrechtmäßigerweise an sich

genommen. Aber Euer Onkel hat dafür gesorgt, daß sie in gute Hände kommt.« Er sah Frevisse an. »Ich werde niemandem sagen, daß ich weiß, wo sie ist. Tatsache ist schließlich, daß ich es nicht *weiß*, nicht mit Sicherheit.«
»Und wenn mich jemand fragt, kann ich wahrheitsgemäß antworten, daß sich das Buch meines Wissen nach nicht in meinem Besitz befindet. Was ich vermute, ist schließlich meine Angelegenheit und darf es auch bleiben.«
Sie lächelten sich an, erfreut über ihre Spitzfindigkeit. Ein heftiger Windstoß rüttelte an den Fenstern, ein kalter Luftzug wisperte in den Binsenmatten auf dem Boden und ließ das Feuer heller aufflammen. Frevisse schob die Schultern zurück und setzte sich aufrecht hin. »Ich habe mich viel zu lange hier aufgehalten. Ich muß noch mehr Leute befragen. Vielleicht sind die Mundschenke in der Lage, mir mehr zu erzählen.«
Sir Philip wurde ernst, die Unbefangenheit verschwand aus seinem Gesicht. »Man kann es wohl nicht einfach auf sich beruhen lassen. Und dennoch wünschte ich, wir könnten den, der es getan hat, dem Gericht und der Gnade Gottes überlassen.« Dieser Gedanke war Frevisse noch nicht gekommen, doch bevor sie eine Antwort formulieren konnte, fragte Sir Philip: »Wie kam Seine Gnaden, der Bischof, eigentlich auf den Gedanken, der Tod von Sir Clement sei von einem Menschen verursacht worden und nicht von Gott?«
»Er sagte, er hätte schon allzu oft gehört, daß Sir Clement Gottes Richterspruch auf sich herabrief. Er könne nicht einsehen, wieso Gott gerade jetzt beschlossen haben sollte, Sir Clement zu antworten. Er wolle sichergehen, daß tatsächlich Gott diese Gelegenheit gewählt hatte und nicht irgendein Sterblicher.«

»Und mittlerweile seid auch Ihr der Ansicht, daß es ein Mensch war und nicht Gott. Warum?«
Frevisse dachte nach, bevor sie antwortete, weil sie nicht sicher war, wann oder wodurch sich ihre Meinung geändert hatte. Schließlich erklärte sie: »Vor allem, weil es so unlogisch ist, daß Gott einen Menschen auf diese Weise getötet haben soll. Immerhin hat er damit eine gute Gelegenheit vertan, uns allen eine Lektion zu erteilen, denn warum hat er Sir Clement nicht einfach während des Festmahls niederfallen und den Geist aufgeben lassen?«
»Und Ihr maßt Euch an, Gottes Pläne so genau zu kennen?«
Frevisse unterließ es, auf diese Stichelei einzugehen. Statt dessen sagte sie: »In der *Wolke des Nichtwissens* heißt es, daß jeder Mensch zu seiner ureigenen Zeit zu Gott kommt. Heute haben einige Männer, die Sir Clement kannten, mir erzählt, daß er sich in letzter Zeit geändert hat. Er war nicht mehr ganz so gewalttätig, nicht mehr ganz so schnell bereit, Gottes Richterspruch herauszufordern. Vielleicht war er auf seine eigene, langsame Weise dabei, zu Gott zu kommen. Würde Gott einen Mann sterben lassen, der zwar noch tief in Sünde verstrickt war, aber zumindest damit begonnen hatte, auf das Heil zuzugehen?«
»Vielleicht würde er das«, entgegnete Sir Philip. »Genaugenommen weiß ich, daß er es tut.« Er wartete, und als Frevisse nicht antwortete, fuhr er fort: »Aber das ist nicht der Grund, aus dem Ihr weiterforscht.«
Frevisse sah eine Weile zu, wie die Flammen zwischen den Scheiten spielten, bevor sie erneut das Wort ergriff. »Nein. Ich will wissen, was passiert ist. Was wirklich geschehen ist, nicht, was wir *glauben*, gesehen zu haben. Ich will wissen, ob ein Mensch seine Hand im Spiel

hatte oder tatsächlich Gott einen Sünder bestraft hat.« Diesmal wartete sie, doch Sir Philip schwieg. Er rührte sich nicht, sondern starrte in die Flammen, wie sie es getan hatte.
Frevisse rieb sich mit den Händen über das Gesicht. Nachdem es so lange der Wärme des Feuers ausgesetzt gewesen war, fühlte sich die Haut trocken an und spannte. Schließlich sprach sie weiter. »Außerdem fiel mir die alte Geschichte von dem Teufel und dem Gerichtsboten ein. Die beiden sind gemeinsam unterwegs, und der Teufel lehnt es ab, Karren und Pferde zu sich zu holen, obwohl der Kutscher beides übellaunig zur Hölle wünscht. Später jedoch, als der Gerichtsbote eine alte Frau quält und sie ihn zur Hölle wünscht, holt der Teufel ihn sofort. Denn, so sagt er, er erkenne einen *wahren* Wunsch, wenn er ihn höre. Ich wünschte, wir könnten glauben, daß Sir Clement, als er gestern nach Gottes Richterspruch verlangte, wirklich und wahrhaftig wollte, daß Gott ihn richte, und sei es auch nur in diesem einen Augenblick, und daß Gott seinen Wunsch erfüllte. Ich wünschte, ich könnte das glauben. Aber ich kann es nicht.«
Sie wartete, aber Sir Philip antwortete nicht. Nur das Knacken des Feuers war zu hören. Frevisse blickte Sir Philip nicht an, weil sie wußte, daß er *sie* ansah. Sie wollte den Ausdruck auf seinem Gesicht nicht sehen.
Es war eine Erleichterung, als Schwester Perpetua den Raum betrat und ihr eifriger Ausruf das Schweigen brach. »Hier seid Ihr, Schwester Frevisse! Ich habe schon überall nach Euch gesucht.«
»Und ich kam auf der Suche nach Euch hierher«, entgegnete Frevisse. Sie und Sir Philip waren aufgestanden, angesteckt von Schwester Perpetuas offensichtlicher Erregung. »Ihr habt etwas gefunden?«

Mit einem triumphierenden Lächeln hielt Schwester Perpetua ihr eine dünne Handschrift hin. »Hier ist genau das beschrieben, was wir suchen.«

Frevisse nahm das Buch aufgeregt entgegen. »Aber das ist ja von Galen!« Galen, die größte medizinische Autorität, römischer Hofarzt unter Marcus Aurelius. Nur Äskulap selber genoß höheres Ansehen.

»Hier.« Schwester Perpetua nahm Frevisse das Buch wieder ab und öffnete es an einer Stelle, die mit einem Federkiel markiert war. »Auf der rechten Seite.«

Sie wies auf die Stelle, und Frevisse las. Sir Philip schaute ihr über die Schulter. Als sie zu Ende gelesen hatten, trat er einen Schritt zurück, und alle drei sahen sich einen Augenblick lang schweigend an. Schließlich sagte Schwester Perpetua: »Eigentlich hat Meister Lionel es gefunden. Er hat das Buch von Galen entdeckt und gesagt, er erinnere sich, daß etwas über Ausschlag und ähnliches darinstünde.«

»Ich habe noch nie von so etwas gehört«, sagte Sir Philip und deutete auf das Buch.

»Ich auch nicht, aber da steht es. Jetzt wissen wir zumindest schon *etwas*«, entgegnete Frevisse.

Schwester Perpetua machte ein langes Gesicht. »Nur etwas?«

»Ich weiß jetzt, woran Sir Clement gestorben ist, aber nicht, was genau ihn getötet hat. Oder wer. Oder wie es gemacht wurde. Obwohl ich es langsam erraten kann«, fügte sie hinzu.

Sir Philip sah sie scharf an. »Ihr ahnt, wer der Mörder ist?«

»Ach, du meine Güte. Ich hatte gehofft, es gut gemacht zu haben«, seufzte Schwester Perpetua.

Frevisse tätschelte ihren Arm. »Ihr habt es wunderbar gemacht.« Sie hob die Stimme. »Und Ihr ebenfalls,

Meister Lionel. Ich danke Euch.«
Schwester Perpetua erklärte: »Oh, ich vergaß, Euch zu sagen, daß wir benachrichtigt worden sind, daß der Crowner morgen am späten Vormittag hier eintreffen wird.«
»Von da an liegt die Angelegenheit nicht mehr in Eurer Hand«, sagte Sir Philip zu Frevisse.
Er hatte recht. Der Crowner würde sich anhören, was sie bislang in Erfahrung gebracht hatte, ihr danken und sie fortschicken, weil sie als Nonne und als Frau bei seinen Ermittlungen nur störte. Dennoch wäre Bischof Beaufort zufriedengestellt, und Frevisse könnte sich wieder ihrer Trauer zuwenden, sich um ihre Tante kümmern und Sir Clements Tod vergessen. Aber im vergangenen Frühjahr hatte sie ihre Klugheit benutzt, um einen Schuldigen vor dem Gesetz zu schützen. Wahrscheinlich würde sie nie erfahren, ob es richtig war, was sie getan hatte, oder falsch und eine Sünde. Aber hier und jetzt hatte sie Gelegenheit, alles wiedergutzumachen. Sie würde einen Mörder entlarven, der größere Schuld auf sich geladen hatte als der Mensch, den sie beschützt hatte.
»Nein«, sagte sie entschlossen zu Sir Philip. »Ich bin mit der Sache noch nicht fertig.«

KAPITEL 15

Beaufort stand wartend am Fenster und sah in den trüben Tag hinaus. Unter ihm peitschte der Wind die bleiernen Wasser des Wallgrabens hoch. Jenseits des Grabens bogen sich die Äste der Ulmen vor dem Himmel. Beaufort schauderte leicht. Die Kälte nahm stündlich zu. Als einer seiner Schreiber Meister Broun, Schwester Frevisse und die sie begleitende Nonne hereinführte, drehte er sich um und ließ sich in seinem Faltstuhl mit den prächtig geschnitzten Armlehnen nieder, ohne ihnen seinen Ring zum Kuß anzubieten oder sie aufzufordern, sich ebenfalls zu setzen. Er hatte Schwester Frevisse erwartet, unvermeidlicherweise in Begleitung der zweiten Nonne, aber nicht Meister Broun, und eine solche Dreistigkeit schätzte er nicht sonderlich. Da er annahm, daß die Nonne um seine Begleitung ersucht hatte, fragte er kurzangebunden: »Habt Ihr Meister Broun aus einem bestimmten Grund mitgebracht, Schwester Frevisse?«

Meister Broun zeigte sich überrascht. »Eminenz, ich dachte, Ihr wäret froh, mich zu sehen. Ich nahm an, daß Ihr Euch unwohl fühlt. Die Belastungen der letzten Tage –«

»Ich bin Gott sei Dank bei guter Gesundheit.« Beaufort legte großen Wert darauf, Ärzte nur zu konsultieren, wenn es gar nicht mehr zu vermeiden war. Wenn man ihnen die Chance gab, stellten sie irgendwelche Krankheiten fest und behaupteten, daß eine kostspielige und gewöhnlich unangenehme Behandlung erforderlich sei, die Beauforts Erfahrung nach meist wirkungslos blieb. Nur zu gut verstand Beaufort die Verlockung, etwas auszuprobieren, weil man das entsprechende Wissen und dadurch auch die Macht besaß. Er erkannte diese Neigung bei anderen, weil er wußte, daß er sie ebenfalls besaß. »Ihr seid hier, weil Schwester Frevisse es so wollte. Sie hat darum gebeten, mich sprechen zu dürfen.« Er warf ihr einen scharfen Blick zu, eine Warnung, seine Zeit nicht unnütz zu verschwenden. Sie neigte den Kopf und sagte bewunderswert kurzangebunden nicht zu ihm, sondern zu Meister Broun: »Ich brauche Eure Meinung als Arzt wegen eines medizinischen Problems. Und ich dachte, daß Ihr Euch bereitwilliger äußern und aufmerksamer zuhören würdet, wenn Euch klar wäre, daß Seine Eminenz, der Kardinal, ebenfalls interessiert ist.«

Meister Broun blickte von ihr zu Beaufort. »Eminenz, ich verstehe nicht.«

»Ich auch nicht«, erwiderte der Kardinal. »Aber ich nehme an, Schwester Frevisse wird uns gleich aufklären.«

So wie sie dastand, den Kopf ein wenig gesenkt, die Hände artig gefaltet und in die Ärmel geschoben, bot sie ein Bild des Respekts. Ruhig erklärte sie Meister Broun:

»Ihr wart bei Sir Clement, als er starb. Wir haben uns später darüber unterhalten, Ihr erinnert Euch vielleicht.« Meister Broun bestätigte das mit einem würdevollen Nicken und sagte nichts. Schwester Frevisse fuhr fort: »Seitdem ist einiges ans Tageslicht gekommen, das darauf hindeutet, daß er vergiftet wurde.«
Bestürzt bekreuzigte Meister Broun sich hastig zweimal hintereinander und widersprach, an Beaufort gewandt: »Gewiß war die Hand Gottes selten so deutlich zu sehen, Eminenz.« Er drehte sich zu Schwester Frevisse um. »Ihr habt das rote Mal einer Hand auf seinem Gesicht gesehen –«
»Nein, das habe ich nicht«, versetzte sie. »Ich sah nur die Striemen, aber kein Muster. Und auch sonst niemand, den ich befragt habe. Wenn es der Abdruck einer Hand war, so habt nur Ihr ihn gesehen.«
Offenbar stand ihre Meinung ebenso fest wie die des Arztes. Um Meister Brouns Widerspruch zuvorzukommen und den Ausbruch einer erbitterten Diskussion zu verhindern, fragte Beaufort: »Ist diese Angelegenheit von Bedeutung, Schwester?«
»Nein, Eminenz.«
»Dann laßt sie beiseite.« Das war eine an sie gerichtete Warnung, und er fügte noch hinzu, damit Meister Broun begriff: »Ich hatte Schwester Frevisse gebeten, Sir Clements Tod genauer zu untersuchen und mir dann zu sagen, was sie herausbekommen hat. Also hört auf sie und beantwortet ihre Fragen, so gut Ihr könnt.«
Man konnte Meister Broun den Protest vom Gesicht ablesen, aber er warf nur einen Seitenblick auf Schwester Frevisse und wartete schweigend.
Mit ausdrucksloser und abermals respektvoller Miene begann sie: »Gift wäre die wahrscheinlichste Erklärung –«

»Ich versichere Eurer Eminenz, daß ein solches Gift nicht existiert«, unterbrach der Arzt. »Ich bin kein Experte für Gifte, das versichere ich Euch ebenfalls –« Sein Ton deutete an, daß kein Arzt, der seiner Gelehrsamkeit würdig war, sich mit solchen Dingen auskennen würde. »Aber ich bin gründlich vertraut mit der Pharmakologie, und es gibt keine Arznei, keine Pflanze und keine Kombination aus beiden, die Symptome hervorrufen würde wie die, die bei Sir Clement auftraten.« Nachdrücklich wandte er sich an Schwester Frevisse. »Und ich habe ganz deutlich das Mal einer Hand gesehen, als hätte Gott ihn ins Gesicht geschlagen.« Beaufort wiederum versicherte er: »Ein hochheiliger und erbaulicher Anblick, bevor das Mal nach seinem Tod verblaßte.«

»Gottes Wege sind rätselhaft«, murmelte Beaufort. Für sich fügte er hinzu, daß die Köpfe der Menschen dies ebenfalls seien. »Schwester Frevisse?«

Mit großer Sanftheit – die Beaufort langsam, aber sicher verdächtig wurde – erklärte sie: »Die *Materia Medica* in Meister Chaucers Bibliothek stimmt da vollständig mit Meister Broun überein. Ich konnte kein Gift finden, daß derartige Symptome hervorruft.«

Meister Broun nickte befriedigt.

»Aber da ist noch dies.« Sie zog die Hände aus den Ärmeln. In der einen Hand hielt sie ein Buch. Sie streckte es Meister Broun hin und sagte demütig: »Ich bin mir nicht sicher – mein Latein ist ziemlich schlecht –, aber dort scheint etwas Bemerkenswertes zu stehen. Würdet Ihr es einmal überprüfen?«

Meister Broun reagierte unwillig und blickte statt ihrer Beaufort an, offensichtlich in der Hoffnung, daß er diesem Unsinn ein Ende machen würde. Doch Beaufort wies mit dem Kopf auf das Buch, und Meister Broun nahm es zögernd entgegen. Es gab ein Lesezeichen, und er schlug es an dieser Stelle auf. Schwester Frevisse streckte die Hand aus, wies auf eine bestimmte Passage und meinte: »Dort. Könntet Ihr uns sagen, was dort steht?«

Statt zu antworten, klappte Meister Broun das Buch wieder zu und sah auf das Titelblatt. »Ein Werk von Galen«, bemerkte er.

»Eine Autorität, die nicht leichtfertig abzutun ist.«

Beaufort ließ eine Spur seiner Ungeduld erkennen. Er schätzte es nicht, in die Spielchen anderer Leute verwickelt zu werden.

Meister Broun machte sich nun daran, die Passage zu studieren, auf die Schwester Frevisse ihn hingewiesen hatte. Beaufort und die Nonne warteten schweigend, während der Arzt die Passage las – und nochmals las. Schließlich blickte er auf und erklärte in einem ernsten Ton, der von fundiertem Wissen und Urteilsvermögen zeugen sollte: »Ich erinnere mich jetzt, diese Passage in meiner Zeit in Oxford studiert zu haben, aber in meiner gesamten Laufbahn als Arzt ist mir kein entsprechender Fall untergekommen, der mir die Worte Galens ins Gedächtnis zurückgerufen hätte. Bis zu diesem Moment.«

»Was bedeutet das?« fragte Beaufort ungeduldig um Meister Broun aufzufordern, zur Sache zu kommen.

Aber der Arzt war nun so vom Stolz über seine Kenntnisse durchdrungen, daß er mit langsamer und gewichtiger Stimme antwortete: »Das bedeutet, die Symptome, die Sir Clement vor seinem Tod aufwies – Atemnot, Ausschlag im Gesicht, am Hals und den Armen, starker Juckreiz – können in der Tat unter bestimmten Umständen als Folge eines Giftes auftreten, das in gewissen Nahrungsmitteln enthalten ist.«

Ungeduldig, um so mehr, da Schwester Frevisse bereits mehr wußte als er selbst und der Arzt und sie beide so lange zappeln ließ, wandte Beaufort scharf ein: »Aber alles, was Sir Clement beim Festmahl zu sich genommen hat, ist auch von anderen gegessen oder getrunken worden. Oder etwa nicht?«
»Von allem, was er gegessen und getrunken hat, haben auch andere gegessen und getrunken«, bestätigte sie.
Meister Broun hob gebieterisch die Hand, um weitere Ausführungen ihrerseits im Keim zu ersticken. »*Bestimmte* Nahrungsmittel, versteht Ihr? Es kommt äußerst selten vor, aber ich erinnere mich an einen Kommilitonen in Oxford, der nie Käse essen wollte. Er sagte, er würde krank davon, und in der Tat zitierte er in diesem Zusammenhang Galen. Ich erinnere mich jetzt« – er klopfte mit dem Finger auf das Buch, das er immer noch in der Hand hielt – »daß es Nahrungsmittel gibt, die an sich in jeder Beziehung gesund und nahrhaft sind, aber bei bestimmten Personen Beschwerden hervorrufen, die genau denen entsprechen, unter denen Sir Clement litt.«
Er begann, sich für das Thema zu erwärmen und fuhr angeregt fort: »Selbst wenn diese Nahrungsmittel lediglich berührt werden, können sie Juckreiz und extremes Unwohlsein hervorrufen. Und obwohl die erstmalige Ingestion des Nahrungsmittels, das eine Person nicht verträgt, möglicherweise lediglich eine schwache Reaktion hervorruft, kann die Wirkung kumulativ sein. Das heißt, wenn diese Person das Nahrungsmittel einmal zu oft zu sich nimmt, können so schwere Symptome auftreten, daß der Tod eintritt.«
»Deshalb hatte Sir Clement auch keine besonders große Angst, als ich ihn recht erholt in Sir Philips Zimmer wiedersah«, warf Schwester Frevisse ein. »Er hatte das

schon öfter durchgemacht und glaubte zu wissen, daß es bald überstanden sein würde.«

»Also kurz gesagt«, stellte Beaufort fest, »etwas in den Lebensmitteln war giftig für Sir Clement, aber für niemanden sonst. Er aß davon, ohne es zu wissen, und starb.«

»Ich glaube, das deckt alle Fakten ab, ja«, bestätigte Meister Broun.

»Also glaubt Ihr jetzt auch nicht mehr, daß Gottes Hand Sir Clement niedergestreckt hat?« bemerkte Schwester Frevisse schroff.

Der Arzt errötete, richtete sich auf, warf ihr einen bösen Blick zu und schnappte: »Das scheint nicht mehr die naheliegendste Erklärung zu sein, nein.«

»Ich danke Euch beiden«, sagte Beaufort knapp und schnitt damit die Entgegnung ab, die Schwester Frevisse zweifellos bereits auf der Zunge lag. »Ihr wart äußerst hilfreich, Meister Broun. Unschätzbar. Ihr werdet demnächst ein Zeichen unseres Wohlwollens erhalten. Aber ich möchte Euch beide bitten, Stillschweigen über diese Angelegenheit zu bewahren, für eine Weile zumindest.« Er formulierte es als Bitte, obwohl er sehr wohl wußte, daß es als Befehl verstanden werden würde. Meister Broun, besänftigt durch das Lob und die versprochene Belohnung, verbeugte sich zustimmend. »Wie Eure Eminenz wünschen.«

»Dann habt Ihr unsere Erlaubnis, jetzt zu gehen. Schwester Frevisse, wir wünschen, daß Ihr noch bleibt«, fügte er strenger hinzu.

Meister Broun warf ihr einen schadenfrohen Seitenblick zu. Er schien nach der ganzen unangenehmen Geschichte erfreut darüber, daß nun auch auf sie noch Unannehmlichkeiten warteten, und verließ unter Verbeugungen den Raum. Als die Tür sich hinter dem Arzt

geschlossen hatte, bedeutete Beaufort der Nonne mit einer Geste, ihm gegenüber Platz zu nehmen. Er stützte die Ellbogen auf die Armlehnen seines Faltstuhls, legte bedächtig die Fingerspitzen zusammen und musterte sie eine Weile stillschweigend. Sie hielt dem Blick gelassen stand, selbstbewußter als manche große Lords des Königreichs, die er mit demselben Blick bedacht hatte. Schließlich sagte er: »Das habt Ihr gut gemacht.«
Sie nahm das Lob mit einem Neigen des Kopfes entgegen und erwiderte: »Ich bezweifle, daß er so kooperativ gewesen wäre, wenn Ihr nicht zugegen gewesen wärt.«
»Und aus eben diesem Grund habt Ihr um meine Anwesenheit gebeten. Meinen Glückwunsch. Ihr scheint viele der Schwächen Eures Geschlechtes überwunden zu haben, selbst den Stolz, der sich sträuben könnte, sich meine Autorität über den Arzt zunutze zu machen. Ihr seid das Problem logisch und mit einer gewissen Kühnheit angegangen.«
Es interessierte ihn, wie sie darauf reagieren würde, aber sie schwieg längere Zeit, und er mußte feststellen, daß ihr Gesichtsausdruck, wie der von Thomas, nicht immer leicht zu deuten war. Schließlich erwiderte sie gelassen: »Ich habe nie bemerkt, daß Stolz einem der beiden Geschlechter eigentümlicher wäre als dem anderen, und, mit Verlaub, mir sind ebensoviele unlogische Männer wie Frauen begegnet. Wenn nicht mehr. Auch war ich niemals der Ansicht – trotz allem, was die Geschichten erzählen, und was Männer zu bewundern scheinen –, daß Kühnheit eine Tugend ist, wenn sie nicht klug eingesetzt wird.«
Sie sagte das so höflich und ohne jede Veränderung des Gesichtsausdrucks oder des Tonfalls, daß es eine Weile dauerte, bis Beaufort auffiel, daß sie sein Kompliment vollständig zurückgewiesen hatte. Trocken fragte er:

»Die Lehre Aquinas, daß die Frau dem Mann grundsätzlich unterlegen sei, sagt Euch also offensichtlich nicht zu?«

»Der heilige Thomas von Aquino bezieht sich auf die Schwäche ihrer Seele und ihres Leibes, die beide nicht an die Stärke des Mannes heranreichen. Aber wir sprachen von meinem *Verstand.* Der heilige Thomas sagt, wenn ich mich recht erinnere: ›So findet sich also im Menschen ein Abbild Gottes ... Dies Ebenbild Gottes ist beiden Geschlechtern gemeinsam, eben weil es sich im Geiste befindet, in dem keine geschlechtliche Unterscheidung in Betracht kommt.‹«

»Ihr seht Euch also als dem Mann ebenbürtig an.«

»Was meinen Wert in den Augen Gottes angeht, ja. Und zweifellos in meiner Fähigkeit, ihm zu dienen. Aber wir wurden von Gott als Gehilfin des Mannes geschaffen, heißt es in der Schöpfungsgeschichte. Das zumindest will ich nicht leugnen.« Unvermutet lächelte sie. »Aber dafür seid Ihr vielleicht bereit, das alte Sprichwort anzuerkennen, nach dem die Frau zuletzt geschaffen wurde, was sie zu Gottes Meisterstück macht.«

Beaufort lachte laut heraus. »Das war eine Angewohnheit von Thomas – eine Diskussion mit einem treffenden Scherz zu beenden.«

Auch Schwester Frevisses Stimme klang warm, als sie an den Mann dachte, den sie beide geliebt hatten. »Er war ein guter Lehrer.«

»Und trotz Eurer überdurchschnittlichen Gelehrsamkeit und Intelligenz wart Ihr bereit, Meister Broun die Lorbeeren für Eure Lösung des Problems ernten zu lassen.«

»Es gibt Tatsachen, die man akzeptieren muß. Ich habe gelernt, damit zu leben und es dennoch so gut zu machen, wie Gott es mir ermöglicht hat.«

»Mit Eurem gottgegebenen Verstand, der ebenso scharf ist wie der eines Mannes.«
Sie erwiderte seine Neckerei, indem sie mit scheinbarem Ernst sagte: »Oder schärfer. Aber ganz gleich, für wie klug wir beide mich halten mögen, der Crowner wird weit eher bereit sein, sich von Meister Broun anzuhören, wie Sir Clement starb, als von mir.«
Beaufort nickte zustimmend. »Also war Sir Clements Tod doch ein Unfall.«
»Nein. Meiner Ansicht nach war es Mord.«
»*Was?*« Sie hatten bisher mit leiser Stimme gesprochen. Sein lauter Ausruf ließ mehrere Schreiber von ihrer Arbeit aufblicken, und er senkte augenblicklich wieder die Stimme, ohne den Versuch zu machen, zu verbergen, daß sie ihn aus der Fassung gebracht hatte. »Erklärt Euch.«
»Sir Clement hat sehr wahrscheinlich von seinem Gebrechen gewußt. Ich habe von verschiedenen Leuten gehört, daß es Nahrungsmittel gab – oder ein bestimmtes Nahrungsmittel, ich muß noch genauer nachfragen, um das festzustellen –, das er nicht essen wollte. Er hat einen seiner Männer in die Küche geschickt, um in Erfahrung zu bringen, welche Speisen beim Leichenschmaus aufgetragen würden. Er wird gewußt haben, daß bestimmte Lebensmittel ihn krank machten, und hätte diese nie wissentlich zu sich genommen. Um was immer es sich handelte, es muß heimlich und vorsätzlich während des Festmahls in sein Essen gemischt worden sein.«
»Also ist Sir Philip möglicherweise doch schuldig.«
»Ich bin sicher, daß jemand einen Mord begangen hat. Ich bezweifle, daß Sir Philip es war.«
Beaufort zog die Augenbrauen hoch. »Wieso?«
»Weil er keine Gelegenheit dazu hatte. Bei diesem Gift-

mord muß etwas in Sir Clements Essen getan worden sein, nachdem es die Küche verlassen hatte. Soweit ich mich erinnere, hatte Sir Philip dazu keine Gelegenheit. Und er hat mir übrigens erzählt, daß er Dokumente besitzt, die die Ungültigkeit jedes Rechtsanspruchs beweisen, den Sir Clement möglicherweise auf ihn erhoben hätte. Also hatte er auch keinen Grund, ihn zu ermorden.«

»Ihr glaubtet ihm, als er Euch von diesen Dokumenten erzählte?«

»Es ist möglich, daß er gelogen hat, aber diese Lüge wäre sehr leicht als solche zu entlarven.«

»Und Sir Philip ist nicht dumm. Wenn allerdings die Dokumente doch nicht existieren, mag es eine Verzweiflungstat seinerseits gewesen sein. In diesem Fall könnte er sich mit jemandem zusammengetan haben, der besser in der Lage war als er, Sir Clement während des Leichenschmauses zu vergiften.«

»Die drei Personen, die am ehesten in Frage kommen und die Tat am leichtesten begangen haben können, sind Sir Clements Mündel, sein Vetter und sein Neffe. Sie alle hatten die Gelegenheit und reichlich Gründe, ob sie nun mit Sir Philip zusammen ein Mordkomplott geschmiedet haben oder nicht. Und der Bruder von Sir Philip, der Haushofmeister, kommt ebenfalls in Frage, wenn wir davon ausgehen, daß Sir Philip hinsichtlich der Dokumente gelogen haben könnte.«

»Und wie plant Ihr, festzustellen, wer von den dreien den Mord begangen hat, ob nun allein oder gemeinsam mit Sir Philip? Oder würdet Ihr die Angelegenheit lieber dem Crowner überlassen, der morgen hier eintreffen wird? Er wird sich anhören, was Ihr in Erfahrung gebracht habt und sicher guten Gebrauch davon machen.«

Sie zögerte und antwortete dann: »Ich kenne bereits einige Einzelheiten, um das Rätsel zu lösen, und ich glaube, zu wissen, wie ich auch den Rest in Erfahrung bringen kann. Wenn Ihr also erlaubt, würde ich gern weitermachen.«
Beaufort neigte ernst den Kopf. »Ihr habt meine Erlaubnis. Und wenn Ihr in dieser Sache meine Hilfe braucht, laßt es mich wissen.«

KAPITEL 16

Der Nachmittag verging langsam. Frevisse wollte noch einmal mit Guy und Lady Anne sprechen. Und auch mit Jevan. Er hatte am meisten von allen gewonnen: Er war von einem Onkel befreit, dessen Grausamkeiten er fast sein ganzes Leben lang hatte ertragen müssen. Aber er hatte auch am meisten verloren: seinen Lebensunterhalt und jede Hoffnung auf Lady Anne. Guy würde ihm beides nehmen. Frevisse wollte wissen, wie es Jevan ging und was er dachte, nicht nur, weil er mit dem Rätsel um Sir Clements Tod zu tun hatte, sondern weil er ein Freund von Robert war. Und Robert hatte sie gern, auch wenn sie einander noch so selten sahen.

Aber Pflichtgefühl und Zuneigung führten sie zunächst ins Schlafgemach ihrer Tante. Der Raum lag im Dunkeln, die Fensterläden waren geschlossen und die Bettvorhänge zugezogen. Als sie eintrat, bedeuteten ihr die Kammerzofen, die schweigend verschiedenen Pflichten nachgingen, leise zu sein. Alice saß am Fenster und winkte Frevisse zu sich heran. Sie hatte einen der Läden leicht geöffnet, so daß Licht auf das Buch in ihrer Hand fiel. Hinter den Bettvorhängen war das leise Schnaufen von Tante Matildas Atemzügen zu hören. Sie schlief fest.

»Vor einer Weile ist sie kurz aufgewacht«, flüsterte Alice, »und hat etwas Brühe und in Milch eingeweichtes Brot zu sich genommen.«

»Und du konntest sie überreden, danach weiterzuschlafen?«

Alice lächelte. »Ich habe sie nicht überredet. Ich habe ihr keine Wahl gelassen – sie hat ein Schlafmittel in ihren Wein bekommen. Meister Broun sagt, je länger sie jetzt schläft, desto besser ist es für sie.«

Darin zumindest war Frevisse einer Meinung mit ihm. »Was ist mit dir? Wenn du eine Weile hinausgehen möchtest, kann ich bei ihr wachen.«

Alice schüttelte den Kopf. »Ich möchte bei Mutter bleiben und beten. Es geht mir gut.«

Frevisse fiel plötzlich auf, daß sie selbst das Gebet den ganzen Tag über vernachlässigt hatte. Sie warf einen Blick auf das Buch ihrer Cousine und stellte fest, daß es sich um ein Gebetbuch handelte, aufgeschlagen bei den Psalmen. Die lateinischen Psalmen erinnerten sie an die Wicliffe-Bibel, die irgendwo bei ihren Sachen hier im Raum lag. Hastig verdrängte sie diesen Gedanken, der eine Mischung aus Schuld und Freude bei ihr auslöste, aus ihrem Kopf und fragte statt dessen: »Gibt es irgend etwas, das ich für dich erledigen kann?«

»Mutter macht sich Gedanken wegen Sir Clements Angehörigen. Sie möchte, daß jemand von uns ihnen formell unser Beileid ausspricht. Würdest du zu ihnen gehen und ihnen sagen, wie leid uns die Sache tut, und erklären, warum weder Mutter noch ich kommen können? Ich könnte ja William bitten, aber er würde nicht gehen. Er will nichts mehr mit Sir Clement oder seiner Familie zu tun haben.«

»Das übernehme ich gern.« Frevisse fügte nicht hinzu, daß sie sowieso vorgehabt hatte, Sir Clements Angehörigen einen Besuch abzustatten. »Obwohl ich fürchte, daß weder sie noch irgend jemand sonst vor Kummer überwältigt sind. Sir Clement war kein beliebter Mann.«

»Gott bewahre uns vor einem solchen Ende«, sagte Alice. »Es war furchtbar mitanzusehen, und der Gedanke ist schrecklich, daß er das Gericht selbst auf sich herabgerufen hat.«

Beide bekreuzigten sich. Dann bemerkte Frevisse, um Alices düstere Stimmung aufzuhellen: »Und doch hat er lange und hart auf sein Ende hingearbeitet und dabei sämtliche Mitmenschen gegen sich aufgebracht.«

»Das ist wahr«, bestätigte Alice mit einer Spur von Belustigung in der Stimme. »Es ist ihm sogar ohne größere Schwierigkeiten gelungen, in der kurzen Zeit zwischen Vaters Tod und seinem eigenen meinen Herrn Gemahl gegen sich aufzubringen.«

»Wie denn das?« fragte Frevisse überrascht.

»Indem er diesen Streit um ein Stück Land, den er mit Vater ausfocht, zur Sprache brachte. Sir Clement konnte nicht einmal warten, bis das Begräbnis vorbei war. William war wütend – wegen dieses ungehobelten Benehmens und weil die Anwaltshonorare sich ganz schön zusammengeläppert hätten, wenn er die Sache vor Gericht hätte austragen müssen. Selbst wenn absolut nichts dahintersteckt.«

»Ich bezweifle, daß es irgend jemanden gibt, dem es leid tut, daß er tot ist.«

»William bestimmt nicht. Morgen wird nun endlich der

Crowner eintreffen, wie ich höre, und dann ist die Sache ausgestanden. Ich hoffe doch, daß Sir Clements Angehörige mit dem Leichnam aufbrechen werden, sobald der Crowner es ihnen erlaubt?«

»Soweit ich weiß, ist das ihre Absicht.«

»Ich habe Meister Gallard aufgetragen, ihnen mitzuteilen, wir würden gern helfen, wo wir nur können.«

»Und du kannst jederzeit auch mich um Hilfe bitten. Ich wäre froh, wenn ich etwas für dich tun könnte.«

»Bete für uns«, sagte Alice lächelnd. »Das würde mir sicher am meisten helfen. Und sei meine Freundin«, fügte sie spontan hinzu, offensichtlich ebenso zu ihrer eigenen Überraschung wie zu Frevisses.

Frevisse lächelte zurück. Sie spürte eine wachsende Zuneigung zu dieser Cousine, die sie kaum kannte. »Du kannst dir meiner Gebete und meiner Freundschaft gewiß sein. Ich glaube, ich würde gern deine Freundin sein, da ich mich heutzutage ja nicht mehr ständig über dich ärgern muß«, fügte sie neckend hinzu.

»Du hast dich über mich geärgert? Wieso?« wollte Alice amüsiert wissen.

»Weil du stundenlang seelenruhig über deiner Stickerei oder irgendeiner anderen Arbeit, die deine Mutter dir gab, sitzen konntest. Du schienst immer sehr zufrieden mit dir zu sein, während ich mir ständig wünschte, ich wäre jemand anders oder könnte zumindest etwas anderes tun.«

»Aber wenn du gelesen hast, war das anders«, stellte Alice scharfsinnig fest.

»Wenn ich gelesen habe, war das anders«, bestätigte Frevisse, und beide lachten. Sofort wurden sie von Tante Matildas Kammerzofen zum Schweigen ermahnt. Sie zogen die Köpfe ein und kicherten hinter vorgehaltenen Händen weiter.

Dann gestand Alice im Flüsterton: »Ich habe mich auch oft über dich geärgert. Du warst anscheinend schon überall gewesen und hattest alles gesehen, und Vater schien es nie zu stören, daß du dich die ganze Zeit in der Bibliothek aufgehalten hast. Erst als du ins Kloster gingst, traute ich mich, nachdrücklich darauf zu bestehen, daß er auch mich seine Bücher lesen ließ.«
»Ich wußte überhaupt nicht, daß du dich für Bücher interessierst.«
»Das wurde ja auch nicht von mir erwartet. Ich war die Tochter meiner Mutter, und damit hatte es sich.«
»Aber du hast nicht zugelassen, daß es dabei blieb.«
»Nein«, sagte Alice fest. »Das habe ich nicht.«
Frevisses Lächeln wurde breiter. »Weißt du, ich glaube, wir könnten wirklich gute Freundinnen sein.«
Frevisse traf Lady Anne in ihrem Zimmer an, nur in Gesellschaft ihrer beiden Kammerzofen. Wie Alice saß sie am Fenster und hatte ein aufgeschlagenes Buch auf dem Schoß liegen, während ihre Zofen Kleidungsstücke in die Reisetruhe packten. Das kalte, graue Tageslicht gab der blonden Lieblichkeit Lady Annes einen aschgrauen Anstrich, der gleichzeitig ihr körperliches Befinden widerspiegelte. Schatten lagen unter ihren Augen, als hätte sie nicht so gut geschlafen, wie es wünschenswert gewesen wäre.
Beim Nähertreten stellte Frevisse überrascht fest, daß es sich bei dem Buch ebenfalls um ein Gebetbuch handelte, aufgeschlagen bei der Totenmesse. Lady Anne fing den Blick auf und deutete das Erstaunen darin richtig. »Ich habe mich gefragt, ob vielleicht doch noch Hoffnung besteht, daß Sir Clement das Seelenheil erlangt. Ich dachte darüber nach, wie unerfreulich es wäre, eines Tages möglicherweise auch im Fegfeuer anzukommen und feststellen zu müssen, daß er dort auf uns wartet.«

»Ich nehme an, daß Sir Clement, wenn er es tatsächlich bis ins Fegfeuer schafft, zu sehr mit seiner eigenen Erlösung beschäftigt sein wird, um Eure zu gefährden.«
Ihre Ironie war an Lady Anne verschwendet. Die junge Frau dachte ernsthaft über diesen Gesichtspunkt nach und antwortete dann: »Ich vermute, da habt Ihr recht.«
Sie schloß das Buch und warf es einer ihrer Kammerzofen zu. »Setzt Euch bitte, wenn Ihr mögt.«
Frevisse argwöhnte, daß Lady Annes Manieren sehr von ihrer Stimmung abhingen – und möglicherweise vom Rang ihres Gesprächspartners. Denn wie jung und verletzlich sie auch aussehen mochte, blaß und mit zarten Schatten unter den Augen, so besaß sie doch ganz offensichtlich einen harten Kern aus Eigensinn und Egoismus, und andere Menschen interessierten sie nur im Zusammenhang mit sich selbst.
Frevisse setzte sich, schob die Hände in die Ärmel und sagte versöhnlich: »Ich vertraue darauf, daß für uns alle Hoffnung besteht, das ewige Leben zu erlangen, selbst für jemanden, der scheinbar so ohne Barmherzigkeit war wie Sir Clement.«
»Nicht nur scheinbar. Er ergötzte sich förmlich an den Leiden anderer. Außerdem hätte Gott ihn nicht niedergestreckt, wenn er es nicht verdient hätte«, stellte Lady Anne sachlich und ohne besondere Gehässigkeit fest. Sir Clement war kein Problem mehr für sie, schon bald würde sie ihn ganz aus ihren Gedanken verbannt haben. Aber mit Rücksicht auf Frevisse fügte sie hinzu: »Obwohl wir natürlich das Beste für ihn hoffen sollten. Wahrscheinlich habt Ihr für ihn gebetet. Ihr habt ja Euer Leben dieser geistigen Wohltätigkeit geweiht.«
»Ich habe es Gott geweiht«, sagte Frevisse.
Lady Anne zog die feingezeichneten Augenbrauen zu einem niedlichen Stirnrunzeln zusammen. »Es muß

sehr sonderbar sein, sich selbst so vollständig aufzugeben. Ihr müßt der Priorin gehorchen, dem Abt, dem Bischof. Ich nehme an, Ihr müßt sogar auf den Papst hören. Ihr habt doch überhaupt kein eigenes Leben mehr!«

»Man gewöhnt sich daran«, entgegnete Frevisse. Das offene Unverständnis des Mädchens amüsierte sie. »Selbst an den Papst gewöhnt man sich. Das ist das Hauptproblem, wenn man verspricht, Gott zu gehorchen – es erfordert, daß man auch Menschen gehorchen muß, die nicht immer gottähnlich sind.«

»Vermutlich kommt Ihr dadurch eher in den Himmel«, bemerkte Lady Anne, allerdings mit spürbarem Zweifel in der Stimme. Offensichtlich war sie der Ansicht, daß sie selbst dieses Ziel auch ohne derartig viel Aufopferung und Verzicht erreichen würde. Außerdem begann das Gespräch sie zu langweilen. Sie zupfte mit ihren weißen Händen an ihren Röcken herum. Frevisse kam also zur Sache.

»Gräfin Alice, ihre Mutter und ihr Gatte schicken mich, um Euch unser tiefempfundenes Beileid auszusprechen und Euch zu versichern, daß die Familie Euch beistehen wird, so gut sie kann, während Ihr hier auf Ewelme weilt.«

Lady Anne wurde munter. »Wie freundlich von der Gräfin. Er ist ein wichtiger Mann bei Hofe, nicht wahr? Der Graf von Suffolk, meine ich. Und er ist viel charmanter als dieser gräßliche Bischof von Winchester.«

»Ich glaube schon«, sagte Frevisse unbestimmt.

»Habt Ihr zufällig schon gehört, wann der Crowner eintreffen wird? Dieses Warten ist so schrecklich ermüdend.«

»Morgen mit Sicherheit.«

»Und dann können wir nach Hause reisen und heiraten

und alles loswerden, was uns an Sir Clement erinnert! Ist das nicht großartig?«

»Mylady?« fragte Guy von der Tür her.

Die Kammerzofen erhoben sich von ihrer Arbeit und knicksten. Lady Anne sprang auf und rief fröhlich: »Schwester Frevisse ist gekommen, um uns im Namen der Familie ihr Beileid auszusprechen, und sie sagt, daß der Crowner ganz bestimmt morgen herkommen wird. Und dann können wir nach Hause gehen!«

»Wenn er seine Befragungen abgeschlossen hat«, erinnerte Frevisse sie.

Lady Anne machte eine wegwerfende Handbewegung. »Da gibt es keine Fragen. Sir Clement ist tot, und Gott hat es so gewollt. Wir alle haben es gesehen.«

Frevisse hatte sich erhoben, als Guy eingetreten war. Jetzt lächelte sie ihr bestes bescheidenes Nonnenlächeln und setzte sich wieder. Lady Anne warf ihr einen Blick zu, der ihr deutlich zeigen sollte, daß alle erfreut wären, wenn sie jetzt ginge, aber Frevisse tat so, als würde sie es nicht bemerken. Da den beiden also keine Wahl blieb, setzten sie sich zu ihr. Lady Annes Mißfallen war jedoch nicht zu übersehen. Frevisse lächelte und sagte: »Meine Cousine, die Gräfin von Suffolk, läßt ausrichten, wenn es irgend etwas gibt, das wir für Euch tun können, braucht Ihr es nur zu sagen.«

Wie sie erwartet hatte, brachte die Erwähnung ihrer Cousine Guy dazu, Frevisse etwas respektvoller zu behandeln. »Bitte dankt Ihrer Gnaden für ihre Freundlichkeit. Es geht uns sehr gut. In Anbetracht der Umstände«, fügte er hinzu, da ihm einfiel, daß er wenigstens anstandshalber etwas Trauer zeigen sollte. »Die Reisevorbereitungen sind abgeschlossen, wir sind bereit. Sobald der Crowner uns die Erlaubnis erteilt, können wir aufbrechen.«

Dem innigen Blick nach zu urteilen, den er und Lady Anne tauschten, hätte er jetzt ihre Hand ergriffen und mit ihr in Vorfreude geschwelgt – wenn nur Frevisse nicht dagewesen wäre.

Frevisse hätte die beiden nur zu gern diesem Vergnügen überlassen, aber es gab noch Fragen, die beantwortet werden mußten. »Gehört eigentlich aller Besitz von Sir Clement zum Fideikommiß, so daß er direkt an Euch übergeht, oder gibt es Bestimmungen in seinem Testament, die das Erbe schmälern?«

»Es gehört alles zum Fideikommiß«, sagte Guy fröhlich. »Er war so sehr damit beschäftigt, mit jedermann Streit anzufangen, daß er nicht dazu kam, seinen Besitz anders zu ordnen. Ich bekomme alles.«

»Aber gewiß hat er Vorsorge für Jevan Day getroffen, der außer Euch sein einziger Verwandter war. Das stimmt doch, oder?«

»Ja, das stimmt, aber er bekommt nichts. Sir Clement hat nie einen Zweifel daran gelassen.«

»Aber er hat ihm treu gedient, nach allem, was ich gehört und gesehen habe! Selbst beim Leichenschmaus durfte nur Jevan ihm aufwarten und niemand sonst, nicht wahr?«

»Richtig, nur der alte Jevan.«

»Den Wein hat aber jemand anders eingeschenkt«, warf Lady Anne ein.

»Ein Mundschenk, der für alle Gäste an diesem Teil der Tafel zuständig war«, erklärte Guy. »Aber die Speisen hat Jevan aufgetragen. Dienstbereit bis zum letzten, aber es wird ihm nichts nützen. Nein, ich erbe alles, und Jevan wird genau das bekommen, was er verdient hat in all diesen Jahren, wo er Sir Clements Stiefel geleckt hat.«

»Und außerdem die volle Bezahlung dafür, daß er es

geschafft hat, daß Sir Clement wütend auf dich war«, sagte Lady Anne. »Dieses schreckliche Marzipan.«
»Das außerdem«, bestätigte Guy.
»Das Marzipan?« fragte Frevisse. »Ihr habt schon einmal davon gesprochen, nicht wahr?«
»Jevan schlug vor, Guy solle Sir Clement Marzipan schenken, als der ihn bezüglich eines geeigneten Geschenks um Rat gefragt hat. Und von da an war Sir Clement immer grob und unverschämt zu Guy, nur deswegen.«
»Aber vielleicht hat Jevan es in aller Unschuld empfohlen. Vielleicht wußte er nicht, daß es Sir Clement wütend machen würde«, gab Frevisse zu bedenken.
»Ich bezweifle, daß mein Vetter je etwas in aller Unschuld tut. Er wollte anderen Ärger machen, genau wie Sir Clement. Es heißt doch ›Wer sich in einer Sache gleicht, tut es auch in anderen‹. Nun, die beiden ähnelten sich nicht nur im Aussehen.« Guy runzelte die Stirn. »Nein, wenn ich von Jevan erfahren habe, was ich über die Geschäfte meines Onkels wissen muß, jage ich ihn davon. Eine andere Möglichkeit gibt es nicht.«
Frevisse setzte eine nachdenkliche Miene auf. »Lady Anne und ich sprachen von Sir Clements Seelenheil, bevor Ihr kamt.« Guy unterdrückte ein unflätiges Geräusch. Frevisse tat so, als hätte sie es nicht gehört, und fuhr fort, als läge der Gedanke an Sir Clements Seelenheil ihr auf der Seele: »Ist es möglich, daß er vielleicht gar nicht so tief in Sünde verstrickt war, wie wir alle dachten? Hat er in letzter Zeit irgendwelche Anzeichen von Reue erkennen lassen?«
Lady Anne erwiderte: »Ich glaube, er war zuletzt etwas weniger streitsüchtig, aber das lag vermutlich einfach daran, daß er alt wurde und ihm die Kraft für langwierige Auseinandersetzungen fehlte.«

»Aber er war nicht krank? Ernsthaft krank?«
»Sir Clement?« höhnte Guy. »Der war nie krank. Nicht mal eine Erkältung im Winter. Den machte nichts krank.«
Frevisse sah Lady Anne an. »Könnt Ihr das bestätigen?«
»Oh, ja. Er war immer sehr um seine Gesundheit besorgt. Wollte dies nur essen, wenn es vollkommen frisch war, jenes rührte er gar nicht an, und das und das mußte genau so zubereitet werden, wie er es wollte. Aber krank, nein, krank war er nie.«
»Was aß er denn *nicht* gern?« bohrte Frevisse nach.
Lady Anne zuckte die Achseln. »Ach, alles, wogegen er gerade zufällig eine Abneigung gefaßt hatte. Heute liebte er ein Gericht, am nächsten Tag haßte er es. Es steckte weder Sinn noch Verstand dahinter.«
Guy nickte zustimmend. »Es war unmöglich, ihn zufriedenzustellen.«
Frevisse plauderte noch eine Weile höflich weiter, konnte aber weder Lady Anne noch Guy mehr nützliche Informationen entlocken. Sobald sie sich dessen sicher war, verabschiedete sie sich freundlich. Sie wollte sich gerade auf die Suche nach Jevan machen, als ihr auffiel, daß es schon später war, als sie gedacht hatte. Es war beinahe Zeit zum Nachtmahl, und die Höflichkeit gebot, daß sie im Wohngemach mit der Familie speiste. Also machte sie sich auf den Weg dorthin.
Tante Matilda wollte nicht zum Essen aufstehen. »Aber sie ist wach, und ich denke, es geht ihr besser«, sagte Alice. »Sir Philip wird eine Weile bei ihr bleiben, so daß ich zum Essen kommen konnte.«
Sie war gelassen, wirkte aber blaß und matt. Der Graf war bei Tisch sehr aufmerksam zu ihr. Er sorgte dafür, daß sie die besten und zartesten Bissen von jedem

Gericht bekam und bestand sanft darauf, daß sie mehr aß und trank, als sie sonst vielleicht getan hätte. Zum erstenmal sah Frevisse in der Freundlichkeit gegenüber ihrer Cousine eine Eigenschaft an ihm, die ihr gefiel. Da aber Bischof Beaufort in seinen eigenen Räumen speiste und Sir Philip Tante Matilda Gesellschaft leistete, hatte seine Aufmerksamkeit seiner Frau gegenüber zur Folge, daß es ihr und Schwester Perpetua überlassen blieb, höflich Konversation zu machen. Doch da sie die Sache, über die beide gern reden wollten, unmöglich hier ansprechen konnten, entstanden oft lange Gesprächspausen, in denen Frevisse ihren Gedanken nachhing.

Trotz all ihrer Fragerei besaß sie lediglich Bruchstücke an Erkenntnissen, wie die Scherben eines zerbrochenen Glasfensters, die sie einmal vor einer abgebrannten Kirche gesehen hatte. Splitter und Stücke bunten Glases hatten dort gelegen, und hier und da war ein Teil eines Gesichts zu erkennen gewesen oder die Falte eines Gewandes, die Blütenblätter einer Blume. Aber das meiste machte für sich genommen keinen Sinn. Es waren Stückchen, die nie Teil eines Ganzen gewesen zu sein schienen.

Und dennoch mußte es einen Weg geben, die Bruchstücke so zusammenzusetzen, daß sich ein Bild ergab. Sie wußte, daß Sir Clement gestorben war, weil er etwas gegessen hatte, das zwar Gift für ihn war, aber für niemanden sonst. Sie ahnte nicht, welche Speise es gewesen war und wieso er sie gegessen hatte, da er doch genau gewußt zu haben schien, welche Lebensmittel ihm gefährlich werden konnten. Sie hatte keine Ahnung, wer sie ihm verabreicht hatte oder warum derjenige es getan hatte. Das Warum war allerdings das geringste Problem, es gab mehr als genug Leute, die allen Grund hatten, Sir Clement bis auf den Tod zu hassen. Aber wer von ihnen hatte gewußt, was genau Sir Clement töten würde? Und wie hatte derjenige es beim Leichenschmaus seinem Essen zufügen können? Guy, Lady Anne und Jevan waren diejenigen, die am ehesten dazu in der Lage gewesen wären, und alle drei hatten guten Grund dazu gehabt. Offensichtlich wußten aber weder Guy noch Lady Anne, daß es ein Nahrungsmittel gab, das für Sir Clement tödlich war. Oder sie täuschten ihre Unwissenheit nur vor. Wenn das jedoch nicht der Fall war, blieb nur Jevan übrig. Er aber hatte durch Sir Clements Tod am meisten zu verlieren und würde ihn vermutlich am wenigsten gewünscht haben.

Ihr wurde klar, daß Schwester Perpetua im Bestreben, wenigstens den Anschein guter Tischsitten zu wahren, etwas zu ihr gesagt und sie selbst mit dem Kopf genickt hatte, als hätte sie zugehört. Erst im Nachhinein drang jetzt in ihr Bewußtsein, worüber ihre Mitschwester sprach, und Frevisse unterbrach sie scharf. »Wie bitte?«

Schwester Perpetua hielt inne, leicht erstaunt über den schroffen Ton, und wiederholte dann geduldig: »Ich sagte, daß es mir leid tut, daß Ihr heute nachmittag später als nötig in Erfahrung gebracht habt, was es mit dem Gift auf sich hatte, weil ich nicht in der Bibliothek blieb.«

»Das macht gar nichts«, versicherte Frevisse. »Aber was sagtet Ihr, warum Ihr gegangen seid?«

»Weil jemand in die Bibliothek kam, um mit Sir Philip zu sprechen.«

»Und wer?«

»Na, Sir Clements Neffe. Der, der ihm so ähnlich sieht. Er schien Sorgen zu haben, vielleicht war er auch nur müde, jedenfalls wollte er allein mit Sir Philip sprechen. Ich dachte, es wäre besser, wenn ich gehe, also habe ich mich auf die Suche nach Euch gemacht, mit dem Galen in der Hand.«

»Und er blieb, um mit Sir Philip zu reden?«

»Deshalb war er ja gekommen«, erklärte Schwester Perpetua geduldig.

Sir Philip hatte also mit Jevan gesprochen, kurz bevor sie selbst in die Bibliothek gekommen war, aber er hatte kein Wort darüber verloren. Warum sollte er auch? fragte sie sich. Doch prompt kam ihr die Gegenfrage in den Sinn: Warum hatte er es verschwiegen? Nachdem sie ihm gesagt hatte, was sie auf Geheiß von Bischof Beaufort tun sollte, mußte er doch wissen, daß sie an jeder Einzelheit über jeden interessiert war, der sich in Sir Clements Nähe befunden hatte!

Das Mahl war beendet. Alice und Suffolk erhoben sich, und die Diener warteten darauf, das Geschirr abtragen und die Tische wegräumen zu können. Auch Frevisse und Schwester Perpetua standen auf. Frevisse sagte: »Wenn Ihr uns entschuldigen würdet. Wir wollen in der Kapelle die Vesper feiern, zum Ausgleich für die in den letzten Tagen doch arg vernachlässigten Stundengebete.«

Dagegen konnte niemand etwas einwenden, außer vielleicht Schwester Perpetua, die jetzt zum erstenmal davon hörte. Aber bewunderswerterweise schwieg sie, knickste und folgte Frevisse aus dem Raum. Erst auf der Treppe, die zum Saal hinunterführte, sagte sie: »Das war eine gute Idee, Schwester. Aber was habt Ihr sonst noch vor?«

»Ich weiß es nicht genau«, erwiderte Frevisse. »Aber ich kann nicht einfach sitzenbleiben und nichts tun.«

»Mir scheint, daß Ihr heute schon eine ganze Menge getan habt.«

»Mag sein, aber das wird uns nichts nützen, wenn ich nicht die Antworten finde, die allem einen Sinn geben.«

»Vielleicht würde Euch das morgen in ausgeruhtem Zustand leichterfallen.«

»Vielleicht«, stimmte Frevisse zu und ging weiter. Mit einem Seufzer folgte ihr Schwester Perpetua.

Im Saal waren die Bediensteten gerade dabei, die Spuren des Nachtmahls zu beseitigen. Frevisse entdeckte Lady Anne und Guy, Sir Ralph, Sir Edward und Lady Eleanor, die gemeinsam vor dem Kamin standen. Sie richtete ihre Aufmerksamkeit jedoch auf Meister Gallard. Er war damit beschäftigt, die Diener anzuweisen, wie sie die Binsen auf dem Fußboden richten sollten, die durch Tischbeine und die Füße der Gäste in Unordnung gebracht worden waren. Trotz aller scheinbaren Nervosität erledigte er diese Aufgabe ebenso kompetent und zügig wie alles andere in den letzten Tagen. Aber selbst jetzt, da sie wußte, daß er Sir Philips Bruder war, konnte Frevisse keine Familienähnlichkeit feststellen, weder im Aussehen noch im Verhalten.

Meister Gallard sah sie, bevor sie sich abwenden konnte, eilte zu ihr herüber, machte seine eifrige, ruckartige Verbeugung und fragte: »Kann ich Euch irgendwie behilflich sein? Wie geht es der Herrin? Besser, hoffe ich. Die letzten Tage waren sehr schwer für sie, die Arme.«

»Sie schläft viel, und das ist im Augenblick das Beste für sie.«

»Ganz gewiß. Aber gibt es irgend etwas, das ich für Euch tun kann?«

Frevisse hatte eigentlich vorgehabt, Guy und Lady Anne zu fragen, wo Jevan sein mochte, da er sich nicht im Saal befand, aber nun fragte sie den Haushofmeister: »Ich bin auf der Suche nach Jevan Day.«

Meister Gallard schürzte nachdenklich die Lippen und antwortete dann: »Ich glaube, ich habe ihn vor dem Nachtmahl zur Kapelle gehen sehen. Er ist nicht zum Essen gekommen, wißt Ihr. Dabei sollte er etwas essen, er ist viel zu mager. Wenn er nicht noch irgendwo anders hingegangen ist, hält er sich sicherlich in der Kapelle auf.«

»Euch entgeht nicht viel, nicht wahr, Meister Gallard?« Frevisse sagte es anerkennend, und er nahm es als Kompliment. »Ich gebe mir Mühe, die Übersicht zu behalten.«

»Ich wußte gar nicht, daß Ihr Sir Philips Bruder seid.« Meister Gallard sah erstaunt aus. »Das ist ja auch nicht besonders wichtig. Und wir sehen uns nicht sehr ähnlich, nicht wahr?«

»Aber Ihr seid froh, eine Weile im gleichen Haushalt dienen zu können?«

»Ganz bestimmt. Wir waren viele Jahre voneinander getrennt, aber wir mögen uns sehr. Es tut gut, zusammenzusein, solange wir können, bis –« Er schnappte nach Luft und unterbrach sich, als hätte er beinahe eine Indiskretion begangen.

»Bis Bischof Beaufort ihn in seine Dienste nimmt«, beendete Frevisse den Satz für ihn.

Meister Gallard sah erleichtert aus. »Ihr wißt also von seinen Aussichten? Ja, er hat gute Chancen. Und das ist nur gerecht. Er ist sehr klug.«

»Und ehrgeizig?« Sie machte die Bemerkung zu einem freundlichen Scherz, als wüßten sie es beide und hießen es gut.

Meister Gallard wippte auf und ab, während er spitzbübisch antwortete: »In gewissen Grenzen ist das doch sicher sein gutes Recht.«

»War er nicht besorgt wegen Sir Clements beharrlicher

Behauptung, er könne beweisen, daß Ihr nicht freigeboren seid?«

»Das war alles Unsinn. Unsinnig wie Taubenfallen im Wasser.« Meister Gallard wedelte lässig mit den Händen. »Es gibt Papiere. Philip besitzt sie. Sir Clement hatte keinen Rechtsanspruch auf uns, nicht einmal auf mich. Philip wäre in jedem Fall sicher gewesen, er ist schließlich Priester, aber ich hätte keinerlei Schutz gehabt. Könnt Ihr Euch vorstellen, daß ich in einem Dorf lebe und Tagelöhnerarbeiten für jedermann verrichte? Aber es steckte nichts dahinter. Sir Clement war ein abscheulicher Mensch, das ist alles.«

»Aber Ihr seid trotzdem nicht traurig darüber, daß er tot ist.«

»Niemand ist traurig darüber, fürchte ich.« Meister Gallard senkte die Stimme, um den feierlichen Ernst seiner Antwort zu unterstreichen. »Und kaum jemand tut auch nur so, als sei er es. Obwohl wir uns nach einem Todesfall wie diesem alle überlegen sollten, wie wir in Gottes Augen dastehen, und versuchen sollten, uns zu bessern.«

»Ihr wart im Saal, als es passierte?« Frevisse konnte sich nicht erinnern, ob sie ihn gesehen hatte oder nicht.

»Nein, nein. Meine Füße, wißt Ihr« – Meister Gallard wippte leicht auf und ab – »meine Füße tun mir weh, wenn ich zu lange auf den Beinen bin oder lange stehen muß. Sie sind sehr empfindlich, und als wir das Begräbnis hinter uns hatten und alle Trauergäste auf ihren Plätzen saßen, mußte auch ich mich unbedingt hinsetzen. Ich saß in der Küche, wo ich trotzdem ein Auge auf alles haben konnte, falls ich gebraucht wurde. Aber als der Lärm wegen Sir Clement losging, brauchte ich zu lange, um in den Saal zu kommen, die Diener standen ja alle im Weg, und so sah ich nur noch, wie er hinausgeführt wurde. Aber nachher gab es Gerede. Jede Menge Gerede. Eine schreckliche Sache, ganz schrecklich. Ihr habt Euch doch hoffentlich von dem Schock erholt, es mitansehen zu müssen, meine Damen?«

»Oh ja, das haben wir«, versicherte Frevisse ihm. »Wenn Ihr uns jetzt bitte entschuldigen würdet?«

Meister Gallard beteuerte, das er das gern tun würde, und während er noch dabei war, befreite Frevisse sich gewandt von dem redseligen Haushofmeister, und sie und Schwester Perpetua gingen davon.

»Hat dieses Gespräch irgendeine nützliche Information gebracht?« fragte Schwester Perpetua, sobald sie außer Hörweite waren.

»Wir haben immerhin erfahren, daß Meister Gallard Sir Philips Geschichte bestätigt, nach der Sir Clement keine Bedrohung für die Brüder war. Noch besser wäre gewesen, wenn er gesagt hätte, daß er diese Papiere selbst gesehen hat. Bis jetzt habe ich nur Sir Philips Wort dafür, daß sie existieren.«

»Und Ihr konntet schlecht Meister Gallard direkt fragen.«

»Richtig. Das muß ich dem Crowner überlassen. Er hat das Recht, Fragen zu stellen und Antworten zu erwarten, während mich jeder für unverschämt halten und stehenlassen kann. Aber ich habe auch erfahren, daß Meister Gallard in der Küche war und folglich Gelegenheit hatte, etwas in Sir Clements Essen zu tun.«

Eine Information, die nutzlos war, wenn sie nicht beweisen konnte, daß er gewußt hatte, welche Platten und Schüsseln Jevan nehmen und Sir Clement servieren würde.

Die Kapelle sah genauso aus wie an jenem ersten Abend, als Frevisse gekommen war, um neben Chaucers Leich-

nam zu beten, nur daß diesmal weniger Kerzen um die Bahre herum brannten und lediglich zwei Männer neben dem Sarg knieten. Einer davon war Jevan.
Frevisse wollte ihn nicht beim Gebet stören. Sie bedeutete Schwester Perpetua, ihr ans andere Ende der Kapelle zu folgen. Beim Licht einer einzigen Kerze, die Köpfe dicht über Schwester Perpetuas Gebetbuch gebeugt, beteten sie dort flüsternd die Psalmen der Vesper. Als sie fertig waren, blickte Schwester Perpetua fragend von Frevisse zu Jevans Rücken. Frevisse zuckte die Achseln. Sie wußte auch nicht, was sie tun sollten, außer warten und hoffen, daß es nicht allzu lange dauern würde. Was es nicht tat. Die Kälte in der Kapelle fing gerade erst an, unangenehm zu werden, als Jevan sich steif aufrichtete und dann langsam aufstand. Während er sich vor dem Altar verbeugte, ging Frevisse nach vorn, und als er sich umdrehte, stand sie bereits neben ihm.
»Meister Jevan.«
»Schwester Frevisse.« Er verbeugte sich wieder. Er war sehr müde, das konnte man an seinem Gesicht und seiner Haltung erkennen.
»Ich muß mit Euch reden.« Sie wies auf die Kapellentür, und er folgte ihr in die Vorhalle.
Aber als sie stehenblieb, sagte er: »Ich habe Pflichten, die mich dringend rufen.«
»Ich werde Euch nicht lange aufhalten. Meine Cousine, Gräfin Alice, hat mich gebeten, Sir Clements Angehörigen an ihrer Stelle ihr Beileid auszudrücken, da sie zur Zeit ihre Mutter pflegt. Falls Ihr während Eures Aufenthaltes auf Ewelme irgend etwas brauchen solltet, solltet Ihr es nur sagen.«
»Das ist sehr freundlich von der Gräfin. Ich hoffe, Mistress Chaucer ist nicht schwer erkrankt?«
»Sie ist nicht richtig krank, nur erschöpft von dem Ver-

such, alles tapfer durchzustehen.«
»Dann wird es ihr hoffentlich bald bessergehen.«
»Wir rechnen fest damit.«
»Das ist schön.« Mit diesen Worten betrachtete Jevan die Unterhaltung offensichtlich als beendet. Er machte Anstalten, sich zum Abschied zu verbeugen. Frevisse kam ihm jedoch zuvor und sagte: »Ich habe vieles über Euren Onkel gehört. Es ist Euch hoch anzurechnen, daß Ihr für ihn betet.«
Eine stumpfe Röte breitete sich auf Jevans Gesicht aus. Aber er erwiderte lediglich: »Irgend jemand muß doch für ihn beten, und wer wäre besser dazu geeignet als ich?«
»Dennoch, er war kein Mann, mit dem man leicht auskommen konnte. Niemandem scheint es leid zu tun, daß er tot ist. Oder tut es Euch leid?«
»Nicht im geringsten.« Die Antwort kam entschieden und ehrlich. »Jeder, der mit ihm zu tun hatte, ist jetzt besser dran.«
»Besonders Guy und Lady Anne.«
Jevan biß die Zähne zusammen, versuchte aber ansonsten, sich zu beherrschen. »Sie haben nun, was sie ersehnten, und Gott schenke ihnen Freude.«
»Und Ihr? Was werdet Ihr tun? Bleiben und Guy dienen? Wie ich höre, habt Ihr Sir Clement unschätzbare Dienste geleistet.«
»Ich war sein Arbeitstier«, sagte Jevan.
»Ihr hättet ihn verlassen und woanders Arbeit suchen können.«
Jevan schüttelte den Kopf. »Das hat er mir unmöglich gemacht. Einmal habe ich es versucht. Ich nahm eine Arbeit als Wollpacker bei einem der Kaufleute an, die unsere Wolle aufkaufen. Sir Clement spürte mich auf, und von da an hatten weder ich noch der Händler eine

Minute Ruhe. Der Mann war schließlich gezwungen, mich gehen zu lassen, sonst wäre er Sir Clement nie losgeworden. Mein Onkel sagte, er würde immer wieder so handeln, sooft ich wegzugehen versuchte.«

»Zumindest wird Guy ein weniger gestrenger Herr sein.«

»Guy wird mich bei der erstbesten Gelegenheit davonjagen, ohne mir mehr als einen Fluch mitzugeben. Wir mögen einander nicht sehr.«

»Die Sache mit dem Marzipan trägt er Euch immer noch nach.«

Kurz huschte ein Ausdruck der Befriedigung über Jevans Gesicht. »Jedes Stück war mit einer Walnußhälfte verziert. Sir Clement war kurz davor, buchstäblich vor Wut zu schäumen, als er das sah. Er hat Guy nie vergeben. Jedesmal, wenn er Guy danach zu Gesicht bekam, ließ er es ihn spüren.«

Frevisse fragte im Plauderton, als triebe lediglich weibliche Neugier sie dazu: »Aber warum denn?«

Jevans Gesicht zeigte bereits wieder den üblichen trüben Ausdruck. »Walnüsse machten Sir Clement krank. Guy wußte das nicht.«

»Aber nach der Sache mit dem Marzipan wußten es wahrscheinlich alle ringsum«, sagte Frevisse, die sich gut an Sir Clements lautstarke Wutausbrüche erinnerte.

»Garantiert«, bestätigte Jevan grimmig.

Frevisse konnte ihre Befriedigung darüber, endlich eine Antwort auf eine ihrer Fragen bekommen zu haben, kaum unterdrücken. Scheinbar anteilnehmend sagte sie: »Sir Clement hatte einen empfindlichen Magen, wie ich hörte. Die Milch mußte frisch sein. Der Becher durfte nicht aus Zinn sein. Er mochte keine Nüsse. Das hat der Koch mir erzählt. War das alles nur Schikane, oder machte irgend etwas davon ihn wirklich krank?«

»Einiges ja, wenn auch nicht so vieles, wie er vorgab. Walnüsse machten ihn krank. Selbst wenn er sie nur anfaßte –« Jevan unterbrach sich mit einem Kopfschütteln. »Mylady, ich spreche nicht gern über ihn, und ich habe noch einiges zu erledigen. Bitte entschuldigt mich jetzt.«
»Ich bitte um Verzeihung. Gewiß. Ich finde oft kein Ende, wenn ich einmal angefangen habe, zu plaudern«, sagte Frevisse. »Vielen Dank für Eure Freundlichkeit. Und denkt an das Angebot meiner Cousine. Wenn Ihr noch irgend etwas brauchen solltet, solange Ihr auf Ewelme seid ...«
Jevan hatte sich entfernt, noch ehe sie zu Ende gesprochen hatte. Ihre Stimme verlor sich, und Frevisse stand da und blickte nachdenklich ins Leere.

KAPITEL 17

Über Nacht hatte Rauhreif die Welt weiß werden lassen – Gras, Bäume und Dächer waren von winzigen Stacheln überzogen. Auf den schwarzen Wassern des Wallgrabens hatte sich Eis gebildet. Ein leichter Dunstschleier lag über der Natur. Die Kälte, die gestern vor den Fenstern gelauert hatte, drang heute tief ins Zimmer vor. Die Wärme des Feuers, das im Kamin des Wohngemachs prasselte, war eine Armeslänge von den Flammen entfernt schon kaum mehr spürbar.

Beaufort, warm eingehüllt in seine üppigen Gewänder aus feinster Wolle und prachtvollen Pelzen, hatte sich am anderen Ende des Raumes niedergelassen, von wo er jeden der eintretenden Gäste im Auge hatte. Und nachdem sie ihn begrüßt, respektvoll seinen bischöflichen Ring geküßt und sich wieder entfernt hatten, konnte er sie beobachten, während sie sich miteinander unterhielten.

Schwester Frevisse war gestern abend noch zu ihm gekommen und hatte ihn gebeten, diese Zusammenkunft zu arrangieren. Und zwar unter dem Vorwand, Gräfin Alice wünsche, Sir Clements Angehörigen und den drei übriggebliebenen Trauergästen den unfreiwillig verlängerten Aufenthalt auf Ewelme etwas angenehmer zu gestalten. Daraufhin hatte Beaufort Schwester Frevisse gefragt, ob sie es nicht vielleicht vorziehen würde, die Angelegenheit jetzt dem Crowner zu übergeben. »Meister Geoffrey ist ein fähiger Mann. Er wird guten Gebrauch von dem machen, was Ihr in der Hand habt, und Euch dankbar sein. Ihr habt genug getan, und ich danke Euch ebenfalls«, hatte er gesagt.

Sie hatte respektvoll den Kopf geneigt, aber erwidert: »Wenn Ihr gestattet, würde ich diese Sache gern zu Ende bringen.«

»Und Ihr denkt, das könnt Ihr, indem Ihr sie alle zusammenbringt?«

»Ohne daß sie etwas ahnen. Ja, ich denke schon.«

Er hätte verschiedene Einwände erheben können, er hätte schlichtweg die Erlaubnis verweigern können, aber die Zielstrebigkeit und Klugheit, die diese Nonne bislang bewiesen hatte, amüsierte und interessierte ihn. Er wollte wissen, was sie noch zuwegebringen konnte, und so hatte er sich Gräfin Alices Zustimmung gesichert, ohne ihr zu erklären, weshalb er diesen Gefallen von ihr erbat.

Und nun waren sie alle hier versammelt. Schwester Frevisse saß still neben der anderen Nonne in einer Ecke, die beiden hatten sich zurückgezogen in die Anonymität von Ordensgewand und Nonnenschleier. Beaufort warf ihnen nur gelegentlich einen flüchtigen Blick zu, aber er schätzte, daß Schwester Frevisse die Anwesenden ebenso scharf beobachtete wie er selbst. Dabei wußte sie mehr über diese Leute als Beaufort, denn sie hatte weder ausführlich erzählt, was sie mittlerweile erfahren hatte, noch hatte sie erklärt, was sie an diesem Vormittag zu tun beabsichtigte. Bei aller Bewunderung ihrer Intelligenz und ihrer Willenskraft fand Beaufort sie doch etwas beunruhigend. Genauso war es ihm stets mit Thomas ergangen.

Die beiden Ritter und die Dame unterhielten sich mit Suffolk. Beaufort schenkte ihnen nur geringe Beachtung, er nahm an, daß Schwester Frevisse weder die drei noch Suffolk verdächtigte.

Gräfin Alice, deren Hellhäutigkeit durch die schwarze Trauerkleidung angenehm unterstrichen wurde, stand neben Lady Anne. Sie hatten die Köpfe zusammengesteckt. Das Mädchen lauschte mit großen Augen dem, was die Gräfin zu sagen hatte, und nickte gelegentlich. Ein hübsches Kind, aber das rührte Beaufort nicht besonders. Schönheit war allzu vergänglich, und die von Lady Anne würde wahrscheinlich ihre Jugend nicht überdauern, eine Tatsache, die dem jungen Narren, der sie heiraten wollte, zweifellos entgangen war. Er stand an ihrer Seite, offensichtlich stolz darauf, daß sie jetzt sein war.

Der Neffe, der von Sir Clements Tod überhaupt nicht profitierte, stand etwas abseits, fiel Beaufort auf. Er hielt einen Becher voll heißem, gewürztem Wein in der Hand, den die Diener anboten, und sah mal hierhin, mal dorthin, während die Gespräche um ihn herum weitergingen. Es war ein Jammer, daß er seinem Onkel so ähnlich sah. Das allein würde reichen, die Leute gegen ihn einzunehmen. Obwohl er gleichzeitig auch seiner Mutter ähnelte. Beaufort hatte sie flüchtig gekannt. Wie eine Frau mit einem Pferdegesicht, deren Naturell sehr dem ihres Bruders glich, es geschafft hatte, eine Liebesheirat einzugehen, überstieg Beauforts Begriffsvermögen. Aber sie hatte es getan und damit am Ende das Leben ihres Sohnes gründlich ruiniert. Das einzig Positive, das der junge Day aus dem Trümmerhaufen, den andere aus seinem Leben gemacht hatten, gewonnen hatte, war eine offensichtliche Leidenschaftslosigkeit.

Gemütsruhe konnte dem Haushofmeister wiederum nicht nachgesagt werden. Er stand bei der Tür und gab den Dienern hektisch Anweisungen. Warum hatte Matilda bloß ein solches Geschöpf zum Haushofmeister gemacht?

Matilda selbst war nicht hier. Sie hatte keine Anstalten gemacht, das Bett zu verlassen, und niemand hatte versucht, sie dazu zu überreden.

Sir Philip betrat den Raum hinter einem Diener, der eine Platte mit kleinen Kuchen trug. Wenn die Zusammenkunft sonst nichts einbrachte, so würden sie zumindest gut gegessen haben. Schwester Frevisse schien gestern nachmittag noch ganz sicher gewesen zu sein, daß Sir Philip nichts mit dem Mord zu tun hatte. Gestern abend hatte sie allerdings weit weniger sicher gewirkt, zu Beauforts heimlichem Ärger. Sir Philip war ein kluger und potentiell nützlicher Mann, den Beaufort nur ungern verlieren würde.

Beaufort beobachtete, wie der Priester bei dem jungen Day stehenblieb und leise einige Worte an ihn richtete, bevor er zu seinem Bischof kam und sich tief vor ihm verneigte. Beaufort nahm die Reverenz zurückhaltend entgegen. Er warf über die Schulter des Priesters hinweg einen Blick auf Day. Der Gesichtsausdruck des jungen Mannes hatte sich nicht verändert. Was immer Sir Philip zu ihm gesagt haben mochte, der junge Mann hatte nicht darauf reagiert, nicht einmal genickt

oder geantwortet. Er hatte lediglich einen der kleinen Kuchen genommen, die ein Diener ihm anbot – die abwesende Geste eines Menschen, der hofft, in Ruhe gelassen zu werden.
Nach dem Eintreffen von Sir Philip waren alle versammelt, die erwartet wurden. Beaufort sah Schwester Frevisse an. Sie hob den Kopf, erwiderte den Blick und deutete mit einem Senken der Lider an, daß sie bereit war. Beaufort, der hoffte, daß sie wirklich wußte, was sie tat, erhob sich.
Die Aufmerksamkeit aller Anwesenden richtete sich auf ihn, und die Gespräche verstummten. Er wartete, bis es völlig still im Raum war, ja, verlängerte das Schweigen noch ein wenig und sagte dann: »Ihr habt Euch vermutlich nicht gefragt, warum Ihr alle hierher gebeten worden seid. Ihr dachtet, es sei lediglich ein Akt der Höflichkeit. Aber das war nicht der einzige Grund. Bitte hört jetzt zu, was Schwester Frevisse zu sagen hat.«
Beaufort setzte sich wieder, und alle Blicke richteten sich auf Schwester Frevisse. Sie erhob sich ihrerseits, die Hände in die Ärmel geschoben und mit mildem Gesichtsausdruck. Mit klarer Stimme wandte sie sich dann an alle Anwesenden. »Seine Eminenz der Kardinal, der Bischof von Winchester, war vom ersten Augenblick an davon überzeugt, daß Sir Clement nicht durch Gottes Hand starb, sondern ermordet wurde.«
Bestürzung und Erstaunen malten sich auf jedem Gesicht, wenn auch in unterschiedlichem Ausmaß, aber Schwester Frevisse sprach gelassen weiter, und niemand unterbrach sie.
»Er bat mich, herauszufinden, wie Sir Clement starb und wer ihn tötete. Ich habe vieles erfahren, wenn auch in mancher Hinsicht nicht genug. Sehr viele Leute moch-

ten Sir Clement nicht, manche haßten ihn, hassen ihn wahrscheinlich noch jetzt. Aber nur wenige hatten die Gelegenheit, während des Leichenschmauses einen Anschlag auf sein Leben zu verüben. Sie alle befinden sich jetzt hier im Raum.«

Während die übrigen sich mit wachsender Besorgnis gegenseitig verstohlen ansahen, trat Suffolk ungestüm einen Schritt vor und fragte mit schneidender und entrüsteter Stimme: »Wollt Ihr damit sagen, daß Ihr einen von uns beschuldigt, Sir Clement ermordet zu haben?«

»Ja.«

Suffolk öffnete den Mund zu einer Entgegnung, aber Beaufort hob gelassen die Finger seiner rechten Hand von der Armlehne, und Suffolk verstummte. Schwester Frevisse fuhr fort: »Es mußte jemand sein, der von Sir Clements Vorliebe wußte, Gott aufzufordern, ihn zu richten. Aber es mußte auch jemand sein, der in der Lage war, ihn während des Festmahls zu vergiften.«

Das Wort »Gift« lief flüsternd wie eine Welle durch den Raum. Schwester Frevisses Blick glitt unparteiisch über die Anwesenden, registrierte den Ausdruck auf jedem Gesicht. Beaufort konnte nicht erkennen, ob er bei einem länger verweilte als bei den anderen. »Ich zog zunächst die Möglichkeit in Betracht, daß er beim Festmahl entweder erkrankte oder aber tatsächlich von Gott berührt wurde und erst später vergiftet worden ist. In dem Raum, in den er gebracht wurde, um sich zu erholen. Aber nach dem, was ich erfahren habe, wurde er eindeutig während des Leichenschmauses vergiftet, vor unser aller Augen. Und zwar von jemandem, der in der Lage war, die Tatsache auszunutzen, daß Sir Clement zweifelsfrei irgendwann aufspringen und Gottes Richterspruch fordern würde. Von jemandem, der von einem Gift wußte, das nur Sir Clement schadete und niemandem sonst, auch wenn alle von demselben Gericht aßen.«

»Was für ein Unfug!« rief Suffolk aus. »Ein solches Gift gibt es nicht!«

»Doch«, warf Beaufort ein. »Wir haben das Wort einer anerkannten Autorität dafür. Und ich ermächtige Schwester Frevisse mit *meiner* Autorität, fortzufahren.«

Sie tauschten einen Blick, und Schwester Frevisse sagte: »Für viele Menschen war Sir Clement lediglich ein Ärgernis. Man ertrug ihn, wenn man ihm nicht aus dem Weg gehen konnte. Aber für andere war er eine tatsächliche Gefahr. Sir Philip –« Verblüffte Blicke richteten sich auf den Priester. Er begegnete ihnen mit einem leichten Neigen des Kopfes und einer gelassenen Miene. »– sah sich bedroht durch Sir Clements Behauptung, daß er unfrei geboren sei. Ebenso sein Bruder, Meister Gallard. Während jedoch Sir Philip keine Möglichkeit gehabt zu haben scheint, während des Leichenschmauses an Sir Clements Essen zu gelangen, hatte Meister Gallard sie ohne Zweifel.«

Meister Gallard, der neben der Tür stand, starrte sie fassungslos an und richtete dann den entsetzten Blick auf seinen Bruder. Sein Mund arbeitete, aber die Proteste blieben unausgesprochen.

»Dann ist da Jevan Day, der Sir Clement während des gesamten Festes aufwartete. Jedes Gericht, von dem Sir Clement aß, hat er hereingetragen. Und er hat ihn wahrscheinlich mehr gehaßt als irgend jemand sonst.«

Jevan begegnete den Blicken, die sich jetzt auf ihn richteten, mit derselben Leidenschaftslosigkeit, die er zuvor gezeigt hatte.

»Lady Anne, die beim Leichenschmaus neben Sir Clement saß, hätte leicht in jedes Gericht etwas hineinmischen können, sobald es aufgetragen worden war. Oder in den Weinbecher, aus dem sie beide tranken. Sie haßte und verabscheute Sir Clement –«

»Und tut es noch«, zischte Lady Anne böse. Guy griff nach ihrer Hand, um sie zum Schweigen zu bringen, aber sie fuhr fort: »Ich hoffe, daß er in der tiefsten Hölle schmort!«

»Dem mag sein, wie es will«, sagte Beaufort. »Aber das steht hier nicht zur Debatte.«

Schwester Frevisse fuhr gnadenlos fort: »Wenn Lady Anne einen anderen Mann geheiratet hätte als den, den Sir Clement ihr bestimmte, hätte er sie finanziell ruinieren können, solange sie sein Mündel war. Er hätte ihr vermutlich alle Bußgelder abgefordert, die das Gesetz in einem solchen Fall vorsieht. Schlimmer noch, wenn Sir Clement sie gezwungen hätte, ihn selbst zum Mann zu nehmen, hätte sie nie Guy heiraten können, den Mann ihrer Wahl. Auch sie hatte also zwingende Gründe, Sir Clement umzubringen.«

»Dasselbe würde dann auch für mich gelten!« Guy legte besitzergreifend und beschützend den Arm um Lady Annes Taille.

»Ja«, bestätigte Schwester Frevisse. »Und da Ihr beide zu seinen Seiten gesessen habt, hättet Ihr sogar gut zusammen handeln können. Einer lenkt ihn ab, während der andere die Walnüsse ins Essen streut. Vielleicht in die Fleischpastete? Wenn die Nüsse feingemahlen waren, wäre das gar nicht aufgefallen –«

Eine heftige Bewegung schnitt ihr das Wort ab. Mit einem Satz war Sir Philip bei Jevan, packte sein Handgelenk und drückte seinen Arm nach unten, weg von seinem Mund. Jevan kämpfte starr und schweigend gegen den harten Griff an. Aber Schwester Frevisse mußte Jevans Tat fast ebenso schnell bemerkt haben wie Sir

Philip. Schon war sie bei ihm und nahm ihm den Kuchen aus der Hand. Es war ihm nicht gelungen, hineinzubeißen.

»Nein«, sagte sie sanft. »Nicht noch einmal, Jevan. Fügt Eurer Sünde keine weitere hinzu.«

Jevan holte tief und bebend Luft und hörte auf, sich gegen Sir Philip zu wehren. Seine Augen waren nicht mehr ausdruckslos, sondern blickten bitter, erschöpft und hoffnungslos drein, als er sagte: »Meint Ihr nicht, es wäre eine Gnade? Zu sterben, wie er es tat, könnte doch als eine Art Sühne gelten.«

»Von eigener Hand zu sterben, bedeutet Verdammnis«, entgegnete Sir Philip, der ihn immer noch festhielt.

Jevan warf den Kopf zurück, wie ein Läufer, der nach vielen Meilen für die verbleibende Strecke nach Luft schnappt. Sein Brustkorb hob und senkte sich vor Anstrengung. Mit schmerzlicher Stimme sagte er: »Ich wurde bei abnehmendem Mond geboren. Wenn alles zum Teufel geht!«

Er sah zu Lady Anne hinüber, die nicht weit von ihm stand, und seine Gesichtszüge wurden weicher. Große Zärtlichkeit klang jetzt in seiner Stimme mit. »Ich habe Euer Glück für Euch erkauft. Mögt Ihr glücklich damit werden.«

»Oh, Jevan!« rief Lady Anne. »Du hast ihn getötet!«

Ihre Worte durchbrachen die blanke Verständnislosigkeit auf Guys Gesicht. Er ging mit erhobenen Fäusten auf Jevan los. »Du hast ihn getötet und wolltest es so aussehen lassen, als hätte ich es getan! Du kriechender Köter, ich werde –«

Meister Gallard trat ihm in den Weg und packte mit festem Griff seinen Arm. Guy, der sich mit einem wütenden Ruck befreien wollte, mußte feststellen, daß der andere stärker war.

»Nein«, unterbrach Schwester Frevisse scharf. »Das ist genau das, was er vermeiden wollte.« Sie sah immer noch Jevan an, mit einer Trauer, die Beaufort nicht verstand. Und Jevan blickte sie an. Die beiden waren allein mit dem, was sie zu sagen hatte, trotz all der Menschen um sie herum. »Ihr habt lange auf eine Gelegenheit gewartet, vermute ich, bei der Ihr Sir Clement töten konntet, ohne daß jemand in Verdacht geriet. Ein großes Fest mit vielen Gästen, wo es nicht ausbleiben konnte, daß Sir Clement einen Anlaß fand, aufzustehen und Gottes Richterspruch auf sich herabzurufen. Und niemand schöpfte Verdacht, als er starb. Denn es war unwahrscheinlich, daß einer der Anwesenden schon einmal einen Menschen auf diese Weise hatte sterben sehen. So war es geplant, nicht wahr? Und als Euch vor wenigen Minuten klar wurde, daß der Plan gescheitert war, daß wir herausbekommen hatten, daß es sich um Mord handelte, wolltet Ihr diesen Kuchen essen, der mit Walnüssen gespickt ist, und so sterben, wie er starb.«

An sie und niemand anderen gewandt erwiderte Jevan: »Als ich klein war, aß er einmal versehentlich Walnüsse. Ich sah, was sie ihm antaten. Er war wütend, weil er krank wurde und auch, weil ich ihn in diesem Zustand sah. Also zwang er mich, auch ein paar Walnüsse zu essen, und lachte, als auch ich den juckenden Ausschlag bekam. Bei ihm war es schlimmer, aber er sagte, das sei normal, es wäre ihm schon mehrfach passiert, und jedes Mal würde es schlimmer. Lange Zeit später hat er versehentlich noch einmal Walnüsse gegessen und ist abermals schwer krank geworden. Damals wäre er schon fast daran gestorben, also hoffte ich, daß es ihn umbringen würde, wenn er nun wieder welche aß.«

»Als Ihr glaubtet, es nicht länger ertragen zu können,

um Euretwillen und um Lady Annes willen, habt Ihr Euch also erinnert«, sagte Frevisse.

»Ich erinnerte mich. Und wartete, wie Ihr sagtet, lange Zeit mit einer Tüte voll gemahlener Nüsse in meiner Gürteltasche, bis das kam, was ich für meine Chance hielt.« Seine Worte klangen beinahe wie auswendig gelernt, als habe er sie sich schon oft wiederholt. »Ich sah, wie die Fleischpasteten gemacht wurden, als ich am Vormittag mit dem Koch sprach. Eine Pastetenform wurde jeweils mit der Hälfte des Teiges ausgelegt und gebacken. Später kam die Füllung hinein, und zuletzt wurde die Pastete mit dem restlichen Teig bedeckt. In dem Gedränge und der Hast beim Servieren war es ein leichtes, den Deckel von Sir Clements Pastete heimlich zu verschieben und dann beiseite zu treten, um den Schaden scheinbar wieder gutzumachen. Statt dessen aber habe ich ...« Seine Selbstbeherrschung geriet ins Wanken, und er hielt inne, um tief Luft zu holen. »Statt dessen habe ich eilig die gemahlenen Walnüsse über die Fleischfüllung gestreut und anschließend den Pastendeckel wieder gerade gerückt. Ich hatte allen anderen Bediensteten den Rücken zugekehrt, und es war unwahrscheinlich, daß es jemandem auffallen würde.«

»Aber wie ist es Euch gelungen, ihn später im Priesterzimmer, als er sich zu erholen begann, noch einmal zu vergiften?« fragte Schwester Frevisse.

»Ich habe ihn nicht noch einmal vergiftet. Es war jedesmal so. Erst schien es besser zu werden, und dann kam ein neuer Anfall. Und diesmal war der Anfall so stark, daß Sir Clement daran starb.«

»Ihr wolltet uns glauben machen, daß Gott ihn getötet hat!« rief Suffolk entrüstet.

Gemurmel und wütende oder schockierte Ausrufe waren im ganzen Raum zu vernehmen, aber Beaufort verschaffte sich Gehör mit der Frage: »Warum habt Ihr es getan? Gut, Ihr habt ihn gehaßt, aber sein Tod hat Euch doch so wenig eingebracht! Gewiß nicht genug, um Euer Seelenheil zu gefährden. Warum also habt Ihr es getan?«

Beinahe tonlos, jedoch nicht ohne Stolz, antwortete Jevan: »Für mich selbst hatte ich keine Hoffnung mehr. Ganz gleich, ob er lebte oder starb. Aber ich konnte *sie* von ihm befreien, und nun kann sie gehen, wohin ihr Herz sie führt.«

»Aber Jevan ...« Lady Anne, umfangen und gestützt von Guys Armen, suchte unsicher nach Worten. »Du weißt, daß ich Guy liebe, daß ich ihn immer geliebt habe. Ich liebe dich nicht.«

Jevan antwortete: »Ich weiß.« Heller Schmerz glänzte in seinen Augen, als er sie ansah. Dann blickte er zur Seite.

Die Dunkelheit kam früh nach einem Tag unter bedecktem Himmel, und mit ihr kam bittere Kälte. Diesmal brannte kein Feuer in Meister Chaucers Bibliothek, und Frevisse und Schwester Perpetua saßen dicht aneinandergedrängt da und sprachen die Komplet beim Licht einer einzigen Kerze, die die Dunkelheit kaum zurückdrängen konnte. Sie waren hierhergekommen, weil Frevisse Ruhe brauchte nach all den Anforderungen des Tages. Jevans Geständnis war erst der Anfang gewesen. Auf Suffolks Befehl hin hatten Wachen ihn fortgeführt. Er sollte bis zum Eintreffen des Crowners in Gewahrsam gehalten werden. Aber Frevisse hatte bleiben und jedermanns Fragen beantworten müssen, bis eine Kammerzofe kam und ihr ausrichtete, daß Gerüchte über das Vorgefallene ihre Tante Matilda erreicht hätten und sie mit ihrer Nichte zu sprechen wünsche.

Dort hatte sie alles noch einmal wiederholen und erklären müssen. Aber am Ende hatte Tante Matilda aufrecht im Bett gesessen, Brühe mit Brot gegessen und mehr Vitalität bewiesen als seit Tagen. Sie ereiferte sich darüber, wie unhöflich es doch sei, bei einem Begräbnis einen Mord zu begehen. »Obwohl, wenn schon jemand ermordet werden mußte, dann bin ich froh, daß es Sir Clement war. Ich konnte ihn noch nie leiden.«
Dann war das Eintreffen des Crowners gemeldet worden, und Frevisse wurde zu ihm und Bischof Beaufort gerufen. Der Crowner hatte sich als ruhiger Mann erwiesen, der bereit war, zuzuhören, und sie hatte ihm alles erzählt, ausführlicher als jedem anderen. Auch, welche Falle sie dem Mörder gestellt hatte.
»Es war unmöglich, zu beweisen, wer von den dreien, die am ehesten in der Lage gewesen waren, Sir Clement zu vergiften, die Tat tatsächlich begangen hatte. Sie brauchten es nur abzustreiten, wir hätten es nicht widerlegen können. Jevan selbst hatte mir erzählt, daß Walnüsse seinen Onkel krank machten. Deshalb hielt ich es für möglich, daß er unschuldig war. Aber es hätte auch sein können, daß er sich schlicht und einfach nicht die Mühe machte, diese Tatsache zu verschweigen, weil er nicht wußte, daß der Verdacht auf Mord überhaupt bestand. Und daß Guy und Lady Anne die Nüsse nicht erwähnt hatten, konnte sowohl bedeuten, daß sie unschuldig waren – sie wußten nicht, daß es wichtig war und sagten deshalb nichts – als auch, daß sie schuldig waren und den Mund hielten, um sich zu schützen. Es ließ sich also unmöglich feststellen. Ich wußte aber, daß laut Galen selbst die Berührung eines Nahrungsmittels, das solche schädlichen Auswirkungen auf eine Person hat, wie es bei Sir Clement der Fall war, einen juckenden Ausschlag verursachen kann. Und ich erin-

nerte mich, daß wir alle nervös herumstanden, kurz bevor Sir Clement starb, und irgend jemand sich ständig die Hand an der Hüfte rieb. Rieb und rieb, wie aus Nervosität. Oder als litte er unter einem fürchterlichen Juckreiz. Daran erinnerte ich mich zwar, aber ich wußte nicht mehr, *wer* es gewesen war. Entweder Guy oder Jevan, dachte ich. Mir kam der Gedanke, daß der Mörder vielleicht genau wie Sir Clement durch die Nüsse krank geworden war. Also veranlaßte ich, daß alle sich hier versammelten, und ließ den Koch kleine Kuchen mit Walnüssen darin backen, die erst zu erkennen sein sollten, wenn man den Kuchen in der Hand hielt. Dann beobachtete ich die drei, um zu sehen, wer sich einen Kuchen nahm, ihn aber nicht aß.«

»Und Jevan Day rührte seinen nicht an«, sagte der Crowner.

»Nein.« Und so hatte sie den Mörder gefunden. Und ihn beinahe wieder verloren, als ihm klar wurde, daß sein Versuch, den Tod Sir Clements wie ein Gottesgericht aussehen zu lassen, fehlgeschlagen war, und er den gleichen Tod sterben wollte, den er seinem Onkel bereitet hatte.

Nicht klar war ihr lediglich, woher Sir Philip es gewußt hatte. Er mußte es gewußt haben, sonst hätte er Jevan doch nicht daran hindern wollen, in den Kuchen zu beißen!

Nun hatte sie immerhin die Gelegenheit gehabt, einen Mörder der Justiz zu übergeben. Sie sagte sich, daß dies eine hinreichende Wiedergutmachung für die Entscheidung sei, die sie im Frühjahr getroffen hatte. Aber im Geiste sah sie Jevan vor sich, der von Suffolks Männern aus dem Wohngemach geführt wurde – einen einsamen jungen Mann, der noch vor dem nächsten Frühjahr hängen würde.

Sie und Schwester Perpetua beendeten jetzt die Gebete der Komplet. Stille umschloß sie, aber keine der beiden rührte sich. Stille, selbst in Kälte und Dunkelheit, war im Augenblick ein Segen.
Leise Schritte im Gang verrieten ihnen, daß die Atempause vorüber war. Gleich würde jemand neue Anforderungen an sie stellen. Frevisse wappnete sich innerlich und antwortete auf das leise Klopfen mit einem »*Benedicite*«, das, wie sie hoffte, einladend klang. Nach dem Blick zu urteilen, den Schwester Perpetua ihr zuwarf, war das jedoch nicht der Fall gewesen.
Sir Philip trat mit einer Kerze ein. Obwohl er sie mit der Hand abschirmte, als er den Raum durchquerte, flackerte die Flamme und ließ die Schatten ringsum tanzen. Dann stellte er die Kerze neben dem kleinen Licht der Nonnen auf dem Tisch ab und blickte sich um.
»Wo ist Meister Lionel?«
»Er ist zu Bett gegangen, hoffe ich«, entgegnete Frevisse. »Selbst er muß sich notgedrungen den Erfordernissen der Nacht beugen.«
»Wie Ihr Euch Bischof Beauforts Wünschen gebeugt habt.«
Also war er nicht zufällig in die Bibliothek gekommen, sondern aus dem Bedürfnis heraus, über das zu sprechen, was geschehen war. Frevisse teilte dieses Bedürfnis, konnte aber seinem Ton nicht entnehmen, was er von der Angelegenheit hielt. Sie sah ihn fragend an. »Es wäre Euch lieber gewesen, wenn ich es nicht getan hätte?«
»Ich wollte, Jevan hätte Zeit gehabt, seine inneren Folterqualen zu überwinden und zu einer Art Frieden zu finden. Er ist gestern zu mir gekommen, um die Beichte abzulegen.«
»Deshalb wußtet Ihr, daß er daran gehindert werden mußte, den Kuchen zu essen.« Und deshalb hatte er ihr

nicht erzählt, daß er mit Jevan gesprochen hatte.
Sir Philip nickte. Er sah so müde aus, wie sie sich fühlte, aber genau wie Frevisse konnte er Jevan nicht einfach vergessen und schlafen gehen. »In der Beichte gestand er den Mord und seinen bitteren, unversöhnlichen Haß auf Sir Clement, der auch nach dessen Tod nicht nachließ. Und er gestand eine tiefe Hoffnungslosigkeit und seine Zweifel an der Gnade Gottes. Mit etwas mehr Zeit – die er nun wahrscheinlich nicht mehr haben wird – hätte er sich vielleicht davon befreien und mit reinerer Seele in den Tod gehen können.«
»Vielleicht würde alle Zeit von heute an bis zum Ende der Welt nicht reichen, um das zu bewerkstelligen.« Frevisse machte keinen Versuch, ihren Schmerz zu verbergen. »Seine Wunden waren so alt wie sein Leben.«
»Und furchtbar tief.«
»Zumindest habt Ihr ihn davon abgehalten, sich selbst zu töten. Wenn ein Mörder seine Tat bereut, hat er eine Chance, in den Himmel zu kommen. Aber für einen Selbstmörder gibt es keine Hoffnung. Nur die Verdammnis.«
»Jevan hat ohne Hoffnung gelebt, und das hat ihn zu seiner Tat getrieben«, erwiderte Sir Philip ernst.
Frevisse schob die Hände tiefer in die Ärmel und kauerte sich noch mehr zusammen, ein Versuch, sich vor einer Kälte zu schützen, die nicht nur von außen kam. »In dieser Sünde könnte ich mich leicht selbst wiederfinden.«
Sir Philip lächelte schwach, so schwach, daß es im matten Licht der beiden Kerzen kaum zu erkennen war. »Durch den Dienst, den Ihr ihm erwiesen habt, wird Seine Gnaden, der Bischof, Euch als gute und nützliche Dienerin in Erinnerung behalten.«
»Mir wäre es lieber, er täte es nicht«, entgegnete Frevisse

kurzangebunden. »Ich werde auf Ewelme bleiben, solange Tante Matilda mich braucht. Dann werden Schwester Perpetua und ich nach St. Frideswide zurückkehren, und das, so Gott will, wird das Ende der Geschichte sein.«

»Nichts ist je so einfach, wie es sein sollte«, erklärte Schwester Perpetua mit fester Stimme.

»Besonders nicht die Gerechtigkeit«, fügte Sir Philip hinzu.

»Besonders nicht die Gerechtigkeit«, bestätigte Frevisse. Gerechtigkeit schien manchmal nicht alles zu sein, besonders angesichts von Jevans Verzweiflung. Eine Verzweiflung, die ihn am Ende noch eher verraten hatte als ihr Versuch, die Wahrheit herauszufinden. Sie stand auf. »Irgendwo in diesem Haus muß es doch wärmer sein als hier. Kommt, wir wollen uns dorthin begeben.«